NICKI NIGHT

Une offre si tentante

Traduction française de
MARIE MOREAU

PASSIONS

HARLEQUIN

Collection : PASSIONS

Titre original :
WORK-LOVE BALANCE

HARPERCOLLINS FRANCE
83-85, boulevard Vincent-Auriol, 75646 PARIS CEDEX 13
Service Lectrices — Tél. : 01 45 82 47 47 - www.harlequin.fr
ISBN 978-2-2804-8425-1 — ISSN 1950-2761

Composé et édité par HarperCollins France.
Imprimé en mai 2023 par CPI Black Print (Barcelone)
en utilisant 100% d'électricité renouvelable.
Dépôt légal : juin 2023.

FSC www.fsc.org
MIXTE
Papier issu de sources responsables
FSC® C159065

Pour limiter l'empreinte environnementale de ses livres, HarperCollins France s'engage à n'utiliser que du papier fabriqué à partir de bois provenant de forêts gérées durablement et de manière responsable.

- 1 -

L'experte financière. C'était désormais le surnom de Ivy Blackwell, même si elle n'y était pas encore habituée. Elle n'arrivait pas à savoir s'il lui plaisait ou lui donnait une image trop prétentieuse.

Sa notoriété était arrivée si soudainement qu'elle avait encore du mal à y croire. En moins d'une année, elle avait dû apprendre à joindre un statut d'influenceuse sur les réseaux sociaux à son poste déjà très prenant au sein de l'entreprise de sa famille. Cette nouvelle vie était aussi excitante qu'épuisante.

Debout face à son miroir, elle tourna sur elle-même et apprécia la coupe parfaite de sa robe bustier noire. Le large volant qui ornait la couture de haut en bas était d'une exubérance folle. Jamais elle n'aurait osé choisir elle-même cette tenue, mais il fallait se rendre à l'évidence : elle lui allait très bien et ne manquerait pas d'attirer l'attention au moment où elle foulerait le tapis rouge.

La perspective de se trouver sous le feu des projecteurs la rendait un peu nerveuse. Pourtant, elle connaissait cette situation. Ses cousins, membres de l'élite hollywoodienne, fréquentaient le monde du show-business et avaient épousé des célébrités. Ivy les avait souvent accompagnés à des événements mondains, mais elle s'était tenue en retrait, n'étant pas elle-même au centre de toutes les attentions. À vrai dire, cela la mettait mal à l'aise d'avoir tous les regards braqués sur elle. Mais il n'était pas question de se cacher ce soir. Désormais, c'était son travail d'être vue.

Ivy était habillée par une étoile montante de la mode. Cette jeune styliste l'avait contactée quand Ivy avait été invitée à la soirée de lancement de *The Real Deal*, une émission de téléréalité mettant en scène des investisseuses qui négociaient de gros contrats. En recevant sa proposition, Ivy avait fait une recherche sur Internet et était aussitôt tombée sous le charme de ses créations.

Jade, la maquilleuse que Ivy avait engagée pour la soirée, s'approcha d'elle pour lui tapoter le visage avec l'une de ses petites éponges.

— Prenez-la avec vous, dit-elle en la glissant dans un étui qu'elle tendit à Ivy. Cela vous permettra de retoucher votre teint au cours de la soirée. Et voici votre rouge à lèvres.

— Merci, Jade.

Ivy respira profondément.

— Vous êtes toujours nerveuse ? demanda Jade.

— Un peu. C'est que… cela fait beaucoup, non ? répondit Ivy en cherchant ses mots. Ce maquillage, cette robe, je n'ai pas l'habitude d'avoir une allure aussi sophistiquée.

— Voyons, vous êtes une Blackwell ! Cela ne devrait pas être nouveau pour vous.

— Peut-être, mais j'ai encore l'impression que ce style de vie est celui de mes cousins et non le mien. Je n'ai jamais envié leur notoriété. Dans mon secteur d'activité, celui de la finance, nous sommes rarement scrutés comme des stars de cinéma.

— Je comprends, dit Jade en rangeant ses pinceaux. Mais vous êtes faite pour cela, c'est évident.

— Vous croyez ? s'enquit Ivy avec étonnement.

— Bien sûr.

Jade posa ses affaires et regarda fixement Ivy.

— Vous êtes la personne la plus élégante de tout le monde de la finance, ajouta-t-elle. Vous n'avez pas cet aspect conservateur qu'affichent la plupart de vos consœurs. C'est pour cela que votre popularité est venue si vite. Vous êtes à la fois compétente, moderne et charismatique. Vous donnez envie d'apprendre à gérer son argent. Voilà ce qui fait votre succès.

— Oh ! merci.

— Je suis sérieuse, insista Jade. Vous avez le statut que vous méritez. Profitez-en, amusez-vous. Qui n'a pas rêvé un jour de se mettre sur son trente et un pour défiler sur un tapis rouge ?

— Vous avez raison, admit Ivy en souriant.

Elle se regarda de nouveau dans la glace, puis se retourna et se mit à parader comme sur le podium d'un défilé de mode. Après avoir fait quelques pas, elle regarda Jade et rejeta ses cheveux en arrière, comme si elle posait pour une photo.

— Exactement ! s'exclama Jade en riant. C'est ça !

Ivy s'esclaffa avec elle.

— Ivy ! appela une voix de baryton depuis l'étage inférieur.

— Ty ! s'exclama-t-elle en s'élançant vers le couloir, aussi vite que le lui permettaient sa robe longue et ses talons hauts. J'arrive !

Elle descendit l'escalier et se précipita dans les bras de son cousin qui l'attendait au pied des marches.

— Comment vas-tu ? demanda-t-elle en l'embrassant.

Il s'écarta et la regarda avec un sourire approbateur.

— Tu es resplendissante.

— Merci, cousin, répondit Ivy. Mais où est Kendall ?

À cet instant, Jade descendit avec sa valise de maquillage et s'arrêta net en voyant Tyson.

— Attendez. Tyson Blackwell est votre cousin ?

— Eh oui, on ne choisit pas sa famille, plaisanta Ivy.

— Ça alors ! s'exclama Jade. Je ne savais pas. C'est un plaisir de vous rencontrer, ajouta-t-elle en serrant la main de Ty. Vous êtes le mari de Kendall Chandler, c'est bien cela ?

— J'ai cette chance, en effet.

— J'adore sa musique, dit Jade avec des étoiles dans les yeux.

Puis elle se tourna vers Ivy et lui sourit.

— Je vous souhaite une excellente soirée, lui dit-elle. N'oubliez pas ce que je vous ai dit. Et appelez-moi quand vous reviendrez à Los Angeles, d'accord ?

— Avec plaisir, répondit Ivy. Merci pour tout, Jade.

Alors que Jade allait sortir de la maison, Kendall passa la porte. Se trouvant face à elle, Jade s'arrêta net et la regarda avec fascination. Il y eut une seconde de suspens, puis tout le monde s'esclaffa. L'arrivée de Kendall produisait souvent ce genre de réaction.

— Bonjour, dit gaiement Kendall en tendant la main à Jade.

— Oh ! c'est… c'est incroyable, bégaya Jade en serrant la main de Kendall. Kendall Chandler. Je n'en reviens pas. Quel bonheur de vous rencontrer ! Je… J'adorerais vous maquiller un jour.

Kendall regarda sa main, que Jade continuait à serrer, puis releva les yeux.

— Oh ! pardon, dit Jade en la libérant.

— Ce n'est rien, répondit Kendall avec bonne humeur. Pour le maquillage, je demanderai vos coordonnées à Ivy.

— C'est vrai ? C'est merveilleux. Merci. Eh bien… Il est temps pour moi de vous laisser. Bonne soirée à vous trois.

Quand Jade fut sortie et eut refermé la porte derrière elle, Ivy entendit son cri de joie. Elle se remit à rire, tout comme Kendall et Ty.

— Je ne sais pas si j'arriverai un jour à m'y habituer, annonça Kendall en secouant la tête.

— Je vais te répéter ce que Jade m'a dit il y a quelques instants : profites-en et amuse-toi ! lui répondit Ivy. Kendall, merci d'avoir bien voulu venir ce soir. Les organisateurs m'avaient proposé de venir accompagnée d'une personne, mais quand je leur ai dit que ce serait Tyson, ils m'ont répondu : « Et Kendall Chandler sera là aussi, bien sûr ! » Je le leur ai aussitôt confirmé, et grâce à toi, je ne vais pas passer pour une menteuse.

— C'est l'heure de partir, dit Tyson en regardant sa montre.

Ivy prit une profonde inspiration et serra les poings pour se donner du courage.

— Allons-y, dit-elle.

Ils sortirent tous les trois pour rejoindre la voiture et remercièrent le chauffeur qui leur ouvrait la portière. Le trajet ne dura que quelques minutes, et bientôt, Ivy se retrouva sur le tapis rouge. Elle entendait le déclic des appareils photo tout autour d'elle. Des journalistes, des blogueurs et des spécialistes de l'actualité médiatique photographiaient les invités à mesure qu'ils arrivaient, certains avec des appareils sophistiqués, d'autres avec de simples smartphones.

— C'est l'experte financière ! s'exclama quelqu'un. Par ici, s'il vous plaît !

Sans avoir pu distinguer celui qui l'appelait, elle se tourna vers l'endroit d'où venait la voix et prit la pose en souriant. Puis elle se mit face à l'autre côté et recommença.

— Merci ! cria un journaliste.

Ivy sourit de nouveau, fit un signe de la main et avança lentement en direction de l'entrée. Elle s'étonnait que cette personne l'ait remarquée. Tout cela était encore si nouveau…

En regardant derrière elle, elle vit que Kendall et Tyson s'arrêtaient à chaque pas pour poser et répondre aux questions. Ils semblaient parfaitement à l'aise, alors que Ivy avait encore les yeux éblouis par tous les flashs.

Quand ils furent à l'intérieur, une hôtesse les conduisit à la salle de réception. Des serveurs allaient et venaient avec des plateaux chargés de verres et de petits fours. Ivy prit une flûte de champagne et but une petite gorgée. À cet instant, quelqu'un la bouscula, et elle évita de justesse, en écartant son verre, de renverser du champagne sur sa robe. Elle se tourna avec agacement vers le coupable, qui lui avait entre-temps pris le bras pour l'aider à retrouver l'équilibre. Mais en levant les yeux vers lui, elle ne put prononcer la remarque cinglante qu'elle avait sur le bout de la langue et se contenta de se dégager d'un geste brusque. La beauté de cet homme l'avait soudain rendue muette. De surcroît, elle n'oubliait pas qu'elle était présente à cette soirée dans le cadre de son travail. Elle était en représentation et ne pouvait pas se permettre de faire une scène. Elle était là pour être filmée et prise en photo, pour partager l'événement avec ses abonnés et faire la promotion de l'émission sur les réseaux sociaux. Il n'était pas question de se donner en spectacle devant les caméras et les appareils photo. Ayant tout cela à l'esprit, elle garda pour elle ses paroles acerbes et répondit aux excuses de l'inconnu par un bref hochement de tête.

— Je suis vraiment désolé, dit-il. Je marchais vite et je ne vous ai pas vue. Vous en avez sur votre robe ?

Comme il la regardait avec attention, elle sentit un frisson la parcourir. Mais comment pouvait-elle être troublée par celui qui avait failli tacher sa tenue de star ?

— Non, répondit-elle sèchement.

— Me voilà soulagé. Encore une fois, toutes mes excuses.

Ivy se contenta de lui lancer un regard noir. Les mots de cet homme, aussi séduisant soit-il, ne lui suffisaient pas. Elle n'aimait pas la brutalité.

Après quelques secondes d'un silence gênant, il lui souhaita une bonne soirée, lui présenta une dernière fois ses excuses et s'éloigna. Ivy ne put s'empêcher de l'observer de dos. Sa démarche rapide avait quelque chose de fascinant. Elle devinait sous son smoking un corps souple et musclé, et à en croire son pas déterminé, il était attendu quelque part. Il n'était visiblement pas là pour boire du champagne et échanger des banalités avec les autres invités. Ivy le regarda jusqu'à ce qu'il disparaisse derrière une porte à double battant.

— Ça va, Ivy ?

La voix de Tyson la fit presque sursauter.

— Oui, très bien, répondit-elle.

Elle allait ajouter quelque chose, mais un jeune homme

s'approcha d'elle avec un appareil-photo dans une main et un téléphone dans l'autre.

— Ivy Blackwell ? dit-il. Bonsoir, je m'appelle Dillon, c'est moi qui suis chargé de vous filmer et de vous photographier ce soir.

— Bonsoir, Dillon, répondit-elle. Enchantée.

— Moi de même. Votre mission est de vous amuser et d'échanger avec un maximum de gens, la mienne de vous suivre à la trace. Cela vous convient-il ?

— Je vais faire de mon mieux, promit-elle en respirant profondément.

— Tout va bien se passer, madame, ne vous inquiétez pas.

— Merci. Et s'il vous plaît, appelez-moi Ivy.

— Entendu. Alors allons-y, Ivy.

Elle but la dernière gorgée de champagne qu'il restait dans sa flûte, puis se tourna vers Kendall et Tyson.

— Si nous commencions par ce couple fabuleux ? proposa-t-elle.

Dillon passa quelques instants à les photographier tous les trois ensemble, puis Ivy se mit à parcourir la salle. Elle eut besoin d'une deuxième flûte de champagne pour s'habituer à la présence du photographe qui la suivait comme son ombre, mais finalement, elle parvint à se détendre et à profiter vraiment de la soirée. Après s'être fait prendre en photo avec des célébrités et avec les protagonistes de l'émission, elle prit place pour la projection du premier épisode de la nouvelle saison de *The Real Deal*. Puis ce fut le moment d'investir la piste de danse.

À plusieurs reprises, elle surprit le bel inconnu du début de soirée en train de la regarder. Elle l'ignora, sans pouvoir s'empêcher de l'observer à son tour à la dérobée.

Il passa quelques minutes à discuter avec Tyson, ce qui lui laissa penser qu'ils se connaissaient. Toutefois, elle ne voulut pas demander à son cousin qui était cet homme. Ce n'était pas pour cela qu'elle était là.

Mais pourquoi n'arrivait-elle pas à le chasser de son esprit ?

- 2 -

— Il nous faut de la nouveauté, déclara Jordan Chambers.

Assis en bout de table, il présidait la réunion du conseil de direction. La pression était à son comble. Dans le milieu de la télévision, la compétition était si féroce que sa société de production devait sans cesse trouver de nouvelles idées pour séduire les programmateurs et le public.

— Nos productions actuellement diffusées marchent bien, poursuivit-il, mais nous ne pouvons pas nous permettre de nous reposer sur nos lauriers. Nous devons trouver une idée neuve, un programme qui puisse rendre les spectateurs accros.

— Tu sais combien Hollywood aime qu'on lui resserve toujours la même chose, plaisanta Anderson Parks. Mais tu as raison.

Anderson, qui était à la fois le meilleur ami de Jordan et son directeur des programmes, se leva et fit quelques pas dans la salle avant d'ajouter :

— Certaines chaînes s'intéressent en ce moment au secteur de l'édition pour créer une émission en lien avec un ouvrage à paraître. J'ai commencé à repérer quelques auteurs.

— C'est bien, répondit Jordan. Nous allons exploiter

cette piste, mais j'avais plutôt à l'esprit une téléréalité d'un nouveau genre, à la fois surprenante et séduisante.

Les cinq membres de son équipe dirigeante, assis autour de la table en marbre, passèrent un moment à réfléchir en silence.

— Jetons un œil à la liste des livres à paraître, suggéra finalement Jordan.

— N'oublie pas les réseaux sociaux, dit Anderson. Flix TV a signé un contrat avec une influenceuse dont l'émission démarre très fort.

Jordan se leva à son tour pour s'approcher du tableau blanc. Il prit un feutre et traça quatre colonnes dédiées à quatre thèmes : livres, téléréalité, fiction, influenceurs.

— Bien, dit-il. Notons les idées qui nous viennent à l'esprit.

Il écrivit à mesure que les propositions fusaient avant d'ajouter :

— J'ai des amis dans les grandes maisons d'édition. Je vais me renseigner sur les publications à venir ces prochains mois, et nous verrons si certaines peuvent être intéressantes pour nous.

— Et vous connaissez cette influenceuse qui parle de finance et d'investissements ? demanda Anderson. J'ai récemment lu un article sur elle. On la surnomme l'experte financière. Elle va bientôt sortir un livre. Et en plus de cela, elle est canon !

Anderson s'interrompit le temps de tapoter sur son smartphone.

— Regardez, c'est elle, dit-il en montrant son écran aux membres de l'équipe. Elle a déjà plus d'un million d'abonnés. Nous pourrions faire une émission de téléréalité avec elle.

— Montre-moi, dit Jordan en prenant le téléphone de son ami.

En découvrant la photo de l'influenceuse en question, il pencha la tête pour l'observer avec attention. Ce n'était pas la première fois qu'il voyait cette femme. C'était elle qu'il avait percutée lors de la soirée de lancement de *The Real Deal*. Aussitôt, il se rappela les flammes qu'il avait vues dans ses yeux quand elle s'était tournée vers lui. Heureusement que le champagne n'avait pas atteint sa robe…

Surtout, il se rappela à quel point il avait été frappé par sa beauté.

— Tu la connais ? demanda Anderson.

— Non. Je l'ai croisée lors de l'événement de l'autre soir.

Jordan rendit son téléphone à Anderson et se remémora le regard furieux de la jeune femme. Même si Hollywood regorgeait de personnalités gonflées d'orgueil qu'il était contraint de côtoyer chaque jour, il avait encore du mal à s'y faire.

Pourtant, il n'avait pu s'empêcher de guetter cette femme tout au long de la soirée. Bien qu'il soit venu pour entretenir ses relations en vue de contrats à venir, il n'avait cessé de penser à elle et de la chercher du regard, tout en se gardant de la fixer trop longtemps. Elle l'avait tout de même surpris une ou deux fois, mais son beau visage était resté impassible. Il ignorait ce qu'elle avait pensé. Sans doute lui en avait-elle voulu pour sa maladresse, car il avait failli tacher sa robe.

— D'ailleurs, se rappela-t-il soudain, je crois l'avoir vue parler avec Tyson Blackwell.

— Il me semble qu'ils sont de la même famille, répondit Anderson. Regarde.

Il montra de nouveau son portable à Jordan en faisant défiler les publications sur le profil de l'influenceuse en question.

— Elle assistait à cette soirée à titre professionnel. Tu vois, elle a partagé des tas de photos et de vidéos promotionnelles.

Anderson plissa les yeux pour lire la biographie de la jeune femme sur son écran.

— Elle s'appelle Ivy Blackwell, déclara-t-il. Et elle a l'air très proche de Tyson et de sa femme, Kendall Chandler.

— Elle a peut-être des projets en cours avec l'entreprise de média de Tyson, dit l'un des membres de l'équipe.

— C'est possible, répondit Jordan, mais l'activité de BMG se concentre sur les films et les séries plutôt que sur la téléréalité. Ajoutons son nom à notre liste.

Sur ces mots, il se retourna vers le tableau et inscrivit le nom de Ivy Blackwell, puis celui de Tyson entre parenthèses.

— Très bien, commenta Anderson. De mon côté, je vais me renseigner sur son livre et sur les gens avec qui elle travaille.

— Parfait, approuva Jordan en souriant.

Malgré son mauvais départ avec Ivy Blackwell, l'idée de cette collaboration était loin de lui déplaire. Il serait ravi de profiter de sa notoriété sur les réseaux sociaux, et il devait bien reconnaître que cette femme avait une allure sensationnelle. Tout ce qu'il espérait, c'était que sa première impression avait été fausse et que Ivy Blackwell n'avait pas aussi mauvais caractère qu'il l'avait cru.

Sa réflexion fut interrompue par la sonnerie de son téléphone portable. En voyant le nom de sa mère s'afficher sur l'écran, il hésita un instant à répondre, mais il était rare que Charisse Lane l'appelle pendant ses heures de travail. Elle devait donc avoir une bonne raison de le faire.

— Veuillez m'excuser, dit-il à ses collaborateurs avant de sortir de la salle.

Il attendit d'être dans le couloir pour décrocher.

— Comment vas-tu, ma chère maman ? demanda-t-il.

— Bonjour, mon chéri. Je… Je vais bien, merci.

Le ton de sa voix disait pourtant le contraire.

— Que se passe-t-il, maman ? Tu as besoin de quelque chose ?

— En fait… C'est Timothy, dit-elle enfin.

C'était donc le mari de sa mère qui avait des ennuis. L'homme avec qui Jordan s'efforçait d'être poli uniquement parce que c'était son beau-père.

— Que lui arrive-t-il ? demanda Jordan d'un ton plus sec qu'il l'avait voulu.

— Il aurait besoin d'un peu d'aide.

— Avec tout le respect que je te dois, maman, tu me téléphones pour que je vienne au secours de ton mari ?

— Chéri, je sais ce que tu penses de Timmy, mais cette situation m'affecte autant que lui.

Jordan soupira. Il avait envie de lui opposer un refus catégorique, quelle que soit sa demande, mais il ne pouvait pas faire cela à sa mère. Il se devait au moins de l'écouter. Pour rien au monde il ne l'aurait laissé tomber.

— Tu voudrais bien nous rappeler ce soir, quand tu auras fini ta journée ? le pria-t-elle.

— Qu'est-ce que…

Il s'interrompit et renonça à aller au bout de sa question. Il savait déjà que le motif de cet appel n'allait pas lui plaire, quel qu'il soit.

— S'il te plaît, Jordan, insista Charisse.

Il laissa passer un silence avant de répondre :

— Entendu. J'appellerai à 17 h 30, d'accord ?

Cela lui laisserait le temps de rentrer chez lui, et il ne serait pas encore trop tard pour sa mère malgré le décalage de trois heures entre New York et Los Angeles.

— C'est parfait. Merci, mon chéri.

— À plus tard, maman.

Après avoir raccroché, il fit un moment les cent pas avant de rejoindre la salle de réunion. Il avait besoin de quelques secondes pour retrouver son calme. Qu'est-ce que son beau-père pouvait bien attendre de lui ? Son frère Dorian et lui avaient été adolescents quand Timothy avait épousé leur mère, et ils ne s'étaient jamais entendus avec lui. À vrai dire, c'était même la présence de cet homme qui les avait incités à s'éloigner de leur mère après leurs études supérieures. Cependant, même si Jordan se demandait toujours pourquoi, il devait reconnaître que cette relation avait sauvé sa mère au moment de sa vie où elle allait le plus mal. Le bonheur de celle qui les avait mis au monde comptait plus que tout pour Dorian et lui, c'est pourquoi ils prenaient sur eux et faisaient preuve d'autant de courtoisie que possible à l'égard de Timothy.

Jordan respira profondément, puis rejoignit son équipe pour poursuivre la réunion. Au bout d'un quart d'heure, il se rendit compte qu'il était incapable de se concentrer pleinement sur la discussion.

— Nous reprendrons demain, conclut-il. Cela nous laissera le temps de trouver de nouvelles idées.

Anderson observa Jordan avec curiosité. De toute évidence, son ami le connaissait trop bien pour ne pas remarquer qu'il était préoccupé par l'appel qu'il avait reçu.

— Tu as raison, dit Anderson. Nous poursuivrons cette

réunion demain. Laissons le tableau tel qu'il est afin de pouvoir reprendre où nous nous sommes arrêtés.

Jordan fut le premier à quitter la salle. Anderson le suivit de près, mais il garda le silence jusqu'à ce qu'ils soient seuls tous les deux dans le vaste bureau de Jordan. La baie vitrée qui surplombait Wilshire Boulevard offrait à la pièce une splendide lumière naturelle. Tandis que Jordan se postait face à la fenêtre pour regarder au loin, Anderson s'installa dans un fauteuil et attendit.

— C'était ma mère au téléphone, dit Jordan après un long silence.

— Comment va-t-elle ?

— Bien, je crois.

— Alors que se passe-t-il ? Ne me dis pas qu'il n'y a rien, je ne te croirai pas.

— C'est *lui*, répondit Jordan.

Anderson connaissait la nature des relations de Jordan avec son beau-père. Il était donc inutile de lui fournir davantage d'explications.

— Que lui arrive-t-il ? demanda Anderson.

— Je ne sais pas encore. J'aurai sans doute plus de précisions ce soir, car ma mère m'a demandé de la rappeler pour que nous puissions parler. Cela n'annonce rien de bon.

— Tu sais que je suis là si tu as besoin de moi.

— Merci. Je pense que Dorian participera aussi à la conversation.

— Appelle-moi si tu as envie de sortir boire un verre plus tard.

— Je n'y manquerai pas.

Anderson se leva, lui fit un signe et sortit. Après quelques instants, Jordan s'assit à son bureau et s'efforça de se remettre au travail pour plusieurs heures. Puis, le moment venu, il quitta le siège de sa société pour prendre la direction de chez lui. Une fois dans la rue, il décida de passer prendre un café dans l'établissement que tenait l'un de ses amis, un lieu qu'il appréciait et où il organisait régulièrement des tournages. Son téléphone portable à la main, les yeux fixés sur son écran, il passa la porte du café et percuta une femme qui sortait en même temps.

Le gobelet qu'elle tenait lui échappa, son couvercle s'envola et le liquide fumant fut projeté à la fois sur elle et sur Jordan. Il eut l'impression que toute la scène se déroulait au ralenti, jusqu'au moment où il sentit la chaleur du café renversé sur son torse. La femme poussa un cri et fit un bond en arrière pour éviter de se tacher davantage. Puis elle tira sur son chemisier pour l'écarter de sa peau. Jordan n'en revenait pas. Comment se faisait-il que l'histoire se répète à quelques jours d'intervalle ?

— Je suis sincèrement désolé, dit-il.

Il regarda la jeune femme au moment où elle fixait les yeux sur lui. Ils se figèrent en se reconnaissant mutuellement. C'était elle dont il avait renversé la flûte de champagne l'autre soir. Ivy Blackwell.

— Ma parole, je rêve, lança-t-elle en le fusillant du regard.

— Oh ! non, dit-il avec embarras. Si vous saviez comme je suis navré. S'il vous plaît, laissez-moi vous aider.

Il entra dans le café pour attraper des serviettes en papier.

— Non, répliqua-t-elle en l'arrêtant d'un geste. Non, merci. Je ne veux pas de votre aide.

Le ton de sa voix était dur. Elle fit volte-face et se dirigea vers les toilettes.

Après avoir essuyé sa chemise, Jordan alla au comptoir commander un americano pour lui et une deuxième boisson pour Ivy Blackwell. Par chance, la serveuse se rappelait ce qu'elle avait pris et refit sa préparation. L'ami de Jordan n'était pas là, mais il resta tout de même après avoir été servi, en attendant que Ivy réapparaisse. Quand elle revint quelques instants plus tard, la serveuse lui tendit son gobelet en précisant qu'il était offert par Jordan. Ivy la remercia avec un sourire crispé, puis lança un dernier regard noir en direction de Jordan avant de s'en aller.

Quelles étaient les probabilités pour qu'il renverse deux fois de suite le verre de la même femme dans une ville aussi grande que Los Angeles ? Jordan soupira en se demandant quelle mésaventure lui réservait encore cette journée.

- 3 -

Ivy n'en croyait pas ses yeux. Comment avait-elle pu être percutée deux fois par le même homme, dans deux endroits différents et en l'espace de quelques jours, alors qu'elle avait un verre à la main ?

Hélas, le café tachait plus que le champagne, et elle eut beau frotter, impossible de faire disparaître les traces marron de son chemisier blanc. Elle allait être obligée de passer dans sa chambre d'hôtel avant de retrouver Tyson et Kendall pour dîner. Elle était épuisée et à bout de nerfs. Entre son manque de sommeil et son emploi du temps surchargé de la journée, ce contretemps était bien la dernière chose dont elle avait besoin.

Elle envoya un SMS à son cousin pour repousser légèrement l'heure de leur rendez-vous, puis, après avoir rangé son téléphone d'un geste nerveux, elle ressortit des toilettes et prit le gobelet que lui tendait la serveuse pour remplacer son café renversé. En apprenant que sa boisson lui était offerte par l'inconnu qui l'avait percutée, elle n'eut pas le cœur de lui adresser plus qu'un regard. Mais au fond, elle appréciait tout de même son geste.

En sortant, elle prit un taxi pour se rendre à l'hôtel, et une heure plus tard, elle arrivait enfin au restaurant où l'attendaient Kendall et Tyson.

— Mille excuses pour mon retard, dit-elle en s'asseyant à table avec eux. Vous n'allez pas croire ce qui m'est arrivé.

— Ce n'est rien, lui assura Kendall. Nous avons commandé pour toi afin que tu ne sois pas en retard pour prendre ton vol de nuit. Ça te convient ? demanda-t-elle en montrant sur la carte le plat qu'ils avaient choisi pour Ivy.

— Oui, merci, c'est parfait.

— Bon. Alors, que s'est-il passé ? demanda Tyson.

Ivy leur raconta ses deux accidents avec le même homme et la chemise tachée qu'elle avait dû changer.

— Tu plaisantes ? s'exclama Kendall en riant. Quelle coïncidence incroyable !

— Oui, approuva Ivy. Je pourrais presque imaginer qu'il l'a fait exprès.

— En tout cas, dit Kendall, je suis contente que nous puissions te voir une dernière fois avant que tu rentres à New York. La prochaine fois que tu viendras à Los Angeles, nous ne serons pas là.

— Je sais bien. Tu dois être excitée à l'idée de partir en tournée, j'imagine ? Combien de temps serez-vous absents ?

— Pour commencer, nous partons tous les deux quelques semaines en Écosse à l'occasion d'un tournage. Ma tournée commencera après ce séjour. J'aurai droit à une petite pause entre la dernière date américaine et le début de la tournée internationale.

— Bravo pour le succès de ton album, c'est formidable. Mais où trouves-tu l'énergie de faire tout cela ?

— Je profite à fond de chaque instant de repos. Après la tournée, j'aurai deux mois entiers de vacances.

— Et nous resterons loin de Los Angeles pendant au

moins l'un de ces deux mois, dit Tyson en embrassant Kendall sur le front. J'aurai ma femme pour moi tout seul.

— Nous allons partir en voyage, ajouta Kendall en chantonnant.

Ses yeux brillaient d'excitation. Elle se tourna vers Tyson, lui adressa un sourire plein de tendresse et lui caressa la main. Il lui répondit par un clin d'œil.

— J'ai promis un petit périple à Kendall, annonça Tyson. Nous allons rester quelque temps dans notre maison du Montana, puis nous partirons à l'étranger.

— C'est génial, dit Ivy, émue de les voir aussi heureux et amoureux. Mais avant ces vacances, vous n'allez pas avoir une minute de répit. Sérieusement, comment faites-vous ?

Ivy avait sincèrement envie de savoir. Sa nouvelle vie était si exigeante… Elle avait tellement de mal à tenir le rythme qu'elle avait bien failli tout laisser tomber à plusieurs reprises au cours de cette année.

Elle se demandait parfois si elle s'était surestimée en créant un an plus tôt ce groupe de femmes chez Blackwell Wealth, l'entreprise familiale. Entre les réunions, l'organisation des événements et ses cours destinés aux femmes sur le thème de la finance et des investissements, elle n'avait plus une minute pour souffler. Même ses week-ends étaient désormais dédiés au travail. Elle avait d'abord aimé ce nouveau rôle et apprécié la reconnaissance de son père, ravi de voir croître considérablement la clientèle féminine de sa société. Mais progressivement, la popularité de Ivy avait grandi et elle avait été de plus en plus sollicitée en dehors du groupe Blackwell, ce qui avait engendré des tensions avec ses parents, Lydia et Bill.

Le succès de l'une de ses conférences l'avait amenée à devenir influenceuse. Puis elle avait reçu cette proposition pour la publication d'un livre, et à présent, elle était débordée et épuisée en permanence. Mais quand elle commençait quelque chose, elle tenait à aller au bout.

Quand la serveuse eut apporté leurs assiettes, Ivy interrogea de nouveau Kendall :

— S'il te plaît, insista-t-elle, j'ai besoin de savoir. Comment arrives-tu à tout gérer ? Je ne fais pas la moitié de ce que tu fais, et pourtant, je suis déjà au bout de mes forces. Cette vie d'influenceuse est beaucoup plus prenante que je l'imaginais, et cela ne va pas en s'améliorant. Au contraire. Je me réjouis de voir tant d'occasions s'offrir à moi, mais je ne sais pas combien de temps j'arriverai à assumer ce rôle tout en gardant mon emploi chez Blackwell Wealth.

Kendall et Tyson se regardèrent, puis se tournèrent vers Ivy.

— Démissionne ! dirent-ils en chœur.

Cela leur paraissait donc évident ?

À vrai dire, cette idée avait aussi traversé l'esprit de Ivy ces derniers mois. Mais elle aimait son travail au sein de l'entreprise familiale et n'oubliait pas que c'était ce poste qui l'avait conduite là où elle en était maintenant. Elle était fière de ce qu'elle avait accompli chez Blackwell en si peu de temps, fière de montrer aux femmes que la finance n'était pas réservée aux hommes. Et elle pensait aussi à ses parents, à ce qu'ils ressentiraient si elle démissionnait. Une autre Blackwell tournant le dos à ce qu'ils avaient construit pour leurs enfants au prix de tant d'efforts. Elle ne saurait même pas comment annoncer cela à son père !

— Ivy ?

— Oui, pardon, dit-elle en s'apercevant qu'elle s'était perdue dans ses pensées.

— Tu ne veux pas quitter l'entreprise familiale, c'est ça ? demanda Tyson.

— Oui, c'est ça, confirma-t-elle en soupirant.

— Parce que tu n'en as pas envie, ou parce que tu as peur de décevoir tes parents ?

— Les deux.

— Que pensent-ils de tout ce que tu fais en dehors de Blackwell Wealth ?

— Cela ne les enchante pas. Ils pensent que je brade mon image, c'est-à-dire celle de la famille.

— Je te comprends, dit Kendall. J'ai connu la même chose. Mais un jour, pour ton propre équilibre, tu seras bien obligée de faire un choix. Ce que tu fais va continuer à porter ses fruits, tu vas te faire un nom et de nombreuses portes vont s'ouvrir. Cela a déjà commencé, avec le livre que tu vas publier.

— D'après mon père, c'est justement cela, le problème. Selon lui, j'avais déjà un nom dont je pouvais être fière.

— Je peux te donner un conseil ? demanda Kendall.

— Oui ! Je n'attends que cela.

— Donne-toi du temps pour réfléchir à ce que tu veux vraiment. Comme nous, tu vas apprendre peu à peu à organiser ta nouvelle vie. Mais surtout, n'oublie pas de t'accorder des pauses pour récupérer. Et accepte le fait que chaque décision importante que tu prends pour toi-même risque de déplaire à quelqu'un. À toi de voir qui tu veux satisfaire : toi-même ou les autres ?

Ivy sentit que les propos de Kendall allaient la faire réfléchir pendant longtemps. Les questions commençaient déjà à affluer dans son esprit. Allait-elle devoir sacrifier le bonheur de quelqu'un pour mener la vie dont elle rêvait ? Que manquait-il à son existence ? L'amour y trouverait-il une place ?

- 4 -

Jordan avait beau essayer de se concentrer, son esprit revenait sans cesse à sa conversation de la veille avec sa mère et son beau-père. Il n'avait pas encore réussi à joindre Dorian pour lui parler de la demande de Timothy. Son frère lui avait tout de même envoyé un message dans lequel il lui promettait de le rappeler ce soir.

Anderson frappa et entra dans le bureau de Jordan.

— Tu es arrivé tôt, dit Anderson.

— Oui, j'ai beaucoup de choses à faire. Et comme je n'arrivais pas à dormir, j'ai décidé d'aller au bureau. Et toi ? Que fais-tu là de si bon matin ?

— Un de mes contacts m'a donné une information très intéressante, répondit Anderson avec un grand sourire. Je crois qu'une belle occasion se présente à nous, mais il va falloir agir vite. Je voulais prendre le temps d'y réfléchir avant d'en parler à la réunion de tout à l'heure.

— Cela va me faire du bien d'entendre une bonne nouvelle, dit Jordan en faisant signe à son ami de s'asseoir face à lui.

Anderson s'approcha en dansant avant de s'installer.

— Tu es prêt ?

— Vas-y, répondit Jordan. Je t'écoute.

— Le contact dont je te parle travaille pour un grand

éditeur. Il m'a annoncé qu'ils allaient publier d'ici peu le livre de l'experte financière, Ivy Blackwell. Je lui ai expliqué que nous cherchions une nouvelle idée de téléréalité, et que je pensais à un programme dans lequel elle aiderait des gens à devenir riches où à résoudre leurs problèmes financiers. Nous pourrions faire une promotion conjointe entre le livre et l'émission. Tout le monde serait gagnant ! Il s'est montré enthousiaste et m'a dit qu'il allait en parler en réunion dès aujourd'hui. Nous pourrons passer à sa maison d'édition quand nous serons à New York la semaine prochaine.

— Je crois que Ivy Blackwell habite ici à Los Angeles, dit Jordan. Nous devrions essayer de la rencontrer avant de partir pour New York. Tu peux te renseigner pour avoir ses coordonnées ?

— C'est comme si c'était fait !

Jordan était séduit par cette idée d'émission. Elle était dans l'air du temps et il était certain qu'elle pouvait marcher. Seulement, il se demandait comment Ivy Blackwell allait recevoir une proposition venant de lui. Il n'avait plus qu'à espérer qu'un peu de champagne et de café renversés ne suffiraient pas à la dissuader de signer un beau contrat.

À dire vrai, il mourait d'envie de la revoir. Il n'avait oublié ni le frisson qui l'avait traversé quand ils s'étaient touchés, ni le regard qui l'avait fasciné malgré sa sévérité.

Anderson se leva et sortit en promettant d'arriver en réunion avec un projet étoffé. Jordan se mit aussitôt à griffonner quelques idées pour un pilote, heureux d'avoir de quoi se concentrer pour éviter de penser à ses problèmes familiaux. Puis il prit son téléphone pour regarder les différents profils de Ivy Blackwell sur les réseaux sociaux. Il ne savait pratiquement rien d'elle. Bien sûr, ce qu'elle publiait sur Internet ne donnait sans doute qu'une image superficielle, mais c'était pour l'instant son seul moyen de se faire une idée de qui elle était.

Elle était d'une famille new-yorkaise qui brillait dans le milieu de la finance. Étant lui-même originaire de New York, Jordan était conscient de l'importance des Blackwell, et il connaissait un peu Tyson. Il ne tarda pas à découvrir le lien entre Ivy et lui : ils étaient cousins.

Les publications de Ivy évoquaient une atmosphère de luxe et de richesse. Cependant, elle parvenait à donner une impression de simplicité et de professionnalisme. Dans ses vidéos, elle donnait des conseils en finance en s'exprimant avec intelligence et humour. Jordan voyait pourquoi ses abonnées l'aimaient autant. Elles avaient envie de lui ressembler.

Même après avoir trouvé ce qu'il cherchait, il continua à parcourir le fil des publications de Ivy. Plus il découvrait de choses sur elle, plus il avait envie que cette collaboration voie le jour. Il était convaincu qu'elle avait toutes les qualités pour faire de cette nouvelle émission un succès.

À force de regarder des photos de Ivy, Jordan se rendit compte qu'elle n'avait jamais de cavalier à son bras. Était-elle célibataire, ou préférait-elle simplement protéger sa vie privée ? Peut-être publiait-elle des clichés plus personnels sur un second profil ? Il trouva un autre compte qui semblait appartenir à Ivy, mais comme sa photo ne montrait qu'une partie de son visage, il n'en était pas certain. Cela ne fit qu'attiser sa curiosité. Comment était-elle quand les objectifs n'étaient plus braqués sur elle ? Le fait qu'elle dévoile si peu d'informations personnelles sur les réseaux sociaux avait quelque chose d'intriguant.

Mya, la dernière petite amie de Jordan, avait été

obnubilée par les réseaux sociaux. Elle avait passé son temps à poster des photos, à guetter les commentaires et les messages qu'elle recevait et à évaluer la popularité de ses publications. Il s'était senti sans cesse en concurrence avec son téléphone. Ils n'avaient même pas pu sortir dîner sans qu'elle prenne des dizaines de photos pour les partager avec ses fans.

Finalement, leur relation était arrivée dans une impasse. Mya s'était plainte du temps que Jordan consacrait à sa société de production, et Jordan n'avait plus supporté l'obsession de Mya pour les réseaux sociaux. Un jour, en rentrant dans leur grande maison, il l'avait trouvée vide. Bien qu'il ait été conscient de leurs problèmes de couple, cette séparation lui avait fait mal. Mya avait choisi une vie dans laquelle il n'y avait pas de place pour lui et l'avait quitté sans même lui parler.

Moins d'un an plus tard, en la croisant par hasard, il avait eu un choc en découvrant sa bague de fiançailles et son ventre arrondi. Cet événement lui avait permis de tourner définitivement la page. Il avait compris qu'elle était partie pour rejoindre directement les bras d'un autre homme, un homme qu'elle avait peut-être même commencé à fréquenter quand elle était encore avec Jordan. Comment aurait-il pu avoir des regrets après cela ?

Il chassa Mya de son esprit et poursuivit ses recherches en ligne sur Ivy Blackwell. Il trouva une photo d'elle micro en main, en plein discours, et s'informa sur tout ce qu'elle entreprenait pour initier les femmes à la finance. Il ne put s'empêcher de regarder plusieurs vidéos, à la fois pour entendre ce qu'elle avait à dire et pour se délecter du timbre de sa voix qui rappelait celui d'une chanteuse de jazz. C'était une personnalité incroyable. Il n'avait qu'à l'écouter pour que des dizaines d'idées lui viennent à l'esprit en vue d'une future émission. Il les nota toutes, puis se pencha enfin sur les autres dossiers qu'il avait à traiter ce matin.

Après avoir réussi à se concentrer un long moment, il repensa soudain à la requête de son beau-père. Juste à cet instant, son téléphone sonna. C'était sa mère.

— Bonjour, maman, dit-il avec autant de bonne humeur que possible.

— J'appelais pour prendre de tes nouvelles.

— Je vais bien, maman. Et toi ?

— Bien, merci. Je voulais te remercier d'avoir bien voulu écouter Timothy hier soir.

Jordan retint son souffle une seconde avant de répondre :

— Je t'en prie, c'est normal.

— Je me disais aussi que je ne t'avais pas vu depuis longtemps, mon chéri. Quand prévois-tu de venir ?

— Justement, je serai de passage à New York la semaine prochaine avec mon équipe pour plusieurs rendez-vous professionnels.

— Oh ! formidable, s'enthousiasma Charisse. Quel jour arrives-tu ?

— Je pensais prendre l'avion dimanche après-midi, mais je peux avancer mon départ de vingt-quatre heures, si tu veux.

— Oui ! Comme ça nous pourrions prendre un brunch ensemble dimanche.

— Avec plaisir, répondit-il en espérant qu'elle n'allait pas lui demander si elle pouvait venir avec son mari.

— Parfait, c'est décidé. C'est moi qui t'inviterai.

— Ça, maman, il n'en est pas question. Je viendrai te chercher dimanche à midi.

— À dimanche, mon chéri. J'ai hâte de te voir.

— Moi aussi, maman.

Après avoir raccroché, Jordan se remémora le jour où Tim Lane était entré dans leur vie. Charisse l'avait rencontré deux ans après la mort de son premier mari, le père de Dorian et Jordan. Timothy avait su redonner le sourire à Charisse, mais il avait toujours eu l'air de considérer ses beaux-fils comme un fardeau. Et voilà qu'il réclamait leur aide.

- 5 -

— Attends… Qu'est-ce que tu as dit ? s'exclama Ivy en se levant d'un bond. Une émission de télévision ?

Elle s'empressa d'aller fermer la porte de son bureau. Il ne fallait surtout pas que quelqu'un entende cette conversation.

— Oui ! répondit Jamie, son agente. C'est génial, non ?

— Incroyable, même. Je n'en reviens pas.

Ivy s'assit lentement dans son canapé blanc en se demandant si elle n'était pas en train de rêver.

— C'est pourtant bien réel, assura Jamie. Les producteurs seront à New York la semaine prochaine. Ils veulent te rencontrer.

— Quand ? s'enquit Ivy avec anxiété.

Son agenda était déjà rempli pour les jours à venir, mais elle devait accepter ce rendez-vous. Elle ne pouvait pas dire non à une proposition d'émission de télévision. Comment faire de la place à ce projet dans son emploi du temps ? Elle l'ignorait. Il était de toute façon trop tôt pour se poser cette question.

— Mardi à 10 h 30, répondit Jamie. Tu pourras te libérer ?

— Euh… Ne quitte pas, je vérifie tout de suite.

Ivy consulta son calendrier sur son téléphone.

— Non, je serai prise malheureusement, dit-elle en soupirant.

— Comment faire ? répliqua Jamie. Ils doivent nous rencontrer avant leur rendez-vous avec les chaînes de télévision. Je ne crois pas qu'il y ait d'autre créneau possible. Peux-tu essayer de trouver une solution ? De mon côté, je vais leur demander s'ils ont un autre horaire à nous proposer.

— D'accord. Merci. Si c'est vraiment la seule possibilité pour eux, dis oui et je m'arrangerai pour être là.

— Parfait. Je te tiens au courant.

— Jamie, c'est fou, murmura Ivy avec émotion. Ma propre émission de télé !

— Oui, c'est formidable. Je te rappelle dès que j'ai du nouveau.

— Merci, Jamie. À plus tard.

Après avoir raccroché, Ivy resta assise, les yeux dans le vague. Elle était sous le choc. Sa nouvelle vie d'influenceuse lui prenait tellement de temps et d'énergie… Plus son activité se développait, plus elle avait du mal à la combiner avec son travail au sein de l'entreprise familiale. Son rendez-vous de mardi matin était justement en lien avec Blackwell Wealth. Elle devait recevoir Dale Billington, héritière d'un énorme portefeuille d'actions et d'un important parc immobilier à New York. Si Ivy parvenait à la convaincre de devenir cliente du groupe Blackwell, ce serait le succès le plus important de sa carrière. Elle avait mis des mois à l'approcher. Dale était extrêmement exigeante et ne voulait traiter avec personne d'autre que Ivy.

Ivy s'affala au fond du canapé. Une fois de plus, sa vie d'influenceuse interférait avec son travail. Elle avait pourtant promis à son père que cela n'arriverait pas. Elle l'avait convaincu que Blackwell Wealth avait besoin d'une femme bien en vue pour attirer une clientèle féminine. Puis elle avait parlé de son idée à Zoe, la femme de son frère, qui avait été suffisamment séduite par ce projet pour revenir travailler auprès d'elle chez Blackwell. Elles formaient un duo efficace et avaient déjà attiré nombre de nouvelles clientes. Ivy était fière de ce qu'elles avaient accompli, mais elle devait bien reconnaître que sa notoriété grandissante entrait en conflit avec sa famille et le groupe Blackwell.

Elle se leva et appela Zoe de son téléphone de bureau.

— Tu m'appelles depuis l'autre côté de la cloison ? plaisanta Zoe en décrochant.

— Il faut que je te voie tout de suite, dit Ivy en s'efforçant de contrôler le mélange de nervosité et d'excitation qui lui donnait envie de hurler.

Quelques secondes plus tard, Zoe était là. Elle regarda Ivy qui faisait les cent pas et l'interrogea du regard.

— Alors ? Tu vas me dire ce qui se passe ?

— Viens t'asseoir, dit Ivy en attirant sa belle-sœur sur le canapé.

— Qu'as-tu à m'annoncer ? demanda Zoe quand elles furent installées côte à côte.

— On m'a proposé une émission de télévision !

— Quoi ? cria Zoe.

Ivy mit la main sur la bouche de sa belle-sœur.

— Chut !

Ivy regarda machinalement la porte fermée de son bureau.

— Une émission de télévision ? répéta Zoe en chuchotant.

Ivy se mit à rire. Elle ne voulait pas que le monde entier

apprenne la nouvelle, mais elles pouvaient tout de même parler normalement.

— Oui, répondit-elle. J'ai encore du mal à y croire.

Ivy se leva et marcha jusqu'à la baie vitrée. Elle regarda un moment la ville qui s'étendait à ses pieds avant de se retourner vers Zoe.

— Raconte-moi tout ! lui enjoignit sa belle-sœur.

— Je n'en sais pas plus pour l'instant.

Ivy lui fit le récit de sa conversation téléphonique avec Jamie, en terminant par son problème d'emploi du temps.

— Aïe, dit Zoe. Il faut que nous trouvions une solution. Nous avons eu tellement de mal à obtenir ce rendez-vous avec Dale !

Elle se leva et fit à son tour les cent pas dans le bureau de Ivy.

— J'imagine que tu n'en as pas encore parlé à ton père ? ajouta-t-elle.

— Bien sûr que non. Je dois d'abord faire en sorte que tout soit réglé. Je sais que reporter notre rendez-vous avec Dale n'est pas une option. J'espère donc que Jamie pourra convenir d'un autre horaire avec les producteurs.

— Oh ! Ivy, c'est fou, dit Zoe en riant. Une émission de télévision, rien que ça ? Incroyable ! Mais comment vas-tu faire pour tout mener de front ?

— Je n'en ai aucune idée, mais l'occasion est trop belle pour que je la laisse passer. Quand j'étais petite, je m'imaginais souvent dans la peau d'une animatrice de *talk-show.* Je me voyais assise à une table avec des femmes fabuleuses, discutant avec elles de toutes sortes de sujets. Jc voulais interviewer des célébrités. J'ai mis ce rêve de côté le jour où j'ai décidé de venir travailler pour mon père. Mais voilà qu'il pourrait bien se réaliser ! C'est presque trop beau pour être vrai.

Zoe croisa les bras et secoua la tête.

— Attention ! prévint Ivy. Nous devons garder cela pour nous. Promets-le-moi.

— Il ne…

— Zoe ! ajouta Ivy sur un ton de réprimande. Promets-moi de ne rien dire à Ethan. Il ne faut surtout pas que la nouvelle arrive aux oreilles de mon père. Je lui en parlerai le moment venu, mais pour l'instant, tout est encore beaucoup trop flou.

— D'accord, répondit Zoe avec un air déçu. Je te le promets.

Ivy la regarda en se demandant si Zoe n'allait pas craquer et tout dire à Ethan. Elle savait bien que son frère et sa belle-sœur n'avaient pas de secret l'un pour l'autre.

— Arrête de me dévisager comme ça, plaisanta Zoe. Je t'assure que je ne lui dirai rien. Mais préviens-moi dès que tu me donnes le feu vert. Ethan va être fou.

— Compte sur moi, je te le dirai.

— En attendant, poursuivit Zoe, nous devons trouver une solution pour que tu sois présente à tes deux rendez-vous. Tiens-moi au courant quand tu auras des nouvelles de ton agente.

— Oui, répondit Ivy en raccompagnant Zoe à la porte.

— Je compte toujours sur toi pour le dîner d'anniversaire d'Ethan mardi soir ?

— Bien sûr.

— Et dire que je vais lui cacher la nouvelle que tu viens de m'apprendre…

— Je compte sur toi ! insista Ivy d'une voix autoritaire.

Zoe porta la main à sa bouche et fit comme si elle tournait une clé. Puis elle chuchota :

— Tu vas devenir une star !

Et elle s'éloigna dans le couloir en riant.

La joie de Ivy ne dura pas longtemps. Après être retournée s'asseoir dans son fauteuil de bureau, elle se regarda dans une glace et remarqua des cernes sous ses yeux. Son léger maquillage masquait à peine sa fatigue. Comment allait-elle s'y prendre pour tout faire à la fois ? Elle était excitée par ces nouveaux projets, mais aussi terrifiée à l'idée de ne pas s'en sortir.

- 6 -

Ces derniers jours, Jordan n'avait cessé de penser à Ivy Blackwell. Elle lui paraissait parfaite pour l'émission qu'il imaginait. À force de regarder ses vidéos de conseils financiers, il en était même arrivé à acheter des actions qu'elle recommandait particulièrement. Il était impressionné par l'énergie et le talent qu'elle mettait au service des femmes. Il pensait à sa mère, Charisse, qui aurait eu grand besoin de tels conseils pour gérer son argent après la mort de son mari.

La seule chose qui inquiétait quelque peu Jordan, c'était la grande place que semblaient occuper les réseaux sociaux dans la vie de Ivy Blackwell. Cela lui rappelait de mauvais souvenirs. Souffrait-elle de la même obsession que Mya ? Gérait-elle elle-même toutes ses publications ou confiait-elle la gestion de ses comptes à des spécialistes ? Voilà les questions qu'il se posait. Mais surtout, il avait de plus en plus envie de connaître la femme qui se cachait derrière l'experte financière.

Comme il se garait devant la maison de sa mère, il sourit en voyant qu'elle l'attendait sur le perron. Elle courut à sa rencontre, les bras grands ouverts. Jordan descendit de voiture et l'embrassa affectueusement.

— Mon chéri ! Comme je suis contente que tu sois là !

— Moi aussi. Comment vas-tu, maman ?

— Beaucoup mieux, maintenant que je vois mon bébé.

Jordan rit et leva les yeux au ciel.

— Oui, c'est comme ça, insista Charisse. Peu importe ton âge, tu seras toujours mon bébé.

Elle recula d'un pas, lui prit les mains et leva la tête pour le regarder. Comme Dorian, Jordan avait hérité de la grande taille de leur père, de sorte que leur mère leur arrivait à peine à la poitrine.

— Tu as maigri, dit-elle. Il faut qu'on te trouve une femme bien. Pas comme celle qui t'a laissé tomber.

Jordan ne put s'empêcher de rire. Selon sa mère, tout ce qui n'allait pas chez lui ou chez son frère venait du fait qu'il manquait « une femme bien » dans leur vie. Qu'ils perdent ou prennent du poids, qu'ils attrapent un rhume ou se fassent une élongation… Elle saisissait chaque occasion de faire allusion à leur célibat, au point que dans leur entourage, c'était devenu une plaisanterie récurrente.

— Allez, on y va, conclut joyeusement Charisse. Le brunch nous attend. Il y a un nouveau restaurant à Long Beach qui donne directement sur l'eau, c'est là que nous allons.

Elle monta en voiture et entra l'adresse du restaurant dans le GPS de Jordan.

Elle attendit qu'il démarre avant de reprendre la parole :

— As-tu revu cette femme depuis… depuis ce jour-là ? demanda-t-elle.

Jordan retint son souffle. Sa mère refusait donc toujours d'appeler Mya par son prénom.

— Non, maman, je ne l'ai pas revue.

— Tu en souffres toujours, mon chéri ?

— Plus maintenant.

— Tant mieux. Moi, je ne m'en suis pas remise. Est-ce la raison pour laquelle tu n'as pas encore de petite amie ?

— Maman !

— Quoi ? As-tu au moins rencontré une femme bien dernièrement ? Tu n'as personne en vue ?

Jordan secoua la tête en soupirant, mais l'image de Ivy Blackwell vêtue de la belle robe qu'elle portait à la soirée lui vint à l'esprit. Il ressentit la même attirance que lorsqu'il l'avait vue. Et si…

— Non, maman, répondit-il en riant. Personne en vue pour l'instant, d'accord ?

Mais tout en disant cela, il continuait à penser à Ivy.

— J'ai compris ! J'arrête. Je veux juste que vous soyez heureux, ton frère et toi. Cette vie de célibataire va finir par vous faire du mal. Vous avez tous les deux besoin de trouver une femme bien. Je ne cesse de vous le dire. Je me fais du souci pour vous.

— Maman, grommela-t-il. Tu n'as aucune raison de t'inquiéter.

— D'accord, d'accord ! s'exclama Charisse en riant. Ah, mon chéri, si tu savais comme je suis heureuse de te voir. Tu devrais rentrer plus souvent. Ou rester plus longtemps quand tu reviens. Tu me manques.

Elle tapota le bras de Jordan, puis lui fit la conversation pendant tout le trajet et continua lorsqu'ils furent assis à table, en lui laissant à peine le temps de prononcer quelques mots. Elle tenait tellement à lui raconter tout ce qui s'était passé depuis sa dernière visite qu'elle ne vit même pas Dorian entrer dans le restaurant. Elle attendit qu'il soit debout à côté d'elle pour remarquer sa présence.

— Oh ! cria-t-elle avec stupeur.

Elle se leva et serra Dorian dans ses bras.

— Bonjour, maman, dit Dorian en l'embrassant.

— Je vais avoir mes deux bébés pour moi toute seule ? Quelle merveilleuse surprise !

Dorian et Jordan s'embrassèrent, puis ils s'assirent tous les trois et passèrent commande. Ils parlèrent d'abord de choses et d'autres, jusqu'au moment où il fallut aborder le sujet qui avait poussé Jordan à inviter Dorian. Ils étaient avant tout heureux de revoir leur mère, mais ils avaient aussi une conversation importante à avoir avec elle. Dorian et Jordan, tous les deux chefs d'entreprise, étaient impliqués dans les affaires l'un de l'autre, c'est pourquoi ils ne prenaient jamais de grande décision sans en avoir discuté ensemble.

Dorian avait toujours été un grand sportif. Bien qu'il n'ait pas fait carrière, il continuait à s'entraîner de façon intensive et avait beaucoup d'amis dans le monde professionnel. Lorsqu'il avait créé sa boisson énergétique et l'entreprise chargée de la commercialiser, il avait pu s'adresser aux nombreux athlètes qu'il connaissait pour en faire la promotion. Sa marque valait désormais un milliard de dollars.

Après avoir fini son plat, Charisse s'essuya délicatement la bouche avec sa serviette en papier et poussa un léger soupir.

— C'était délicieux, dit-elle. Maintenant, allons droit au fait avant que je prenne mon dessert. Je vais vous expliquer pourquoi l'entreprise de Tim a besoin de votre aide.

Jordan échangea un bref regard avec son frère. Ils n'avaient aucune raison d'être étonnés ; leur mère n'avait jamais eu peur de parler sans détour des choses importantes.

— Je sais que vous ne portez pas Tim dans votre cœur, poursuivit-elle d'une voix douce. Et vous n'avez jamais l'air de me croire quand je vous dis qu'il est sincèrement attaché à vous deux.

Cette fois, Dorian et Jordan se regardèrent avec un air dubitatif.

— Je sais que vous m'avez dit que vous alliez en discuter avant de me donner une réponse, mais s'il vous plaît, je vous demande de ne pas dire non.

— Pourquoi ? lança Jordan.

— Parce que si son entreprise est en difficulté, c'est à cause de moi. Il ne se serait jamais tourné vers vous autrement. Comme vous, il a trop de fierté. Mais il ne vous aurait pas dit non plus que je suis responsable des problèmes auxquels il est confronté.

Jordan regarda fixement sa mère. Qu'avait-elle bien pu faire pour nuire aux affaires de son mari ?

— Que s'est-il passé, maman ? demanda Dorian.

Elle respira profondément avant de répondre :

— J'ai eu envie de monter une entreprise à mon tour. Tim s'est merveilleusement occupé de moi toutes ces années, mais je ressentais le besoin de faire quelque chose par moi-même.

— Quel genre d'entreprises ? s'enquit Dorian.

— Du transport routier, répondit-elle avec un haussement d'épaules.

Dorian et Jordan la regardèrent avec stupeur.

— Du transport routier ? répéta Jordan, incrédule.

— J'ai hâte d'entendre les détails, commenta Dorian.

— Je voulais faire quelque chose de différent. D'audacieux. Nous avons pris une partie de nos économies et Tim a investi de l'argent de son entreprise dans la mienne. Nous avons acheté quelques véhicules, trouvé des locaux et engagé des chauffeurs. Au début, tout s'est bien passé. J'adorais ce que je faisais. Mais peu de temps après, nous avons appris que Tim était atteint d'un cancer de la prostate.

Elle fit une pause, puis ajouta :

— Le médecin nous a dit qu'avec un traitement agressif, il pourrait être rapidement tiré d'affaire. Nous lui avons fait confiance et n'en avons parlé à personne, pensant que ce ne serait qu'un mauvais moment à passer. Nous nous sommes concentrés sur son rétablissement. Hélas, cela a pris plus de temps que prévu. Et le traitement nous a coûté une fortune.

Charisse leur expliqua comment le lancement de son entreprise et les soins médicaux de Tim les avaient mis dans une situation financière très difficile. En quelques mois, ils avaient accumulé des dettes considérables.

— Pourquoi ne nous as-tu rien dit ? demanda Jordan, sous le choc.

Dorian et lui étaient à la tête d'entreprises extrêmement prospères. Ils auraient pu aider leur mère et leur beau-père beaucoup plus tôt. Certes, ils entretenaient des rapports compliqués avec Tim, mais ils savaient aussi ce qu'ils lui devaient sur le plan matériel. Sans lui et son entreprise de construction florissante, leur mère aurait eu bien du mal à prendre soin d'eux après la mort de leur père, qui les avait laissés tous les trois dans la pauvreté.

— Nous nous en sortions malgré tout, répondit-elle, jusqu'au jour où ses plus gros clients ont eu vent de son état de santé et ont cessé de lui proposer des chantiers. Ils ont eu peur qu'il ne puisse pas honorer personnellement les contrats et ont perdu confiance en sa société. Ses revenus se sont effondrés. Il ne voulait pas que je me tourne vers vous, mais je lui ai dit que nous n'avions pas le choix. C'est un homme orgueilleux, comme vous l'êtes tous les deux. Il ne voulait ni vous déranger, ni vous révéler que j'étais en grande partie responsable de nos problèmes d'argent. J'ai voulu te voir, Jordan, pour t'expliquer précisément la situation. J'avais prévu de le faire aussi avec Dorian, mais c'est encore mieux que vous soyez venus tous les deux ce matin.

— Maman, comment va Tim ? s'inquiéta Dorian.

— Mieux, maintenant.

Jordan ne dit rien, mais cette nouvelle le soulagea. Tim était important pour sa mère et sa plus grande crainte était de la voir malheureuse.

— De combien avez-vous besoin ? demanda-t-il.

— Je ne vous demande pas une subvention, répondit-elle en levant les mains. Je préfère vous proposer un investissement, l'acquisition de parts dans la société de Tim.

— Est-ce qu'il est au courant ? A-t-il vraiment envie d'avoir ses beaux-fils comme associés ?

— Pas encore, reconnut-elle. J'ai déjà eu beaucoup de mal à lui faire accepter de vous demander un prêt. Mais finalement, je pense que cette idée serait meilleure. À ce jour, l'entreprise de Tim est uniquement à son nom. Si vous prenez des parts, je veux m'assurer que vous obteniez un retour sur investissement s'il lui arrive quoi que ce soit. J'essaye de protéger à la fois vos intérêts et les nôtres. J'aimerais savoir ce que vous en pensez avant de lui en parler.

Sur ce, elle se tut et les regarda l'un après l'autre.

— Qu'est-ce qui te fait penser qu'il pourrait accepter ? demanda Dorian après un silence.

— Nous n'avons pas vraiment d'autre choix, et maintenant qu'il a retrouvé la santé, je ne supporte pas l'idée qu'il perde l'entreprise qu'il a bâtie au fil des années. Cette association entre vous et lui serait beaucoup plus intéressante qu'un simple prêt.

Jordan s'enfonça dans son siège et se massa machinalement les tempes. Il ne pouvait pas dire non. Il allait devoir aider Tim. Aider son beau-père, c'était aider sa mère. Et il devait bien reconnaître que pour Dorian et lui, cet investissement ne représenterait presque rien sur le plan financier.

— Nous allons réfléchir aux termes de l'accord et demander aux avocats de préparer les documents, dit Jordan.

Puis il se tourna vers Dorian, qui hocha la tête avec approbation. Après une longue respiration, Charisse joignit les mains avec énergie et enthousiasme.

— Bien, dit-elle. J'ai l'impression que nous allons faire des affaires ensemble. Il ne me reste plus qu'à convaincre Tim. Il va me falloir un peu de temps.

Jordan avait confiance en l'intelligence et la générosité de sa mère. Elle avait sûrement trouvé la meilleure solution pour que tous les membres de la famille sortent gagnants de cette épreuve. À condition, bien sûr, que Tim parvienne à mettre sa fierté de côté.

- 7 -

Ivy essuya une fois de plus ses mains moites et se regarda dans le miroir. Son tailleur-pantalon de couleur bleu marine, parfaitement coupé, avait l'élégance et la sobriété nécessaires pour la journée qui s'annonçait. Elle passa les doigts dans ses cheveux frisés et constata avec satisfaction que ses boucles se remettaient aussitôt en place. Vu l'état d'excitation et de nervosité dans lequel elle se trouvait, cela la rassurait de pouvoir contrôler au moins son apparence.

Après avoir pris son sac cabas sur la banquette en velours de sa chambre, elle descendit au rez-de-chaussée et fit les cent pas en attendant la voiture avec chauffeur qu'elle avait réservée pour la matinée. Elle était trop anxieuse pour prendre les transports en commun ou conduire elle-même.

Zoe avait essayé de retarder l'heure de leur rendez-vous avec Dale Billington, et Jamie avait demandé aux producteurs s'ils pouvaient rencontrer Ivy un peu plus tôt dans la matinée. Hélas, Dale avait dit non, en rappelant avec insistance qu'elle tenait à s'entretenir spécialement avec Ivy. Quant aux producteurs, leur emploi du temps était déjà très serré et ils avaient seulement pu avancer la rencontre d'une demi-heure. Cela signifiait que de toute façon, avec quinze minutes de trajet entre ses deux rendez-vous, Ivy ne serait jamais à l'heure pour accueillir Dale.

Elle regarda sa montre et essaya de ne pas s'inquiéter. Zoe avait promis de prendre grand soin de Dale, tout en enjoignant à Ivy d'arriver au bureau aussi tôt que possible.

Ivy reçut un message lui indiquant l'arrivée de son chauffeur. Elle prit ses clés et sortit aussitôt. Une fois installée à l'arrière de la luxueuse voiture, elle ferma les yeux pour se détendre, soulagée de ne pas être elle-même au volant, dans la circulation infernale de New York.

Le chauffeur la déposa juste devant l'immeuble dans lequel elle devait retrouver les producteurs. Après l'avoir remercié, elle sortit pour aller à la rencontre de Jamie qui l'attendait sur le trottoir.

— Tu es prête ? lui demanda son agente.

— Autant que possible, répondit Ivy. Mais j'ai encore l'impression d'être dans un rêve.

— C'est pourtant la réalité, ma chérie, assura Jamie en riant.

Ivy la suivit comme un robot à l'intérieur du bâtiment, jusqu'à l'ascenseur qui se trouvait au fond du hall. Quand elles en sortirent, une grande femme blonde les conduisit à une salle de réunion moderne, aux murs et aux meubles blancs. Ivy était toujours partagée entre un sentiment d'euphorie et la peur d'être en retard pour son second rendez-vous.

— M. Chambers et M. Parks seront là d'un instant à l'autre, dit la femme blonde. Puis-je vous offrir quelque chose à boire ? De l'eau, du café, du thé ?

— Je veux bien de l'eau, s'il vous plaît, répondit Ivy.

— La même chose pour moi, dit Jamie. Merci.

Ivy but quelques gorgées d'eau fraîche en attendant

l'arrivée des producteurs. Bientôt, des voix se firent entendre dans le couloir et elle tourna la tête vers la porte en même temps que Jamie. Un premier homme entra et leur tendit la main en souriant.

— Bonjour, dit-il. Je suis Anderson Parks. Et vous êtes l'experte financière ! dit-il en saluant Ivy. Je suis heureux de vous rencontrer.

— Tout le plaisir est pour moi, répondit-elle.

À cet instant, elle entendit le second homme se présenter à Jamie.

— Jordan Chambers.

Elle se tourna pour voir à qui appartenait cette voix sensuelle et n'en crut pas ses yeux. Ce Jordan Chambers n'était autre que l'homme qui l'avait percutée deux fois la semaine dernière à Los Angeles ! Elle en était sûre. Comment oublier un être à la fois aussi beau et aussi maladroit ? Elle se demanda soudain si l'on était en train de se moquer d'elle.

— Ivy, chuchota Jamie.

Debout face à Ivy, Jordan attendait qu'elle prenne la main qu'il lui tendait.

— Oui… euh… pardon, balbutia-t-elle en lui serrant la main. Je suis Ivy Blackwell.

Malgré le souvenir désagréable qu'elle gardait de lui, elle sentit un frisson quand leurs doigts se touchèrent.

Il invita tout le monde à s'asseoir, et Ivy prit place en essayant de se convaincre qu'elle avait fait erreur. Quelles chances y avait-il pour que ce soit la même personne ? Franchement !

Elle se souvenait qu'il était splendide. Grand, avec la peau brune, une carrure d'athlète et un charisme à couper le souffle. Elle contempla discrètement les yeux perçants de Jordan Chambers, le bas de son visage couvert d'une barbe naissante et… ses fossettes. Il avait des fossettes qui rendaient son sourire absolument irrésistible.

Jamie lui donna un coup de pied sous la table.

— Je pense que Mme Blackwell essaye juste de se rappeler où elle m'a croisé, dit Jordan.

Jamie afficha un air d'incompréhension.

— Malheureusement, poursuivit-il en s'adressant à Ivy, j'ai été coupable à deux reprises de renverser votre verre et je crains que la deuxième fois ait été fatale à votre chemisier. Je vous présente à nouveau toutes mes excuses. J'espère que vous voudrez bien me pardonner.

Cette voix. Ivy se retint de justesse de soupirer de plaisir en l'écoutant.

Mais c'était donc lui.

— Si c'est une plaisanterie, dit-elle, je ne la trouve pas drôle du tout.

— Que se passe-t-il ? s'enquit Jamie avec une expression de plus en plus étonnée.

De toute évidence, elle était la seule à ne pas être au courant.

— Je vous assure que cela n'en est pas une, répondit Jordan. Je préférais juste évoquer cette mésaventure avant que nous passions au motif de notre réunion. Croyez-moi, il s'agit d'une pure coïncidence.

Ivy regarda Jordan, puis Anderson. Ce dernier confirma d'un signe de tête les propos de Jordan. Il était temps qu'elle se ressaisisse, mais elle ne pouvait s'empêcher d'être perturbée. Jordan l'attirait autant qu'il l'agaçait. Elle avait l'impression qu'il jouait avec elle. Cependant, la seule façon de savoir si ces deux hommes étaient sérieux était d'écouter ce qu'ils avaient à lui dire.

— Vous permettez ? demanda Anderson en prenant la télécommande posée sur la table.

Il alluma l'écran plat fixé au mur. Quand le logo de leur société se fut affiché, il commença par en faire la présentation avant de mentionner plusieurs émissions et séries qu'ils avaient produites. Ivy était fan de plusieurs d'entre elles.

— Votre parcours est impressionnant, poursuivit Anderson en faisant défiler sur l'écran plusieurs publications et vidéos de Ivy. Et vous êtes très populaire sur les réseaux sociaux. Vos abonnés vous adorent. Nous voyons que vous représentez des marques prestigieuses et que vous avez acquis une excellente réputation auprès des femmes qui recherchent des conseils pour investir. Et bien sûr, nous savons que vous allez publier un livre dans quelques semaines. Notre idée est de produire une émission de télévision dans laquelle vous apprendriez à de mauvais gestionnaires à faire fructifier leur argent. Compte tenu de vos compétences en la matière, vous ne seriez pas une simple animatrice. Vous seriez créditée en tant que coproductrice de l'émission. Voici comment nous imaginons les choses…

Alors c'était bien réel ! songea Ivy. Elle avait toutes les peines du monde à masquer son excitation et à écouter calmement l'exposé d'Anderson.

Jordan prit ensuite la parole pour lui expliquer comment il imaginait la première saison de l'émission et ce qu'il comptait dire aux responsables de chaînes de télévision pour leur vendre le concept. Ivy était de plus en plus enthousiaste à mesure qu'elle les écoutait. Quand ils eurent fini et lui demandèrent si elle avait des questions, elle se rendit compte que la crainte qu'elle avait éprouvée en découvrant qui était Jordan Chambers s'était envolée. En revanche, son attirance pour lui était toujours bien là, et elle allait devoir y remédier. Elle avait pour règle de ne jamais mélanger travail et plaisir.

— Nous ne voudrions surtout pas vous bousculer, ajouta Jordan, mais compte tenu de la date de sortie de votre livre et du fait que nous allons voir les programmateurs dès cette semaine, nous souhaiterions rédiger au plus vite un contrat provisoire, afin de pouvoir lancer le processus tout en ayant la possibilité de compléter et d'améliorer le contrat par la suite. Si l'une de nos chaînes partenaires est intéressée, nous nous mettrons tout de suite au travail afin de commencer le tournage au plus vite. Il faudrait que la diffusion suive d'assez près la sortie de votre livre. Bien sûr, votre rémunération tiendra compte des compensations attendues pour ce bouleversement de votre calendrier.

— Nous devrons vérifier le contrat que Ivy a signé avec son éditeur et la partie concernant les droits télévisuels, souligna Jamie.

— Eh bien, murmura Ivy. Cela fait beaucoup d'informations d'un seul coup. Je vais avoir besoin d'un peu de temps pour réfléchir et échanger avec mon équipe. Quand sont prévus vos rendez-vous avec vos chaînes partenaires ?

— Jeudi et vendredi, répondit Jordan. Nous pouvons attendre jusqu'à jeudi matin votre réponse et votre signature au bas de la première mouture de notre accord. Et nous avons déjà rédigé une vue d'ensemble de l'émission, avec une présentation du thème de chaque épisode.

— Oh ! d'accord, répondit Ivy en luttant pour ne pas paniquer.

— Vous avez des questions ?

Des dizaines, songea Ivy.

— Comme je vous le disais, répondit-elle, il me faut un peu de temps pour repenser à tout cela. J'aurai sûrement beaucoup de choses à vous demander après un moment de réflexion.

— Parfait, dit Jordan. N'hésitez pas à nous contacter l'un ou l'autre dès que vous le souhaitez.

Les deux hommes lui tendirent leur carte de visite.

— Merci, dit-elle en les rangeant dans son portefeuille.

Dans son mouvement, elle regarda sa montre et vit que plus d'une heure s'était écoulée. *Dale !* Elle se leva brusquement. Tous les yeux se tournèrent vers elle.

— Je suis désolée, dit-elle. Je dois me rendre à un autre rendez-vous. Je suis impatiente de lire l'accord que vous avez préparé.

Elle se tourna vers Jamie.

— Je peux te laisser finir cette réunion ? lui demanda-t-elle. Il faut vraiment que je parte.

— Bien sûr, vas-y, répondit Jamie.

— Merci.

Elle embrassa son agente, puis salua les deux hommes avant de partir. Quand elle passa la porte, elle sentait encore la chaleur de la main de Jordan à l'intérieur de la sienne.

Malgré tout ce qui s'était passé au cours de cette réunion, elle n'avait pas le temps d'y repenser maintenant. Elle devait se rendre au plus vite au siège de Blackwell Wealth. Elle prévint le chauffeur qu'elle arrivait pour qu'il soit prêt à démarrer et courut jusqu'à la sortie.

Hélas, il y avait autant d'embouteillages que d'habitude dans les rues de New York. Dix minutes s'écoulèrent sans qu'ils puissent avancer réellement. Il fallait se rendre à l'évidence : Ivy n'arriverait jamais à temps chez Blackwell.

Incapable de tenir en place, elle s'agita sur la banquette pendant les vingt minutes que dura encore le trajet. À la seconde où son chauffeur s'arrêta, elle bondit à l'extérieur et courut jusqu'à la salle de réunion, qu'elle trouva désespérément vide. Elle alla aussitôt frapper à la porte de Zoe, mais sa belle-sœur n'était pas là non plus. Dépitée, Ivy se rendit dans son bureau pour poser ses affaires. Elle se laissa tomber dans son fauteuil et remua doucement la tête pour essayer de détendre sa nuque nouée par le stress. À cet instant, quelqu'un frappa doucement à sa porte.

— Entrez.

C'était la secrétaire de son père.

— M. Blackwell souhaiterait vous voir, lui dit-elle.

— Merci, répondit Ivy. J'arrive tout de suite.

Cette convocation n'annonçait rien de bon. L'estomac noué, elle se leva et puisa au fond d'elle la force de marcher jusqu'au bureau de son père. Elle frappa pour annoncer son arrivée et entra sans attendre sa réponse.

Bill l'accueillit avec un regard sévère, dans une atmosphère pesante. Zoe était déjà là. La tête basse, elle échangea un regard avec Ivy.

— Assieds-toi, dit Bill à Ivy.

Elle lui obéit sans rien dire.

— Maintenant, poursuivit-il, j'aimerais que tu m'expliques pourquoi nous venons de perdre la cliente la plus importante de l'année.

Ivy aurait voulu disparaître.

- 8 -

Jordan souffrait du décalage horaire. Son séjour à New York était si chargé qu'il n'avait pas eu une seconde pour se reposer depuis son arrivée sur la côte Est.

En entrant dans son luxueux appartement de Manhattan, il jeta sa veste sur le canapé et se dirigea vers la salle de bains. En passant devant sa chambre, il regarda le grand lit aux draps blancs impeccables en rêvant de s'y blottir pour plusieurs heures. Hélas, ce n'était pas encore l'heure de se coucher.

Malgré sa fatigue, son esprit était en activité depuis ce matin. Il n'avait cessé, pendant toute la journée, de repenser à la réunion de ce matin avec Ivy. Il pensait à sa beauté, à sa vivacité d'esprit, à ce qu'il avait ressenti en lui serrant la main. Avait-elle éprouvé la même chose ? Leur relation devait rester strictement professionnelle pour l'instant, mais un jour ou l'autre, il trouverait le moyen de la connaître plus personnellement.

Il respira profondément en pensant à la soirée qui l'attendait. Christopher Yates, l'un de ses amis qui était aussi directeur d'une chaîne de télévision, l'avait invité à une réception au cours de laquelle il allait recevoir une distinction en même temps que d'autres jeunes talents du monde économique. À moins de trente ans, Chris était déjà l'un des personnages les plus influents de son secteur. La remise de cette récompense était un moment important, c'est pourquoi Jordan n'avait pas envisagé une seconde de décliner l'invitation.

Avant d'entrer dans sa douche, il mit de la musique en choisissant un artiste des années 1990. La plupart des chansons qu'il aimait étaient des morceaux de soul et de R&B qui ne correspondaient pas aux goûts de sa génération, mais c'était ce style qui le touchait et lui donnait de l'énergie. Il dansa et chantonna tout en se lavant, en se séchant et en enfilant son smoking. Une fois prêt, il s'aspergea de quelques gouttes d'eau de Cologne, puis sortit pour rejoindre le taxi qui l'attendait devant son immeuble du quartier résidentiel de l'Upper West Side.

La réception avait lieu dans l'un des hôtels emblématiques de Times Square. En descendant de voiture, Jordan fut surpris par la fraîcheur du soir. Sa vie californienne lui avait presque fait oublier le climat automnal de New York.

Suivant les indications des hôtesses d'accueil, il prit l'ascenseur de l'hôtel pour monter au sixième étage et se trouva bientôt dans une grande salle animée où les convives profitaient d'un cocktail de luxe. Champagne et petits fours dignes d'un restaurant trois étoiles étaient au menu. Voyant que d'autres boissons étaient proposées au bar, Jordan s'approcha du comptoir pour commander un scotch, puis il se mit à la recherche de Chris. Comme il ne le voyait pas, il lui envoya un message pour le prévenir de son arrivée. Chris lui répondit en lui indiquant de l'attendre un instant. Il se trouvait dans une salle séparée avec les autres lauréats pour une séance photo qui devait se terminer bientôt. En effet, il ne tarda pas à arriver.

— Jordan ! dit Chris en venant à sa rencontre. Je suis heureux que tu aies pu venir.

— Tu as vraiment l'allure d'un invité d'honneur, plaisanta Jordan en voyant la rose épinglée à la veste de smoking de Chris.

— Écoute, je ne sais pas ce qui a pu leur donner envie de me remettre ce prix, grommela Chris. Mais je compte bien en profiter jusqu'à ce que quelqu'un s'aperçoive qu'il y a eu erreur.

— Arrête de faire le modeste, dit Jordan en riant.

Il discutait avec Chris depuis quelques minutes lorsqu'il crut apercevoir Ivy Blackwell. Tout en se demandant si ses yeux lui jouaient des tours, il regarda son verre avec amusement. Si c'était bien elle, il avait intérêt à faire attention. Jamais elle ne lui pardonnerait de renverser un troisième verre sur elle.

Un instant plus tard, il entendit le son de sa voix et fut certain de ne pas se tromper. Cette musique chaude était déjà gravée dans sa mémoire et provoquait en lui une sensation exquise à chaque fois qu'il l'entendait. Pourquoi lui faisait-elle autant d'effet ? Il avait parfois l'impression que cette femme l'avait ensorcelé.

Il se tourna vers elle et la vit avant qu'elle le voie. Il en profita pour l'observer à la dérobée. Elle était sublime dans sa robe pailletée noire qui épousait le haut de son corps et tombait en cascade jusqu'à ses pieds. Ses boucles brunes étaient rassemblées d'un côté de sa tête et son visage lui parut encore plus séduisant que dans son souvenir. En l'admirant, il eut une sensation étrange, comme un frisson au fond de lui. Cela ne lui était jamais arrivé.

La beauté de Ivy était indéniable, mais si tout se passait bien, ils allaient bientôt commencer à travailler ensemble.

Il n'y avait pas de place pour les émotions intenses qu'elle lui inspirait. De surcroît, il ne connaissait d'elle que ce qu'il avait lu sur Internet et ignorait presque tout de sa véritable personnalité.

Il garda les yeux fixés sur elle et remarqua qu'elle avait, comme Chris, une fleur à son corsage. Elle faisait donc partie des jeunes talents récompensés ce soir. Machinalement, il avança vers elle en se demandant comment il allait l'aborder. Le seul fait qu'il se pose cette question le perturba. Certes, il était célibataire depuis longtemps, mais il n'avait jamais eu besoin de chercher ses mots avec les femmes. À l'époque où la séduction avait été l'un de ses passe-temps favoris, il n'avait pas été freiné par la timidité, loin de là.

À mesure qu'il s'approchait d'elle, il était de plus en plus fasciné par sa peau brune qui paraissait douce comme de la soie. Il brûlait de poser les mains sur ses épaules dénudées. Sa nuque gracieuse et délicate le captivait. Ses lèvres écarlates formaient un sourire poli qui relevait ses pommettes et éclairait son regard. Cette femme était irrésistible. Son physique allait contribuer au succès de l'émission, cela ne faisait aucun doute.

Jordan l'observait si attentivement qu'il remarqua son brusque changement de posture. Son dos se raidit. Elle donna un petit coup de menton. Son sourire disparut et sa mâchoire se crispa. Quelqu'un avait dû dire quelque chose qui lui avait déplu. Pour la première fois depuis qu'il avait commencé à se diriger vers elle, il remarqua les gens qui formaient un cercle autour d'elle. Il y avait deux femmes et un homme. Qui était cet homme ? Le compagnon de Ivy ? Jordan leva les yeux au ciel en se moquant de lui-même. Il n'avait aucune raison de s'interroger sur cet homme.

Voyant à quel point Ivy semblait contrariée, il hésita brièvement à poursuivre son chemin vers elle, mais pas plus d'une seconde. Finalement, il arriva près d'elle au moment précis où elle se tournait dans sa direction. Il s'arrêta net, laissant une courte distance entre eux. Il rencontra son regard qui brillait de colère.

— Oh ! dit-elle en le reconnaissant. Bonjour, Jordan.

Elle parlait d'une voix hachée. Elle baissa les yeux pour regarder le verre qu'il avait à la main, puis les releva vers son visage.

— Bonsoir, Ivy, répondit-il.

Il fit ostensiblement un mouvement de recul pour lui montrer qu'il allait faire attention et qu'elle n'avait pas à s'inquiéter pour sa belle robe.

— Je suis désolée, mais ce n'est pas le bon moment, s'excusa-t-elle.

Puis elle s'adressa au jeune homme qui la suivait avec un appareil-photo :

— S'il vous plaît, Radcliffe, dit-elle avec un geste de la main. Bonne soirée, Jordan, ajouta-t-elle en partant.

Jordan resta sur place, sidéré par ce qui venait de se passer. Qu'est-ce qui avait pu mettre Ivy de si mauvaise humeur alors que cette soirée était organisée pour célébrer sa réussite ?

Il se rendit compte que presque à chaque fois qu'il la voyait, elle avait l'air exaspérée par lui. Il devait reconnaître qu'il lui avait donné des raisons de l'être, mais pas ce soir. Avait-elle tout simplement mauvais caractère ?

Quoi qu'il en soit, il restait autant attiré par elle. Il allait pourtant devoir se ressaisir, car de toute évidence, elle n'était pas du tout intéressée par lui.

- 9 -

C'était une semaine désastreuse. Ivy était à bout. Son père était furieux contre elle depuis qu'elle avait manqué la rencontre avec Dale Billington, et voilà qu'on venait lui gâcher la soirée qui aurait dû être une fête.

Alors qu'elle s'échappait aussi dignement que possible de la salle de réception, elle sentit que Zoe la suivait de près accompagnée de Jess, l'assistante de Ivy. Allait-elle réussir à retenir ses larmes jusqu'à ce qu'elle soit à l'abri des regards ? Heureusement, elle allait pouvoir se réfugier dans la chambre qu'elle avait réservée sur place, le temps de calmer sa colère.

Une fois dans l'ascenseur avec ses amies, elle se mordit les lèvres pour ne pas craquer et sentit la main réconfortante de Zoe sur son épaule. Le cocktail était fait pour que les lauréats échangent avec les invités, mais après ce qui s'était passé, Ivy n'avait pas eu la force de rester. Après avoir demandé à Radcliffe de cesser de la photographier et de la filmer, elle avait cédé à l'urgence de s'isoler un moment. Une autre lauréate, qui était également influenceuse, venait de la traiter publiquement de garce prétentieuse. Ivy s'était figée, cherchant à lui répondre sans s'abaisser à son niveau. Elle ne comprenait pas pourquoi cette Kenya Brown s'en prenait systématiquement à elle. C'était la première fois qu'elles se rencontraient, mais Kenya n'avait pas attendu ce soir pour faire preuve d'agressivité à son égard. L'équipe de Ivy avait déjà dû supprimer plusieurs de ses commentaires sur les réseaux sociaux. Toutefois, jusque-là, elle n'avait jamais eu recours aux insultes.

Après une seconde de suspens, Ivy avait répliqué :

— Manifestement, le simple fait que j'existe vous dérange. Ce n'est pas ma faute si vous avez le sentiment de ne pas soutenir la comparaison. Quel dommage.

Sur ces mots, elle avait tourné les talons et s'était trouvée face à face avec Jordan Chambers. Sa présence l'avait prise au dépourvu. Elle s'était aussitôt demandé depuis quand il était là et ce qu'il avait perçu de l'échange qui avait eu lieu. L'avait-il prise pour une personne condescendante en entendant ses propos ? Ce n'était pourtant pas son habitude de traiter les gens comme cela, mais Kenya était allée trop loin. Ivy n'avait rien fait pour mériter cette attaque.

Elle avait eu le souffle coupé en voyant Jordan, plus séduisant que jamais. Elle aurait voulu rester là, à admirer son élégance et le charme de son sourire. Mais pourquoi fallait-il toujours qu'il tombe au plus mauvais moment ? Elle avait aussitôt remarqué les smartphones braqués sur elle et avait été sur le point de faire une scène. Puis elle avait pensé à ses parents. Ils ne s'en seraient pas remis si elle s'était ainsi donnée en spectacle.

— J'ai besoin d'une pause, avait-elle chuchoté à Zoe qui se tenait près d'elle.

Elle pouvait au moins se féliciter d'avoir réservé cette suite dans l'hôtel où avait lieu le gala. Elle avait anticipé le fait qu'après toutes ces festivités, ce serait beaucoup plus agréable d'aller se coucher sur place que de faire le trajet jusqu'à Long Island. De surcroît, elle avait de nouveau rendez-vous avec Dale le lendemain matin, et il n'était pas question qu'elle soit en retard.

— Qu'est-ce que cette femme a contre toi ? demanda Zoe dans l'ascenseur.

— Je n'en ai pas la moindre idée, répondit Ivy. Je l'ai reconnue seulement parce que je l'ai déjà vue en photo sur Instagram. Je sais qu'elle est influenceuse, mais j'ignore pourquoi elle s'en prend à moi.

— Ce sont des choses qui arrivent parfois sur les réseaux sociaux, dit Jess. C'est un moyen que certaines personnes manquant de notoriété utilisent pour se faire connaître.

— Nous allons devoir la bloquer complètement, dit Ivy en ouvrant la porte de sa suite.

— Excellente idée, approuva Zoe quand elles furent à l'intérieur. Maintenant, essaye de ne plus penser à elle et de retrouver ton calme.

Tandis que Zoe et Ivy s'asseyaient sur le canapé, Jess leur apporta à chacune un verre d'eau.

— Et qui était l'homme qui est venu te parler au moment où tu partais ? demanda Zoe à Ivy.

— Oh ! répondit Ivy en soupirant. C'était Jordan Chambers, le producteur qui m'a proposé l'émission de télévision.

— Il est très beau ! commenta Zoe. Tu savais qu'il serait là ce soir ?

— Non, j'ai été très surprise de le voir.

— C'est bien que tu aies réussi à garder ton calme, devant lui comme devant les autres invités. Si tu avais eu moins de sang-froid, cet incident aurait pu te causer beaucoup de tort. En fait, ajouta Zoe en riant, j'aurais dû lui donner moi-même un coup de poing dans la figure. Comme ça ton image serait restée intacte !

Ivy sourit, mais elle ne pouvait s'empêcher de penser à Jordan. Le seul fait de prononcer son nom lui avait remis en mémoire le moment où elle s'était trouvée face à lui, alors qu'il était la dernière personne qu'elle s'attendait à voir. Décidément, le hasard ne cessait de les mettre sur le chemin l'un de l'autre. Avait-il remarqué le trouble qui l'avait saisie en le voyant ? Maintenant qu'elle y repensait, il avait surtout dû la trouver désagréable. Elle espérait avoir l'occasion de lui présenter ses excuses avant la fin de la soirée. D'autant que ce serait un plaisir d'échanger quelques mots avec lui, de regarder ses lèvres sensuelles, de plonger les yeux dans son regard intense, de deviner son corps musclé à travers ses vêtements…

— Ivy !

— Euh… oui ?

— Je viens de te demander si tu étais prête à redescendre, dit Zoe. L'heure de la présentation des lauréats approche.

— Ah, oui, bien sûr.

Elle finit son verre d'eau et se leva.

— Allons-y, dit-elle d'une voix décidée.

— C'est ta soirée, sœurette ! Nous ne laisserons rien ni personne te la gâcher. Tu es prête ? demanda Zoe en lui prenant le bras.

— Oui, je suis prête.

— Et je pensais ce que j'ai dit tout à l'heure, ajouta sa belle-sœur. Si cette Kenya se permet encore la moindre remarque méchante, je lui casse le nez.

Elles s'esclaffèrent toutes les trois et sortirent dans le couloir pour rejoindre l'ascenseur. Lorsqu'elles en émergèrent à l'étage de la salle de réception, l'une des organisatrices de l'événement se précipita à la rencontre de Ivy.

— Madame Blackwell ! dit-elle avec un air confus. Nous avons signalé à Mme Brown que son attitude était à la fois inacceptable et indigne d'une lauréate de notre prix. Vous ne devriez plus être ennuyée ce soir. Nous vous présentons nos plus sincères excuses, et surtout prévenez-nous si vous rencontrez encore le moindre problème avec elle.

— Merci, répondit poliment Ivy.

Elle sourit et se dirigea, la tête haute, vers l'endroit où étaient déjà rassemblés les autres lauréats. Elle était peut-être tranquille pour ce soir, mais quelque chose lui disait qu'elle allait devoir se méfier de Kenya Brown à l'avenir.

Du coin de l'œil, elle aperçut Jordan qui discutait avec Christopher Yates.

— Je reviens tout de suite, dit-elle à Jess et Zoe.

Elle se dirigea droit vers lui.

— Jordan ?

— Ivy, répondit-il en lui adressant un grand sourire.

Elle frissonna de plaisir. C'était sans doute un sourire strictement professionnel, mais pour une raison mystérieuse, elle le trouvait infiniment sexy.

— Désolée de vous déranger, lui dit-elle après avoir salué Chris. Auriez-vous une minute à m'accorder ?

— Bien sûr, répondit Jordan. Excuse-moi, Chris.

Ils firent quelques pas pour se mettre à l'écart.

— Voilà, dit Ivy. Je voulais vous présenter mes excuses. J'ai manqué de politesse quand vous êtes venu me dire bonjour tout à l'heure. J'avais un… un problème à régler.

— Je comprends, vous n'avez pas à vous excuser.

— Merci. J'aurai peut-être l'occasion de vous inviter à dîner pour me rattraper, si notre projet d'émission est lancé.

— Vous voulez dire *quand* il sera lancé, rectifia Jordan.

— Oui, quand il sera lancé.

Ils laissèrent passer quelques secondes de silence, puis Jordan demanda :

— Pourquoi attendre ? Pourquoi ne pas prendre un verre ensemble ce soir, après la réception ?

— Euh…

C'était une proposition inattendue. Ivy avait très envie de dire oui, mais elle se demandait si c'était une bonne idée.

— Ce n'est pas grave si vous n'êtes pas disponible, reprit Jordan. Je me disais juste…

Oh ! si. Elle était disponible. Elle dormait sur place, dans cet hôtel. Seule.

— C'est une bonne idée, dit-elle en l'interrompant. Il se trouve que je vais passer la nuit ici pour ne pas avoir à faire le trajet jusque chez moi. Je savais que je serais fatiguée après cette soirée. Donc… oui, avec plaisir.

— Génial. Nous pourrons nous retrouver au bar de l'hôtel ou dans un établissement du quartier. À plus tard, conclut-il avec son sourire irrésistible.

— Oui, à plus tard, répondit-elle. Je suis plus sympathique que j'en ai l'air, vous savez.

Pourquoi avait-elle fait cette étrange remarque ? Jordan eut l'air surpris lui aussi, mais il ne répondit pas. Il se contenta de hocher la tête avant d'ajouter :

— Toutes mes félicitations pour votre prix.

— Merci.

Elle le regarda s'éloigner de sa démarche souple et assurée, puis se rappela qu'elle devait rejoindre les autres lauréats pour la présentation. Alors qu'elle prenait sa place dans le groupe, elle croisa le regard noir de Kenya et s'efforça de l'ignorer. Elle réglerait ses problèmes avec elle plus tard. Pour l'instant, elle voulait profiter de la fête. Zoe avait raison, elle ne devait laisser personne lui gâcher son moment. D'autant que la soirée s'annonçait encore plus belle, maintenant qu'elle devait se conclure autour d'un verre avec Jordan Chambers.

- 10 -

Jordan n'avait pas imaginé qu'il s'amuserait autant en compagnie de Ivy. Installés dans deux beaux fauteuils en cuir du bar de l'hôtel, ils discutèrent de choses et d'autres, puis Ivy lui expliqua l'incident qui avait eu lieu juste avant qu'il s'approche d'elle pour la saluer. Elle s'excusa de nouveau d'avoir été aussi sèche et voulut le convaincre qu'elle n'était pas prétentieuse, malgré les accusations de cette Kenya et l'impression qu'elle avait pu donner à Jordan. En voyant à quel point cela la préoccupait, il se jura de ne jamais lui avouer ce qu'il avait pensé d'elle au premier abord.

Tout en l'écoutant parler, il ne pouvait s'empêcher d'admirer sa peau, ses lèvres sensuelles et sa grâce naturelle. Elle possédait à la fois un charme voluptueux et une allure de reine, et sa voix grave avait un pouvoir envoûtant. Ses boucles indomptées entouraient son visage avec un naturel qui ne faisait qu'accentuer sa beauté.

— Assez parlé de moi, dit-elle finalement. C'est à vous maintenant, Jordan. Si vous me racontiez comment vous êtes devenu producteur ?

— Le monde du cinéma et de la télévision m'a toujours fasciné, répondit-il en posant son verre de scotch. J'avais envisagé de devenir acteur, mais je me suis vite rendu compte que je n'étais pas fait pour être devant la caméra.

— Avec votre physique, je suis sûre que vous auriez eu beaucoup de succès. Euh, pardon, ajouta aussitôt Ivy avec un air gêné. Je ne voulais pas…

Elle se tut et prit son propre verre de scotch pour le porter à ses lèvres.

— Merci, répondit Jordan, amusé par son embarras. Il se trouve que j'étais plus intéressé par le travail de l'ombre. J'ai donc étudié le cinéma à l'université de New York.

— C'est fantastique !

— Je voulais aller à l'université de Los Angeles, mais cela m'aurait trop éloigné de ma mère. Et New York proposait de belles bourses à l'époque.

— Mais vous vivez à Los Angeles désormais ?

— J'ai un appartement là-bas et un autre ici. Ma mère habite toujours à New York.

— Je comprends.

— Et vous ? demanda Jordan. Quelle est votre histoire ? Du moins la partie que vous voulez bien raconter, ajouta-t-il avec un sourire suggestif.

Ivy lui sourit en retour avant de lui raconter son parcours professionnel. Il était impressionné par ses nombreux talents. L'intelligence, l'ambition, la créativité… Elle avait tout ! Et en plus, elle était incroyablement sexy. Comment pouvait-elle être célibataire ?

— Bravo, dit-il quand elle eut achevé son récit. Il faut que je vous pose la question. Avez-vous quelqu'un dans votre vie ?

— Non, répondit-elle en riant.

— Pourquoi ?

Elle lui lança un regard en coin.

— Auriez-vous parlé avec ma mère ? demanda-t-elle.

Cela le fit rire.

— Pardon, se reprit-il. Je parle aussi comme ma propre mère, à vrai dire. Excusez-moi, je ne voulais pas être indiscret.

— Je suis trop occupée, renchérit-elle quand même. C'est tout. Je n'ai pas le temps de faire des rencontres. Si je comprends bien, vous n'êtes pas en couple non plus ?

— Non, confirma-t-il en prenant une gorgée.

— Pourquoi ? plaisanta Ivy.

— Bien joué. Comme vous, je suis trop pris par le travail.

Il la regarda dans les yeux. Cela dura quelques secondes, puis ils baissèrent tous les deux la tête pour se concentrer sur leur verre. Enfin, Ivy se mit à promener les yeux autour d'elle en évitant soigneusement de croiser le regard de Jordan.

Le fait qu'elle soit célibataire la rendait encore plus attirante. Jordan s'éclaircit la voix, finit son whisky et reposa son verre sur la table. Puis il s'assit au fond de son siège et appuya son menton sur la paume de sa main. Une douce chaleur commençait à l'envahir. C'était peut-être l'effet de l'alcool. Ou, plus probablement, la réaction de son corps à la présence de Ivy.

Lorsqu'elle prit son verre entre ses lèvres rouges, il ressentit une excitation aussi nouvelle qu'agréable. La plupart des femmes qu'il connaissait appréciaient le vin ou les cocktails. Aucune n'était amatrice de spiritueux. Le goût de Ivy pour le whisky pur était un détail de plus qui intriguait Jordan et lui donnait envie de mieux la connaître. S'il n'avait pas eu le projet de travailler avec elle, il l'aurait invitée à sortir sans la moindre hésitation – malgré leur manque de temps à tous les deux.

Elle se pencha vers lui pour lui parler au milieu du bruit ambiant.

— Il commence à y avoir beaucoup de monde, observa-t-elle en reposant à son tour son verre vide.

Jordan prit sa remarque comme un message clair. La soirée était terminée.

— Oui, répondit-il.

Il resta immobile. Il n'allait certainement pas se lever le premier alors qu'il brûlait de prolonger ce moment.

Et s'il tentait sa chance ? Il n'avait rien à perdre après tout.

— Nous pourrions peut-être trouver un endroit plus calme ? suggéra-t-il d'une voix rauque en s'approchant un peu plus d'elle.

— Je vous inviterais volontiers dans ma suite, cher monsieur, si je pouvais compter sur votre bonne conduite.

Il leva les sourcils en se demandant si elle était sérieuse.

— Je plaisante, ajouta-t-elle en réponse à son air interrogateur. Vous êtes le bienvenu pour un dernier verre si vous n'êtes pas pressé de rentrer chez vous. J'ai une superbe bouteille de single malt que ma belle-sœur m'a offerte aujourd'hui. Je voudrais la goûter et je n'aime pas boire seule.

— Je serais ravi de me joindre à vous, répondit-il avec un sourire.

Quelques instants plus tard, il s'installait dans le salon de sa suite pendant qu'elle s'éclipsait dans sa chambre pour ôter sa robe de cocktail. Elle revint vêtue d'un legging et d'un sweat-shirt à capuche qui n'ôtaient absolument rien à son pouvoir de séduction. C'était la première fois que Jordan trouvait sexy une femme en sweat-shirt.

— Sec ou avec de la glace ? demanda Ivy en prenant deux verres dans le placard du coin cuisine.

— Sec, je préfère.

— C'est bien ce qui me semblait.

Elle saisit la bouteille dont elle lui avait parlé et regarda l'étiquette.

— Je suis comme vous, ajouta-t-elle. Surtout pour un single malt.

Après avoir servi un doigt de whisky dans chaque verre, elle en tendit un à Jordan.

— Vous voulez vous asseoir sur le balcon ? Il fait frais mais c'est agréable.

Jordan acquiesça et se leva pour suivre Ivy. Dehors, ils s'assirent et regardèrent les étoiles tandis que la brise automnale leur caressait le visage. Le silence se prolongea sans qu'ils ressentent le besoin de le rompre. Jordan se sentait bien et savourait cette délicieuse fin de soirée.

— Il est excellent, dit-il après avoir bu quelques gorgées de whisky.

— Oui, approuva Ivy.

Sa voix était maintenant plus détendue, plus profonde et encore plus sensuelle.

— Alors ? insista-t-il malgré lui. Pourquoi n'avez-vous pas d'homme dans votre vie ?

Elle rit avant de lui répondre :

— D'après mon dernier compagnon, je ne suis pas une bonne petite amie.

— Voilà un jugement radical.

— J'étais d'accord avec lui quand il me l'a dit.

— Sérieusement ? demanda Jordan avec stupeur.

— Je n'étais effectivement pas une bonne petite amie – pour *lui*. Pourquoi cette question ?

— Vous êtes belle, intelligente, vous appréciez le single malt. Forcément, je m'interroge.

Ils rirent de nouveau.

— Si vous préférez, dit Ivy, je ne correspondais pas à l'idée qu'il se faisait d'une petite amie. Je dois être… différente. Oh ! et j'étais beaucoup trop occupée à son goût. Il se plaignait du peu de temps que j'avais à lui consacrer. Et c'était avant que je devienne influenceuse et que j'écrive un livre. Dire que je vais peut-être animer une émission de télévision…

— Pas peut-être, rectifia Jordan. Vous allez le faire.

— D'accord, et dire que je vais *même* animer une émission de télévision ! Cela n'aurait jamais pu marcher entre lui et moi. Il n'aurait pas supporté.

Jordan secoua la tête en soupirant.

— Je n'ai jamais compris les hommes qui avaient un problème avec les femmes ambitieuses, commenta-t-il.

— Cela me convient d'être célibataire, répondit Ivy.

— Moi aussi.

Du moins, cela avait été le cas jusqu'à maintenant. Mais plus il faisait connaissance avec Ivy, plus il la trouvait uniquc et se sentait attiré par elle.

— Comment sera votre prochain compagnon ? demanda-t-il.

— S'il existe ! répondit-elle en riant.

Puis elle reprit son sérieux et réfléchit en inclinant la tête.

— Un ami, dit-elle finalement d'une voix douce. J'aimerais quc mon prochain compagnon soit avant tout mon ami.

Jordan sentit tant de sincérité et de sensibilité dans sa réponse qu'il eut envie de la prendre dans ses bras.

— Et vous ? demanda-t-elle. Qu'attendez-vous de votre prochaine petite amie ?

— Qu'elle soit... présente, répondit-il.

Il pensait à Mya, qui lui avait paru absente même lorsqu'elle avait été en face de lui. C'était peut-être aussi pour cela que Ivy lui plaisait autant. Pendant le peu de temps qu'il avait passé avec elle, il avait senti qu'elle était pleinement là.

— Ah, intéressant, murmura-t-elle en regardant le ciel.

Elle reprit une gorgée de whisky, puis se tourna lentement vers Jordan.

— Espérons que les prochains ne nous laisseront pas le même sentiment de vide, dit-elle en le regardant dans les yeux.

Sa remarque le fit réfléchir. Était-ce pour cela qu'ils travaillaient autant l'un comme l'autre ? Pour combler un vide émotionnel ?

Saisi par la beauté de sa bouche et la tristesse de son regard, il eut l'envie folle de l'embrasser. D'autant qu'il croyait lire le même désir dans les yeux de Ivy. Mais peut-être voyait-il ce qu'il avait envie de voir...

Il posa son verre et se pencha vers elle. Comme elle n'avait aucun mouvement de recul, il posa la main sur son visage. Il se retenait, attendant la permission de l'embrasser. Les yeux rivés sur ceux de Jordan, elle entrouvrit les lèvres et approcha son visage du sien. Puis elle baissa les paupières et leurs bouches se rencontrèrent.

Leur baiser fut plus brûlant que Jordan aurait pu l'imaginer. En une seconde, ils furent debout dans les bras l'un de l'autre, avides et haletants. Envahi par un désir irrépressible, Jordan comprit qu'il devait s'arrêter avant de perdre totalement le contrôle de ses sens.

Quand il trouva la force de s'écarter de Ivy, il la regarda et vit qu'elle éprouvait la même envie que lui de continuer.

— Merci, murmura-t-il.

— Non, répondit-elle dans un souffle. C'est moi qui vous remercie.

— Il vaut mieux que je parte.

Lentement, il ôta les mains de sa taille fine et abandonna à contrecœur la chaleur de son corps. Ivy se toucha les lèvres, s'éclaircit la voix et se tourna vers la porte qui menait à l'intérieur. Jordan la suivit et ne put s'empêcher de poser la main sur sa joue, pour emporter avec lui le souvenir de la douceur de sa peau.

Quand il fut seul dans le couloir de l'hôtel, il s'arrêta et respira profondément en pensant à tout ce qui aurait pu se passer cette nuit.

- 11 -

— Quoi ? s'écria Zoe juste avant de plaquer la main sur sa bouche.

— Zoe, chut !

Gênée, Ivy se rendit compte que tous les clients du restaurant les regardaient.

— Tu l'as embrassé ? chuchota Zoe en écarquillant les yeux. Qui a pris l'initiative ?

— Moi, répondit Ivy. Enfin, nous deux. Il s'est penché vers moi et s'est arrêté. J'ai pris cela comme une invitation à laquelle j'ai répondu.

— Et que s'est-il passé ensuite ?

Ivy regarda sa montre. Il était presque 9 heures. Dale Billington devait arriver d'ici une demi-heure.

— Rien. Il est parti, heureusement. Je ne sais pas jusqu'où nous serions allés s'il était resté. Il y avait une telle tension entre nous…

— Alors tu vas le revoir ?

— Figure-toi que je n'ai même pas son numéro de téléphone personnel.

— Mais tu as *envie* de le revoir ?

— Oui, seulement ce ne serait pas une bonne idée. Il habite à Los Angeles et ne vient qu'occasionnellement à New York. Nous avons tous les deux un emploi du temps surchargé. Sans oublier que nous serons bientôt amenés à travailler ensemble, car il est convaincu que l'émission va bel et bien se faire.

— Je comprends. Mais cela fait si longtemps que tu n'es pas sortie avec quelqu'un…

— C'est sûrement la raison pour laquelle je l'ai embrassé. J'avais presque oublié ce qu'était un baiser, dit Ivy en riant.

— Et si c'était lui qui t'appelait, accepterais-tu de le revoir ? demanda Zoe d'un ton amusé.

— J'en doute. Je n'aime pas mélanger travail et plaisir.

— Tu as raison. Et en parlant de travail, nous devrions nous concentrer sur notre rendez-vous.

Ivy espérait de tout cœur se faire pardonner et convaincre Dale de devenir leur cliente.

— J'ai longuement répété mes arguments, dit Ivy, mais ce ne sera pas évident d'obtenir ce contrat après ce qui s'est passé mardi.

— C'est vrai que Dale était vexée et en colère. J'ai fait mon possible pour la persuader que notre rendez-vous pouvait aussi bien se passer sans toi, en vain. Elle ne veut avoir affaire qu'à toi. Elle n'est pas comme nos autres clientes.

— Je veux aussi travailler avec elle et c'est ce que je dois lui montrer. Je pensais lui proposer d'intervenir lors d'une de mes conférences. Ce serait intéressant qu'elle partage son expérience en tant que femme ayant un important patrimoine à gérer.

— Voilà qui pourrait nous aider à la reconquérir, répondit Zoe. Elle aime être sous les projecteurs. Est-elle au courant que tu vas sortir un livre ?

— Non. Faisons la liste de ce dont nous allons lui parler pour lui donner envie de nous rejoindre.

Zoe et Ivy mirent en place leur stratégie jusqu'au moment où Dale fit son entrée dans le restaurant, habillée en bleu ciel de la tête aux pieds. Elle portait un chapeau à larges bords, une veste légère, un chemisier, un pantalon et des chaussures à talons. Après avoir passé la porte, elle s'arrêta, comme si elle s'attendait à ce qu'une hôtesse vienne l'accueillir. Ivy lui fit signe et se leva.

— Mesdames, dit Dale en arrivant à leur table.

— Bonjour, Dale, répondirent Zoe et Ivy.

— Merci infiniment de vous être libérée ce matin, ajouta Ivy.

— Je n'ai pas beaucoup de temps, prévint Dale. J'ai un autre rendez-vous prévu.

— Nous savons que vous êtes très prise, dit Zoe. Voulez-vous commander quelque chose ?

— Oui, je meurs de faim.

Zoe fit signe au serveur. Ivy et sa belle-sœur choisirent le petit déjeuner proposé sur la carte, mais pour Dale, ce fut beaucoup plus compliqué. Elle composa son propre toast et exigea que l'assaisonnement de sa salade soit servi à part. Pour conclure, elle demanda qu'on lui apporte immédiatement un grand café et une orange fraîchement pressée.

— Dale, dit Ivy en s'efforçant de rester concentrée sur sa mission. Pour commencer, je tiens à m'excuser d'avoir été en retard à notre rendez-vous mardi matin. Je vais devoir partager un secret avec vous afin de vous expliquer ce qui s'est passé, mais promettez-moi de n'en parler à personne.

Dale la dévisagea avec intérêt.

— La confidentialité ? répliqua-t-elle. C'est dans mes cordes.

Ivy lui confia ses projets de livre et d'émission de télévision. Plus elle avançait dans son récit, plus elle voyait le visage de Dale s'illuminer.

— Je pense qu'une collaboration serait aussi bénéfique pour vous que pour nous, conclut Ivy.

Comme le serveur arrivait, Dale attendit qu'il soit reparti avant de répondre :

— Je savais que vous étiez une perle. Toutes mes félicitations, je vous pardonne.

Tout en entamant son repas, elle interrogea Ivy dans le détail et sembla sincèrement captivée par ses explications.

— C'est fantastique, commenta-t-elle.

— Oui, approuva Ivy. Je suis très excitée.

Elle regarda Zoe, qui paraissait aussi soulagée qu'elle. Ivy prenait sa fourchette quand elle entendit Dale lui dire :

— Mais je vais devoir réfléchir avant de confier mon patrimoine à Blackwell.

Ivy échangea un nouveau regard avec Zoe, mais cette fois, il y avait de l'inquiétude dans leurs yeux.

— Puis-je vous demander pourquoi ? demanda Zoe.

— Bien sûr, répondit Dale. Je soutiens entièrement Ivy dans toutes les belles choses qu'elle entreprend. Cependant, voici ce qui m'inquiète. Vos nombreuses activités ne vous laisseront pas le temps de veiller personnellement sur mes investissements, dit-elle en s'adressant à Ivy. C'est le talent de votre duo qui m'a donné envie de signer chez Blackwell, mais maintenant je me demande comment les choses vont se passer.

Sur ces mots, Dale continua à manger comme si de rien n'était, alors que Ivy était sous le choc. Sa stratégie s'était retournée contre elle. Au lieu d'attirer Dale, les nouvelles qu'elle lui avait annoncées la faisaient fuir.

— Dale, reprit Ivy, soyez assurée que notre savoir-faire sera constamment à votre service.

— Vous pensez sûrement ce que vous dites.

Ivy lutta pour garder son calme en regardant Dale finir son assiette. Pour sa part, elle avait brusquement perdu l'appétit.

— Dale, dit-elle, je ferai toujours partie de l'équipe de Blackwell. La tournée promotionnelle de mon livre ne durera que quelques semaines, et d'après ce que j'ai compris, le tournage de l'émission me prendra moins d'un mois. Je peux vous assurer que vos capitaux seront gérés avec la plus grande attention dès l'instant où vous nous les confierez.

Dale posa ses couverts et s'assit au fond de son siège.

Le silence se prolongea. Ivy espérait un « oui » de toutes ses forces.

— Je vais devoir y réfléchir, annonça finalement Dale.

— Bien sûr ! Je sais que vous êtes très occupée. Voici ce que je vous propose. Pendant le temps de votre réflexion, nous allons vous adresser quelques-unes de nos recommandations pour vos investissements, avec des explications détaillées. Nous pouvons nous revoir dans trois semaines, si cela vous convient.

— Je demanderai à mon assistante de contacter la vôtre afin de fixer un rendez-vous, dit Zoe.

Dale respira profondément avant de répondre :

— Je consulterai votre documentation. Ces toasts sont les meilleurs de la ville, ajouta-t-elle en regardant son assiette vide.

— Oui, c'est une très bonne adresse, approuva Ivy avec un sourire forcé.

— Oh ! s'exclama Dale en regardant son téléphone. Il faut que je parte.

Elle s'essuya la bouche, posa sa serviette et se leva. Zoe et Ivy l'imitèrent.

— C'était un plaisir de passer ce moment avec vous, dit Ivy.

— Merci à toutes les deux pour ce petit déjeuner, répondit Dale. À bientôt.

Restées seules, Zoe et Ivy se rassirent en soupirant.

— Nous n'allons pas abandonner, déclara Zoe.

— Non, certainement pas, confirma Ivy.

Toutefois, elle ne pouvait nier que les inquiétudes de Dale étaient fondées. Comment Ivy allait-elle s'y prendre pour tout gérer en même temps ?

Cet entretien ne s'était pas du tout passé comme prévu. Non seulement elle avait peut-être définitivement perdu Dale, mais de surcroît, d'autres clientes allaient probablement commencer à nourrir les mêmes craintes qu'elle.

Perdue dans ses pensées, Ivy entendit Zoe demander au serveur de mettre leur petit déjeuner dans une boîte à emporter. Elles n'y avaient pas touché ni l'une ni l'autre, aussi appétissant soit-il.

Alors qu'elles sortaient du restaurant, Ivy sentit son téléphone vibrer et le sortit de sa poche. Elle consulta rapidement ses messages, puis ouvrit son application Instagram. C'était sur ce compte qu'elle avait le plus grand nombre d'abonnés, c'est pourquoi elle s'y connectait régulièrement. Au milieu de nombreux messages privés, elle vit qu'elle en avait reçu un de Jordan. Leur baiser de la veille lui revint aussitôt en mémoire. Le goût de ses lèvres, la chaleur de son corps puissant… Même si elle n'avait pas prévu de le revoir, elle ne put s'empêcher de sourire.

- 12 -

Après avoir embrassé Ivy, Jordan avait regagné son appartement de Manhattan et avait passé sa meilleure nuit depuis des semaines. Était-ce l'effet qu'avait une femme sur un homme célibataire ?

Toutefois le lendemain matin, en se préparant pour son vol de retour, il s'en était voulu d'avoir cédé à ses désirs. Heureusement, il était tout de même parti juste à temps. Une minute de plus et qui sait ce qui se serait passé…

Il ne voulait pas qu'il y ait de gêne entre Ivy et lui. Il avait vraiment envie de faire cette émission avec elle. Les chaînes de télévision étaient avides de nouveaux programmes, surtout depuis l'explosion des plates-formes de vidéos à la demande. Jordan devait tenir le rythme pour continuer à dominer la concurrence.

Tout en faisant ses bagages, il se demanda s'il devait confier à Anderson ce qui s'était passé. Il n'avait pas pour habitude de se vanter de ses conquêtes, mais comme ce baiser pouvait avoir des conséquences sur leur projet professionnel, son ami avait le droit d'être mis au courant.

Il ne pensa qu'à Ivy sur le trajet qui le menait à l'aéroport. Il avait envie de l'appeler. Il ne s'attendait pas à ce que ce baiser marque le début d'une relation, mais il ne voulait pas non plus avoir l'air de se moquer d'elle. Il était important de s'assurer qu'ils étaient en bons termes et que leur soirée d'hier n'allait pas nuire à leur projet professionnel.

En prenant son téléphone, il se rendit compte qu'il n'avait pas le numéro de Ivy. Anderson n'avait été en contact qu'avec son éditrice et son agente. Jordan dut donc se résoudre à lui envoyer un message sur Instagram.

> Bonjour, Ivy. Encore toutes mes félicitations pour votre prix. J'ai passé un excellent moment avec vous hier soir, c'était une parenthèse très agréable. Sachez que je reste enthousiaste à l'idée de travailler avec vous et que je serais ravi que nous déjeunions ensemble lors de votre prochain passage à Los Angeles ou quand je serai de retour à New York. À bientôt j'espère.

Jordan espérait qu'elle allait bien interpréter son message. Il l'avait voulu clair, simple et direct. Il mourait d'envie d'embrasser de nouveau Ivy, et bien plus encore, mais il ne voulait en aucun cas qu'elle se sente sous pression ou mal à l'aise avec lui. Il était seulement sûr d'une chose : ce baiser allait rester gravé dans sa mémoire, qu'il y en ait d'autres ou non.

Une fois installé dans le salon privé de l'aéroport, il travailla sur son ordinateur portable en attendant l'embarquement. À plusieurs reprises, il guetta sur son téléphone une réponse de Ivy, tout en se moquant intérieurement de lui-même. Pourquoi était-il aussi obsédé par elle alors qu'il la connaissait à peine ? C'était ridicule. Et pourtant, il regarda son smartphone encore une fois. Toujours rien. Il avait envoyé son message à Ivy deux heures plus tôt.

Après une hésitation, il lui en écrivit un second :

Je me suis rendu compte que nous n'avions pas échangé nos numéros. Je pense que ce serait utile en vue de notre collaboration. À bientôt.

Cette fois, c'était fini. Plus de messages, plus de vérification compulsive de son compte Instagram. Il était temps de passer à autre chose. Ils n'avaient échangé qu'un baiser. Un baiser incroyable, mais un seul. Cela ne signifiait rien du tout. Peu importait que Ivy lui réponde ou non. Il avait autre chose à penser. Une longue liste d'e-mails non lus attendait dans sa boîte de réception.

Il eut beau essayer par tous les moyens de se concentrer, rien n'y fit. Ivy continuait à hanter son esprit. Il la revoyait tantôt dans sa robe du soir, tantôt dans son legging et son sweat-shirt à capuche avec son verre de scotch à la main, toujours merveilleusement sexy. Ces images l'accompagnèrent jusqu'à son arrivée à Los Angeles.

— Jordan ! appela Anderson qui l'attendait avec son Aston Martin à la sortie du terminal.

Jordan le rejoignit et le salua chaleureusement avant de mettre son sac dans le coffre.

— Alors ? demanda Anderson quand ils se furent mis en route. Comment s'est passée la fin de ton séjour ? Ta famille va bien ?

— Très bien, répondit Jordan en baissant sa vitre pour sentir la douceur de l'air californien.

— Ton beau-père aussi ?

— Je crois, oui.

— Tu as décidé de ne pas l'aider finalement ?

— Je n'en ai même pas encore parlé avec lui. Quand j'ai vu Dorian et ma mère, elle nous a demandé du temps pour discuter avec Timothy.

— Donc tu as décidé de l'aider.

— Je vais aider *ma mère*.

— Je vois.

— À part ça, dit Jordan après un silence, devine qui j'ai vu hier soir ?

— Qui ?

— Ivy Blackwell. Elle recevait un prix en même temps que Chris.

— Tu vois, je te l'avais dit ! Elle a un succès fou. C'est très bon pour notre émission. J'espère que les chaînes seront réactives. Il faut battre le fer pendant qu'il est chaud.

Comme Jordan ne disait rien, Anderson profita d'un feu rouge pour le regarder du coin de l'œil.

— Et ?

— Quoi ? répliqua Jordan.

— Arrête, je te connais trop. Que se passe-t-il ?

— Non, rien. C'est juste… tu sais bien.

— Arrête de tourner autour du pot !

Jordan rit avant de répondre :

— J'ai bu quelques verres avec elle après la réception. Puis elle m'a invité dans sa suite.

— Quoi ? s'écria Anderson. Ne me dis pas que tu…

— Non !

— Ouf. C'est vrai que ça ne te ressemble pas. Ce serait plutôt mon style.

Ils s'esclaffèrent en chœur.

— Alors, insista Anderson, que s'est-il passé ?

— Nous avons discuté et nous nous sommes embrassés. Puis je suis parti. Maintenant je suis là.

— Non mais je rêve. Tu veux que je provoque un accident ? Bon, que comptes-tu faire maintenant ?

— Rien.

— Rien ? Tu as perdu la main, mon ami.

— Je n'ai même pas son numéro. J'ai dû lui envoyer un message sur Instagram pour lui dire que j'avais apprécié cette soirée.

— Tu es hors jeu depuis trop longtemps. Tu as peut-être besoin d'un cours de rattrapage sur les femmes, non ?

— Si c'est toi le professeur, non merci ! plaisanta Jordan. Non, je préfère prendre mon temps. Je ne voudrais surtout pas qu'elle se sente sous pression. Il est important qu'elle soit en confiance avec nous.

— D'accord, d'accord. Tu as raison. Attends que tout soit fait, et ensuite, tu pourras passer à la suite. En tout cas… je dois admettre qu'elle est splendide !

— C'est le mot. Et j'ai l'impression que nous pourrions bien nous entendre, mais c'est trop tôt pour le dire.

— Plus vite nous signerons, plus tôt tu le sauras. Alors allons-y ! dit Anderson en se garant.

Ils descendirent de voiture pour se rendre à leur rendez-vous avec une chaîne de télévision.

- 13 -

Ivy fut réveillée en sursaut par des coups frappés contre sa porte. Elle se redressa en bâillant et prit son téléphone sur sa table de chevet. Encore à moitié endormie, elle cligna plusieurs fois des yeux avant d'arriver à lire ce qui s'affichait sur l'écran : une série de messages et d'appels manqués.

— Oh ! non.

Elle rejeta sa couette et se leva d'un bond. Elle était en retard. Non, elle était *plus* qu'en retard. Elle aurait dû rejoindre sa mère et ses trois belles-sœurs au restaurant deux heures plus tôt. Cette sortie mensuelle était une idée de Lydia, sa mère, dans le but d'entretenir le lien entre les femmes de la famille Blackwell. Ni les maris, ni les frères, ni les enfants n'étaient autorisés à y participer. C'était leur moment pour discuter et faire les boutiques.

Ivy devait se préparer à des remontrances de la part de sa mère. Le mois dernier, déjà, elle avait manqué la réunion parce qu'elle s'était absentée pour donner une conférence. Lydia avait tout juste accepté cet impératif professionnel comme une raison valable.

Après avoir enfilé à la hâte un bas de pyjama, Ivy courut ouvrir la porte d'entrée.

— Je suis désolée, dit-elle en voyant Zoe et Phoenix, la femme de Carter.

Ses deux belles-sœurs secouèrent la tête et entrèrent dans son appartement en riant. Ce n'était pas leur réaction que Ivy devait redouter. Lorsqu'elle se trouva face à sa mère et à Britney, la femme de Lincoln, elle remarqua tout de suite le regard irrité de Lydia. Elle les invita à l'intérieur et referma la porte.

— Nous t'avons apporté ton brunch, dit Zoe en montrant le sac en papier du restaurant où elles s'étaient attablées sans Ivy. Mange vite pour que nous puissions passer à la suite. Tu sais que le shopping a un pouvoir apaisant sur ta mère.

— Comment vas-tu ? demanda Phoenix à Ivy.

Ivy soupira et haussa les épaules.

— Je vois, dit Phoenix.

Zoe et Phoenix se dirigèrent vers la cuisine, qui était toujours l'endroit de l'appartement où elles s'installaient pour bavarder.

— Tu n'as même pas encore pris ta douche ? s'exclama Lydia en restant dans l'entrée.

— Bonjour, maman.

Lydia resta sur place en fixant sa fille d'un air sévère.

— Salut, Ivy, dit Britney en l'embrassant affectueusement.

Puis elle suivit Zoe et Phoenix dans la cuisine. Ivy savait que ses belles-sœurs cherchaient surtout à s'éloigner du mécontentement de Lydia.

— Je suis désolée, maman, dit Ivy en réponse au regard noir de sa mère. Je ne me suis pas réveillée.

— Une fois de plus. Mais tu as surtout l'air de ne pas avoir dormi. Regarde ces marques autour de tes yeux. Je ne comprends vraiment pas pourquoi tu te surmènes comme cela. Comme si tu n'étais pas suffisamment payée chez Blackwell !

— Ce n'est pas la question, maman.

— Alors quelle est la question ?

— J'aime ce que je fais, maman. Et je t'assure que c'est bon pour l'entreprise.

— Ah oui ? Et Dale Billington ?

Ivy baissa les yeux.

— J'y travaille, répondit-elle finalement. Tu veux un verre de vin ?

Elle tourna les talons et alla sortir une bouteille du placard de la cuisine sans attendre la réponse de sa mère. C'était le vin rouge préféré de Lydia. Ivy lui servit un verre qu'elle posa sur l'îlot central en marbre.

— Si vous voulez bien m'excuser, dit-elle, je vais faire ma toilette avant de déjeuner.

— Vas-y vite, répondit Britney.

— Oui, dépêche-toi, grommela Lydia. Nous sommes déjà en retard sur notre programme. Et n'oublie pas de mettre de la crème autour de tes yeux. Tu ressembles à un raton laveur.

— Oh ! merci, maman, répondit Ivy en feignant la gaieté.

Elle n'avait aucune envie de se disputer avec sa mère alors que leurs rapports étaient déjà tendus en ce moment.

Elle se prépara en un temps record. Quand elle fut de retour dans la cuisine, sa mère avait bu la moitié de son verre de vin et riait avec les autres. Sa mauvaise humeur s'était-elle finalement dissipée ?

— Tu en as mis, du temps, dit Lydia en se tournant vers Ivy.

Elle lui fit tout de même des compliments sur son pull en cachemire, son jean et ses bottes en cuir.

— Tes yeux sont toujours aussi fatigués, ajouta-t-elle.

— Parce que je *suis* fatiguée, maman.

Ivy était à deux doigts de perdre le contrôle de ses nerfs.

— Je t'ai dit que tu avais besoin de lever le pied, insista Lydia. Que dois-je faire pour que tu m'écoutes enfin ?

— Moi, je t'ai dit que j'étais capable de m'en sortir.

— Vraiment ? C'est la troisième fois cette semaine que tu ne parviens pas à te réveiller. Cela ne te ressemble pas. À quelle heure es-tu arrivée au bureau hier ?

Ivy détourna les yeux.

— Voilà, dit Lydia d'une voix autoritaire. Depuis quelque temps, tu accumules les retards et les oublis. Nous t'avons téléphoné au moins dix fois pendant que nous étions au restaurant. As-tu seulement entendu la sonnerie de ton téléphone ? Dès que tu t'assieds plus de cinq minutes, tu te mets à bâiller et à lutter pour garder les yeux ouverts. Tu as des cernes en permanence. Et tu te trompes si tu penses que je suis la seule à remarquer tout cela.

Pour illustrer son propos, Lydia regarda fixement Phoenix, puis Zoe, puis Britney. Ses trois belles-sœurs regardèrent Ivy avec compassion. Sa mère avait donc raison.

— Nous nous inquiétons toutes pour toi, poursuivit Lydia. Et dès que quelqu'un essaye de t'en parler, tu t'agaces ou tu ignores nos remarques. Nous n'avons pas envie de venir te rendre visite à l'hôpital, figure-toi. Or c'est ce qui risque d'arriver si tu ne ralentis pas.

— Mais non, je vais bien, assura Ivy. J'ai juste quelques échéances à passer, c'est tout.

Lydia s'approcha d'elle et lui caressa tendrement la joue.

— Écoute, lui dit-elle, nous nous faisons du souci pour toi. Le problème n'est pas que tu manques un brunch de temps en temps ou que tu aies parfois du mal à te concentrer sur nos conversations. C'est que tu te surmènes et que tu refuses de nous écouter quand nous te recommandons de faire une pause. Profite de la vie, réalise tes rêves, mais ne les laisse pas te consumer.

Ivy retint de justesse une larme qui menaçait de couler et prit de l'eau dans le réfrigérateur pour se donner une contenance.

— Je t'ai dit que j'allais bien.

— Oh ! ma chérie, dit Lydia en prenant Ivy dans ses bras. Je reconnais ce caractère têtu. C'est moi qui te l'ai transmis.

Ivy savoura l'élan d'affection de sa mère. Cela faisait longtemps qu'elle ne l'avait pas embrassée avec autant d'effusion.

Elle avala rapidement son brunch, puis déclara qu'il était temps de se mettre en route.

— Nous pourrons peut-être te trouver un bel homme en faisant les magasins, glissa Lydia.

— Maman !

— Quoi ? Si tu étais en couple, je n'aurais pas besoin de m'inquiéter autant pour toi. Il n'y a pas que le travail dans la vie. Tu comptes rester célibataire éternellement ?

— Pitié, maman, ne recommence pas.

Ivy n'était pas célibataire par choix, mais elle n'avait pas la force d'entamer ce débat avec sa mère.

— D'accord, d'accord ! Allons-y !

Elles sortirent toutes de l'appartement en riant. Tandis

que Ivy refermait la porte à clé, Zoe l'attendit et s'approcha d'elle pour lui parler tout bas :

— Tu as vu ça ? s'enquit-elle en lui montrant son téléphone.

Ivy regarda l'écran et vit qu'un site avait posté des photos d'elle et de Kenya Brown en

racontant que cette dernière l'avait traitée de garce prétentieuse. Elle poussa un soupir rageur et sentit le feu lui monter aux joues.

— Comment peuvent-ils être au courant ? demanda-t-elle à Zoe.

— C'est sûrement Kenya qui a ébruité cette histoire. Rappelle-toi ce qu'a dit Jess. Cette femme t'utilise pour gagner en notoriété.

— Comment peut-on tomber aussi bas ?

— Laissons l'agence s'en charger. Je voulais juste que tu sois au courant avant que quelqu'un t'interpelle. N'y pensons plus et profitons de notre journée.

— Merci, Zoe. J'espère que personne ne m'en parlera. C'est très gênant.

Ivy espérait surtout que les membres de sa famille ne tomberaient pas sur cette publication.

Quand elles furent toutes installées dans la voiture de Britney, la discussion ne tarda pas à s'animer. Ivy fit son possible pour y participer, mais son esprit était ailleurs. Elle croisa plusieurs fois le regard rassurant de Zoe. Sa belle-sœur devait penser que Ivy était préoccupée par la publication qu'elle lui avait montrée, mais beaucoup d'autres choses la faisaient réfléchir, à commencer par les propos de sa mère.

Oui, en dépit de tout ce qu'elle avait reçu de ses parents, Ivy avait des objectifs qu'elle souhaitait atteindre par elle-même. Certes, cela lui demandait des efforts considérables de tout mener de front, et elle était épuisée. Mais ce ne serait pas toujours comme cela. Elle comptait bien prendre des vacances dès la fin de la tournée prévue pour la promotion de son livre.

Elle devait reconnaître que sa fatigue était aussi émotionnelle. Sa famille était essentielle pour elle, depuis toujours. Or son père était fâché contre elle et sa mère était sans cesse sur son dos, à la fois pour qu'elle lève le pied et soit plus présente dans l'entreprise familiale. Les rares fois où Ivy prenait un temps de repos, elle prenait conscience qu'en dehors de sa famille, elle était seule. Alors elle se reprochait d'avoir fait fuir ses petits amis à cause de son ambition.

Lydia la renvoyait sans cesse à son célibat. Croyait-elle que Ivy se trouvait volontairement dans cette situation ? Tous ses frères étaient désormais en couple, même Carter que personne n'avait imaginé se marier un jour.

Ivy tenait à obtenir du succès en dehors de ce que ses parents lui avaient légué. Elle voulait construire quelque chose à son tour, comme ses frères. Dans sa vie professionnelle et personnelle. Ne pouvait-elle pas avoir le succès *et* l'amour ?

Elle pensa à Jordan, à qui elle n'avait pas encore répondu. En fait, elle ne savait pas quoi lui dire. Son baiser l'avait envoûtée, et pourtant, elle ne pouvait pas se permettre de sortir avec lui alors qu'ils allaient sans doute travailler ensemble. Elle ne voulait pas non plus avoir l'air de chercher à obtenir quelque chose de lui par la séduction.

Cependant il lui plaisait, cela ne faisait aucun doute. Elle était attirée par lui comme un aimant. Jamais elle n'avait ressenti une telle tension érotique auparavant. Elle percevait aussi chez lui des qualités humaines qui lui donnaient envie de mieux le connaître.

À quoi bon ? Elle le ferait sûrement fuir comme les autres, même si, contrairement à eux, il ne semblait pas gêné par son ambition. Elle ne se sentait simplement pas disponible pour le moment. Elle allait lui répondre, mais elle devait encore réfléchir à ce qu'elle allait lui écrire.

Après la tournée, elle prendrait un peu de vacances. Puis viendrait le tournage de l'émission de télévision – à condition que le projet se concrétise. Une fois que tout cela serait passé, peut-être qu'elle pourrait envisager d'embrasser de nouveau Jordan Chambers.

- 14 -

Jordan arriva au bureau en avance pour préparer sa réunion avec son équipe, celle de Ivy et la chaîne de télévision qui allait diffuser l'émission. Il avait pris la résolution d'entretenir des rapports strictement professionnels avec Ivy, mais cela ne l'empêchait pas d'être impatient de la revoir.

Il avait bien compris qu'elle n'avait pas l'intention d'aller plus loin avec lui. Ils n'avaient eu aucun contact direct depuis des semaines. Elle n'avait même pas répondu aux messages qu'il lui avait envoyés le lendemain de leur baiser. Tous leurs échanges passaient par leur entourage. Les contrats avaient été vérifiés et signés, et à présent, le moment était venu de parler du planning de tournage. Si Jordan voulait encore tenter quelque chose avec Ivy, cela allait devoir attendre.

Sa préparation de ce rendez-vous avait été méticuleuse, à la fois professionnellement et personnellement. Il avait mis du temps à choisir son pull, son pantalon de costume et ses chaussures de grande marque. La tenue qu'il portait d'habitude au bureau était beaucoup plus décontractée, mais il allait voir Ivy aujourd'hui. Il ne voulait pas faire les choses à moitié.

Il regarda sa montre pour la énième fois avec l'impression

que l'heure n'avançait pas. Il avait hâte de retrouver Ivy, de guetter la réaction qu'elle aurait en le voyant après tout ce temps. Soudain, il pensa aux messages qu'il lui avait envoyés sur Instagram et se dit qu'elle ne les avait peut-être jamais lus. Elle était si suivie et si sollicitée sur les réseaux sociaux ! Ils avaient très bien pu se perdre au milieu de la masse de tous les messages qu'elle recevait. Cette pensée redonna de l'espoir à Jordan. Si elle ne les avait pas vus, elle ne les avait pas volontairement ignorés, ce qui changeait tout.

Enfin, l'assistante de Jordan vint frapper à sa porte.

— Mme Blackwell est arrivée avec son équipe, annonça-t-elle.

— Merci, Kayla.

Ivy était là. Il sourit malgré lui en fermant son ordinateur portable.

Il retrouva Anderson dans le couloir et marcha avec lui jusqu'à la salle de réunion. Dès qu'il aperçut Ivy à travers la cloison en verre, sa gorge se serra, et il dut prendre sur lui pour garder une attitude neutre et professionnelle.

Une fois à l'intérieur, il salua Ivy de la même façon que les autres personnes présentes.

— Bonjour, Jordan, répondit-elle avec un sourire crispé.

Il la regarda discrètement, subjugué par l'allure incroyablement sexy que lui donnait son tailleur. En posant les yeux sur ses lèvres, il se remémora leur baiser et l'élan de désir brûlant qu'il avait ressenti en l'embrassant.

Il s'éclaircit la voix et se plaça en bout de table pour présider la réunion. L'heure qui suivit permit de préciser les différentes étapes de la production et leur organisation : le casting des candidats, le tournage de l'émission, la promotion et la diffusion. La chaîne avait imposé une condition : que les candidats soient des célébrités très dépensières ayant besoin d'apprendre à gérer leur argent. Le tournage allait durer quatre semaines pour une première saison de six épisodes. Ivy posa de nombreuses questions très pertinentes, sans avoir honte de montrer qu'elle connaissait mal le milieu de la télévision.

À la fin de la réunion, Ivy souriait, mais son sourire n'atteignait pas son regard. Jordan se demanda ce qui s'était passé depuis leur soirée à New York. À ce moment-là, elle avait eu l'air excitée à l'idée de faire cette émission. Qu'est-ce qui avait changé ?

Comme tout le monde quittait la salle, Jordan appela doucement Ivy pour la retenir à l'intérieur.

— Je souhaite juste m'assurer d'une chose, lui dit-il. Êtes-vous toujours enthousiasmée par le projet ?

— Bien sûr, répondit-elle d'un ton peu convaincant. Qui ne le serait pas ?

Elle regarda en direction de la porte.

— Vous êtes pressée, peut-être ? demanda-t-il. Je ne voudrais pas vous mettre en retard.

— Non, non. Enfin, j'ai quelques rendez-vous, puis une séance de dédicace dans une librairie en fin de journée. Et comme j'ai pris l'avion tôt ce matin, je suis un peu fatiguée. Rien de plus. Je vous assure que je suis enchantée par la perspective d'animer cette émission. Il ne me reste plus qu'à réorganiser mon emploi du temps, mais vous savez ce que c'est, n'est-ce pas ?

Il l'observa en plissant les yeux. Elle était très différente de la femme qu'il avait vue auparavant. Comme si elle avait perdu son feu intérieur. Peut-être était-elle simplement gênée de parler avec lui après ce qui s'était passé entre eux, en sachant qu'ils devaient désormais travailler ensemble. Peut-être luttait-elle, comme lui, contre ses émotions.

— J'espère que vous n'éprouvez pas d'embarras à propos de…

— Non ! s'exclama-t-elle d'un ton brusque.

Elle regarda autour d'elle, comme pour s'assurer que personne ne l'avait entendue, puis poursuivit plus bas :

— Tout va bien. Notre relation est strictement professionnelle.

— Exactement, approuva Jordan. Et je me réjouis que cette collaboration voie le jour.

— Moi aussi, répondit-elle avec un sourire poli.

— Donc il n'y a pas de problème entre nous ?

— Non, aucun. Vraiment. J'ai beaucoup de choses en tête, c'est tout.

Voyant qu'elle paraissait sincère, Jordan se sentit un peu soulagé.

— Où a lieu votre séance de dédicace ce soir ? s'enquit-il. Nous pourrions vous y retrouver et prendre quelques photos pour la promotion de l'émission.

— Oui, excellente idée. Je vais vous donner l'adresse.

— Vous pouvez me l'envoyer par texto ?

— Bien sûr.

Elle sortit son téléphone et hésita un instant.

— Quel est votre numéro ? demanda-t-elle.

Il le lui dicta et elle lui envoya le lien vers le site de la librairie.

— Je connais bien cet endroit, dit Jordan en ouvrant son message. Nous y avons tourné quelques scènes par le passé.

— Parfait.

Ivy mit la main devant sa bouche pour cacher un bâillement.

— Désolé, plaisanta Jordan, je suis un homme très ennuyeux.

Sa remarque eut le mérite de faire rire Ivy.

— Pardon, dit-elle. Je ferais mieux d'y aller.

— À ce soir à la librairie, répondit-il. Peut-être que…

Il allait lui proposer de prendre un verre une fois qu'elle aurait fini, mais il renonça à aller au bout de sa phrase.

— Je prendrai un exemplaire de votre livre pour ma mère.

— Je ne manquerai pas de lui écrire une dédicace personnalisée, promit Ivy.

Pour la première fois depuis le début de la réunion, elle afficha un vrai sourire.

— C'est très gentil de votre part, répondit Jordan. Merci.

— À tout à l'heure, conclut Ivy.

Et elle s'en alla.

Jordan la regarda partir, heureux d'avoir l'occasion de la revoir d'ici quelques heures.

De retour dans son bureau, il s'assit devant son ordinateur et se plongea dans le travail. Lorsque, dans l'après-midi, il parla à Anderson et Kayla de la séance de dédicace de Ivy, ils lui répondirent tous les deux qu'ils n'étaient pas disponibles pour l'accompagner à la librairie. Jordan décida d'y aller seul et de prendre quelques photos avec son téléphone.

Il découvrit à son arrivée une longue file d'attente qui allait jusqu'à l'extérieur du magasin et continuait le long du trottoir. Il ne s'était pas attendu à ce que la présence de Ivy attire autant de monde. Combien de temps allait-il lui falloir pour signer tous ces livres ?

Il entra et se mit à la recherche de la propriétaire de la librairie. Il n'était pas question qu'il fasse la queue et attende son tour pour voir Ivy. Son succès était impressionnant.

Pat, une petite femme aux cheveux gris, accueillit Jordan avec un sourire chaleureux.

— Vous êtes venu voir l'experte financière ? lui demanda-t-elle. C'est une star, n'est-ce pas ?

— Oui. En fait, nous travaillons ensemble.

— Oh ! fantastique. Suivez-moi, je vais vous conduire à elle.

Pat prit Jordan par la main et se fraya un chemin au milieu de la foule, jusqu'à la table à laquelle Ivy était assise.

— Madame Blackwell, vous avez de la visite !

— Merci, Pat, répondit Ivy en levant la tête.

— Je vous en prie. Et je vais demander à quelqu'un de vous apporter un autre verre d'eau.

Comme Pat s'éloignait, Ivy salua Jordan avec un nouveau sourire de façade. Il compatissait. Il savait ce que c'était que d'être débordé.

— Ne vous occupez pas de moi, lui dit-il. Faites ce que vous avez à faire. Vous voulez bien que je prenne quelques photos de vous en train de signer ?

— Bien sûr.

Il se mit à l'écart pour ne pas la déranger et la photographia tandis qu'elle échangeait quelques mots avec ses admiratrices. Son éditrice et son agente, assises à côté d'elle, préparaient les livres en les ouvrant à la page de titre et en notant le nom de chaque personne à l'avance, sur un petit papier. Quand il eut toutes les images dont il avait besoin, il décida de rester jusqu'à la fin de la séance, qui dura largement plus d'une heure. Pat fut obligée de refuser du monde pour pouvoir fermer sa librairie.

Ivy se leva et s'étira en bâillant.

— Je vais nous appeler un taxi, dit-elle aux deux femmes qui l'accompagnaient.

— Vous allez loin ? demanda Jordan.

— Au Four Seasons.

— Je vais vous déposer, dit-il.

— Vous avez de la place pour nous trois ?

— Oui.

— Merci beaucoup, Jordan, dit Ivy. Je suis tellement pressée de me mettre au lit.

Jordan rit intérieurement en l'entendant évoquer son lit. Il l'aurait volontiers accompagnée sous la couette. Mais elle était toujours aussi distante avec lui, et il voyait bien que quelque chose n'allait pas hormis sa fatigue évidente. À défaut de reprendre là où ils s'étaient arrêtés à New York, il aurait bien aimé passer un moment avec elle pour comprendre ce qui la contrariait.

— Je suis heureux de pouvoir vous rendre service. Je sais combien c'est épuisant de voyager d'un bout du pays à l'autre.

— Nous avons quand même prévu de profiter un peu du bar de l'hôtel, dit l'une des deux autres femmes. Ivy, si tu veux nous rejoindre après t'être reposée, tu seras la bienvenue.

— Merci, répondit Ivy, mais je crois que j'ai besoin d'une longue nuit.

Jordan alla chercher sa voiture et les conduisit jusqu'à l'hôtel, qui ne se trouvait qu'à quelques minutes de la librairie. Quand ils furent arrivés, il se rendit compte que Ivy s'était déjà endormie. Son agente la réveilla et ils descendirent tous les quatre de voiture. Quand ils furent dans le hall, les deux autres femmes leur dirent bonsoir et se dirigèrent vers le bar.

— Je vais vous accompagner jusqu'à votre chambre, dit Jordan à Ivy.

— C'est inutile, je vais très bien.

Elle ne put toutefois réprimer un bâillement.

— Je préfère m'en assurer, insista-t-il.

— Bon, d'accord, dit-elle en soupirant.

Ils marchèrent jusqu'aux ascenseurs. Brusquement, elle se tourna vers lui.

— Écoutez, dit-elle. N'imaginez pas qu'une fois dans ma chambre, nous allons reprendre là où nous en étions la dernière fois que nous nous sommes vus. Je n'aurais jamais dû vous embrasser.

Jordan resta un instant bouche bée, la mâchoire contractée. Comment osait-elle lui lancer de telles accusations ? Oui, il avait envie d'aller plus loin, mais il voyait bien qu'elle allait mal. S'il avait proposé de la raccompagner, c'était seulement parce qu'il se faisait du souci pour elle. Elle le prenait vraiment pour un goujat !

— Ce n'était pas mon intention, répondit-il sèchement.

— Je voulais juste que les choses soient claires.

— Mais pour qui me… Vous savez quoi ? Peu importe ! J'essayais seulement d'être sympa. Bonne nuit.

— C'est ça, oui !

Jordan hésita entre lancer une repartie cinglante et tourner les talons pour s'en aller sans un mot de plus. Au lieu de cela, il attendit instinctivement l'arrivée de l'ascenseur, à défaut d'accompagner Ivy jusqu'à sa chambre. Quand la porte s'ouvrit, Ivy regarda Jordan. La dureté de son expression se dissipa. La lumière de ses yeux s'éteignit et ses jambes fléchirent. En la voyant s'effondrer, Jordan cria son prénom et se précipita vers elle.

- 15 -

Ivy ouvrit les yeux et les referma aussitôt, agressée par une lumière aveuglante. Lorsqu'elle parvint à garder les paupières à demi soulevées, elle se demanda d'abord où elle était. Puis elle entendit le bip des machines autour d'elle. Une chambre d'hôpital ?

Que faisait-elle ici ? Se trouvait-elle à New York ? Où était sa famille ?

— Ivy, murmura une voix familière.

L'homme qui lui parlait semblait soulagé. Elle savait qu'elle le connaissait, mais elle était trop désorientée pour le reconnaître.

— Ivy, vous m'entendez ?

Elle puisa au fond d'elle la force de se redresser.

— Jordan ? Mais… que faites-vous ici ? demanda-t-elle dans un souffle. Et moi ? ajouta-t-elle en regardant péniblement autour d'elle.

— Vous vous êtes évanouie.

En disant ces mots, Jordan lui toucha délicatement la main. Ivy sentit que cela lui faisait du bien et regarda sa main chaude posée sur la sienne.

— Pardon, dit-il en la retirant aussitôt. Comment vous sentez-vous ?

— Pas mal. Vous dites que je me suis évanouie ? Où ?

— À l'hôtel, juste avant de monter dans l'ascenseur. J'ai tout de suite appelé les secours et nous sommes partis ensemble à l'hôpital. Ensuite seulement, j'ai pensé que j'aurais dû prévenir votre agente et votre éditrice. Il était trop tard, car votre téléphone était verrouillé et je n'avais pas leur numéro.

— Avez-vous averti quelqu'un d'autre ? demanda Ivy avec anxiété.

— Je ne savais pas qui appeler. J'ai envoyé un message à votre cousin Tyson en passant par son compte Instagram, mais il ne m'a pas encore répondu. Je n'ai pas non plus son numéro.

Ivy voulut se redresser, mais cela lui fit mal à la tête. Elle se rallongea avant de demander :

— Que lui avez-vous dit dans votre message ?

— Pour éviter de l'inquiéter, je lui ai juste laissé mon numéro de portable en lui demandant de me téléphoner.

— Depuis combien de temps suis-je ici ? s'enquit-elle en regardant la perfusion reliée à son bras.

— À peu près deux heures. Les médecins vous ont examinée. Je ne voulais pas que vous vous réveilliez toute seule. Tenez, ajouta-t-il en attrapant derrière lui le téléphone de Ivy pour le lui rendre. Je l'avais pris à côté de moi dans l'espoir que quelqu'un vous appelle et puisse me mettre en relation avec vos proches.

— Non ! s'écria-t-elle. Enfin… Je vous remercie. Mais je préfère ne rien dire à personne tant que je ne sais pas ce que j'ai. Inutile de les alarmer pour rien.

— Entendu. Je vais prévenir l'infirmière que vous êtes réveillée.

Ivy commençait à se rappeler ce qui s'était passé. Elle se revoyait à l'hôtel, échangeant quelques mots avec Jordan.

Des mots assez durs, si ses souvenirs ne la trompaient pas. Mais qu'est-ce qui avait provoqué son évanouissement ?

C'était assez facile à deviner. Cela faisait des jours qu'elle n'avait pas une seconde pour souffler, et cette dernière journée avait été encore plus exténuante que les autres. Commençant par un départ aux aurores pour l'aéroport, elle s'était poursuivie avec la réunion concernant l'émission, une interview à la radio, une séance photo pour dévoiler aux abonnés de Ivy les coulisses de sa tournée et plus particulièrement de son passage en Californie, et enfin les dédicaces en librairie. Elle n'avait pas eu le temps de prendre un vrai repas et était arrivée à un état d'épuisement qui dépassait tout ce qu'elle avait connu jusque-là.

Elle ferma les yeux et sentit une larme couler sur sa joue. Heureusement que Jordan n'avait pas pu joindre sa famille. La dernière chose dont Ivy avait besoin, c'était d'entendre sa mère lui dire : « Je t'avais prévenue. »

Ivy soupira en se rappelant avec précision la façon dont elle s'était adressée à Jordan. C'était admirable qu'il soit resté à son chevet malgré cela.

— Madame Blackwell ! dit un homme âgé, vêtu d'une blouse blanche, en entrant dans sa chambre. Je suis le Dr Brighton. Ravi de voir que vous êtes réveillée. Comment vous sentez-vous ?

— Bien, je crois. J'ai un peu mal à la tête. Que m'est-il arrivé ?

— La bonne nouvelle, c'est que vous n'avez apparemment rien de grave. Vous vous êtes sans doute évanouie à cause d'une accumulation de fatigue et de stress. Notre corps nous alerte en général quand il est soumis à un stress excessif, mais souvent, nous préférons ignorer les signaux qu'il nous envoie.

— Quels signaux ?

— Chute de cheveux, irritabilité, pertes d'attention, maux de tête, fatigue, douleurs musculaires, insomnie… La liste est longue. Pour l'instant, vous tenez le coup, mais si vous ne vous ménagez pas, votre santé pourrait en pâtir sérieusement. Je vous prescris d'ores et déjà un repos total de plusieurs jours.

— Docteur, c'est impossible ! Je suis en plein milieu d'une tournée promotionnelle. Je dois être à San Francisco dans… Quel jour sommes-nous ?

— Mercredi, seulement pour quelques minutes encore.

— Je dois être à San Francisco demain soir pour une rencontre en librairie.

Séances de dédicace, interviews, *talk-shows*… Elle avait une foule d'engagements pour les jours à venir.

— Pour préserver votre santé, insista le Dr Brighton, je vous recommande fortement de reporter. D'autant que nous souhaiterions vous garder cette nuit en observation, dans l'attente d'un dernier résultat de test.

— Toute la nuit ? s'exclama-t-elle en se redressant brusquement. C'est impossible.

— Je ne peux pas vous y obliger, admit le médecin. Seulement je ne voudrais pas que vous soyez de nouveau hospitalisée pour un motif plus grave. Or c'est ce qui arrivera si vous ne prenez pas soin de vous dès maintenant. Votre corps a besoin d'une pause, madame. S'il vous plaît, réfléchissez-y sérieusement.

Il se tut et la regarda fixement, comme pour l'inciter à prendre la bonne décision.

— Je reviendrai vous voir dès que j'aurai le résultat du dernier test, dit-il avant de s'en aller.

Restée seule, Ivy enfouit le visage dans ses mains pour

pleurer. Elle savait qu'il avait raison. Elle reconnaissait tous les symptômes de stress qu'il lui avait décrits. Sa vie était devenue un train fou dont elle avait perdu le contrôle. Cependant, elle avait voulu tout ce qui lui arrivait et ces succès la rendaient heureuse. Elle s'était démenée pour accomplir tout cela.

Elle soupira. Elle devait seulement se ménager un peu et tout rentrerait dans l'ordre. L'autre impératif était de cacher cet incident à sa famille. Si ses proches apprenaient son hospitalisation, elle n'avait pas fini d'en entendre parler. Dans son malheur, elle pouvait au moins se réjouir que ce soit arrivé loin de New York.

Jordan revint dans sa chambre à pas feutrés.

— Ça va ? s'inquiéta-t-il.

— Oui, répondit-elle en passant rapidement les mains sur ses joues.

Elle ne voulait pas pleurer devant lui.

— Vous savez, poursuivit-elle, je crois me souvenir que je n'ai pas été très correcte avec vous à l'hôtel.

— Ne vous inquiétez pas pour cela.

— Je dois vous présenter mes excuses et vous poser deux questions.

— Je vous écoute.

— Je sais que c'est beaucoup vous demander, prévint-elle.

— Demandez-moi ce que vous voulez.

Elle ferma les yeux un moment avant de les fixer sur le visage de Jordan. Puis elle respira profondément et se lança :

— Pourriez-vous garder ce petit événement pour vous ?

Elle lui adressa un regard suppliant et remarqua son air

surpris. Le moment venu, elle lui expliquerait la raison de sa requête, mais pas maintenant.

— Et l'autre question ? demanda-t-il avec une certaine méfiance dans la voix.

— Pourriez-vous rester avec moi ?

- 16 -

Jordan était exténué. Il était resté auprès de Ivy jusqu'à ce que le personnel de l'hôpital l'installe dans une chambre et avait refusé de partir tant qu'elle n'était pas paisiblement endormie. Ce sommeil n'était arrivé qu'après 4 heures du matin, avec l'aide d'un somnifère. Entre-temps, Jordan avait eu tout le temps de discuter avec Ivy. Elle lui avait notamment expliqué que si elle ne voulait pas prévenir sa famille, c'était pour éviter d'entendre un chœur de « Je te l'avais bien dit ». Il comprenait mais avait tout de même insisté pour qu'elle prévienne ses proches d'ici peu. Elle lui avait promis de le faire à la fin de sa tournée.

Il avait quitté l'hôpital après avoir dit à Ivy qu'il reviendrait la voir dans l'après-midi. En partant, il avait envoyé un message à Anderson pour le prévenir qu'il arriverait au bureau plus tard que d'habitude. Il avait eu besoin de temps pour se reposer, à la fois physiquement et émotionnellement. Il avait découvert une Ivy plus vulnérable, qui l'avait touché par sa sincérité et avait eu le mérite de lui présenter plusieurs fois ses excuses pour son attitude envers lui.

Par chance, c'était une journée peu chargée au bureau. Dans l'après-midi, alors qu'il se trouvait dans un studio d'enregistrement où était tournée une émission qu'il produisait, son téléphone vibra. Il sortit discrètement pour décrocher.

— Dites-moi, comment vous sentez-vous ? demanda-t-il à Ivy.

— Mieux maintenant que je me suis reposée.

— Depuis combien de temps êtes-vous réveillée ?

— Quelques heures. J'ai passé des appels et demandé à mon agente de reporter mes engagements. Le médecin m'a autorisée à sortir, ajouta-t-elle après un silence.

— Vous voulez que je vienne vous chercher ?

Elle soupira avant de répondre :

— Je ne veux vraiment pas être une charge.

— Alors qu'allez-vous faire ? Vous connecter à un site de covoiturage ? Donnez-moi une demi-heure.

Jordan n'hésita pas une seconde. Il retourna dans le studio, dit au revoir à tout le monde et courut à sa voiture.

Quand il arriva à l'hôpital, Ivy était habillée et prête à partir. Il devina qu'elle avait essayé de se peigner les cheveux décoiffés avec les doigts. Ses yeux étaient toujours fatigués. Cependant elle était aussi belle que dans une robe du soir, aussi sexy qu'avec son legging et son sweat-shirt à capuche.

Jordan la raccompagna jusqu'à sa chambre d'hôtel. Elle avait prolongé sa réservation de deux jours et rejoindrait ensuite son équipe sur la côte Est, pour la suite de sa tournée. Il s'assura qu'elle était bien installée avant de se décider à partir, tout en se rendant compte qu'il mourait d'envie de rester.

— Bon, dit-il en mettant les mains dans les poches, ça va aller ?

— Oui, merci.

Elle marcha lentement jusqu'au réfrigérateur et en sortit une bouteille d'eau pour boire quelques gorgées.

— J'ai juste besoin d'une bonne douche chaude, ajouta-t-elle.

— Très bien. Surtout appelez-moi s'il vous faut quoi que ce soit.

Il la regarda dans les yeux. Il voulait soudain qu'elle ait besoin de lui.

— Je n'y manquerai pas. Encore merci pour tout, dit-elle avec un sourire d'une douceur merveilleuse.

Sans quitter Jordan des yeux, elle posa sa bouteille et s'adossa contre le mur en croisant les bras.

— Vous avez quelque chose à manger pour ne pas être obligée de ressortir ? demanda-t-il.

Il cherchait des prétextes pour rester ou pour revenir la voir. Avait-il raison ou tort ? En tout cas, il brûlait d'être auprès d'elle.

— J'appellerai sûrement le service d'étage, répondit-elle. Je vous ai suffisamment dérangé.

— Pas du tout, vous ne me dérangez pas et j'irai avec plaisir vous chercher un dîner.

C'était étrange. Même s'il la connaissait à peine, il se sentait bien avec elle. Sa présence le réconfortait quels que soient son humeur ou son état de santé.

— Vous êtes vraiment très gentil, Jordan, mais ne vous inquiétez pas pour moi. J'ai seulement besoin de repos. J'ai encore la force de me nourrir et de me débrouiller toute seule dans cette chambre.

— J'essaye juste de me rendre utile.

— Et je vous en suis très reconnaissante.

Ils se regardèrent de nouveau dans les yeux. Leur silence en disait beaucoup plus que tous les mots qu'ils avaient échangés. Jordan sentit que Ivy ne souhaitait pas non plus qu'il parte.

— Vous voulez que je m'en aille maintenant ? demanda-t-il.

Elle ne répondit pas.

Il la supplia mentalement de dire non. Il savait pourtant qu'elle devait dormir et qu'il avait sans doute intérêt à partir avant qu'elle redevienne irritable. Voilà un aspect de son caractère qu'il commençait à connaître et qui aurait dû le faire fuir.

Néanmoins, Ivy lui avait dit qu'elle n'était pas comme cela en temps normal, et au fond, il la croyait. Même le médecin avait signalé que cette attitude était sans doute due à son épuisement. En outre, même si elle aurait pu le faire de façon plus cordiale, il comprenait qu'elle ait tenu à maintenir une distance entre eux hier soir. Une relation intime risquait de nuire à leur relation de travail.

Il était prêt à attendre aussi longtemps qu'elle le déciderait. Elle en valait la peine, cela ne faisait aucun doute dans l'esprit de Jordan.

— Jordan, dit-elle d'une voix douce. Cela me ferait plaisir que vous restiez, mais seulement si vous le pouvez. Je ne veux pas m'imposer.

— Je peux rester.

Il prit sur lui pour ne pas céder au désir de la prendre dans ses bras. Machinalement, il regarda sa montre, comme s'il était attendu quelque part.

— Si vous partiez, je serais de nouveau seule, murmura-t-elle avec une émotion qui serra le cœur de Jordan.

— Et Tyson ?

— Kendall et Tyson sont en voyage. Mon équipe est

repartie à New York. Il n'y a plus que moi ici et je serais heureuse d'avoir de la compagnie.

— Je peux au moins faire en sorte que vous ayez un bon repas avant de vous coucher.

— Oh ! oui, approuva-t-elle avec un grand sourire. Vous voulez bien vous en occuper pendant que je prends ma douche ?

— De quoi avez-vous envie ?

— N'importe quoi sauf de la cuisine d'hôpital.

Ils rirent en chœur.

— Des allergies alimentaires ? demanda-t-il.

— Non. J'aime les sushis, les fruits de mer, la cuisine italienne…

— Parfait ! Je reviens tout de suite.

Jordan appela l'un de ses restaurants italiens préférés et commanda un assortiment de plats à emporter. Sur le trajet, il s'arrêta pour acheter aussi une bouteille de scotch. À son retour à l'hôtel, il trouva Ivy vêtue d'un legging, d'un T-shirt et de chaussons molletonnés. Elle était belle, adorable, émouvante. Et il allait avoir la chance de passer la soirée avec elle.

- 17 -

C'était la deuxième fois que Ivy invitait Jordan dans sa chambre d'hôtel. Pourquoi se sentait-elle aussi bien avec lui ? Leurs premières rencontres avaient pourtant été houleuses. Mais tout avait changé depuis cette soirée à New York, qui leur avait permis de faire connaissance et…

Elle ne pouvait pas dire que leur baiser ne hantait pas ses pensées. Physiquement, Jordan lui avait plu à la seconde où elle l'avait vu, et maintenant qu'ils s'étaient rapprochés, elle regrettait d'avoir été aussi désagréable avec lui. Mais elle connaissait maintenant la raison de son comportement. Ce n'était pas sa vraie personnalité qui s'était exprimée.

Demander à Jordan de rester auprès d'elle à l'hôpital n'avait pas été chose facile, mais elle n'avait eu personne d'autre vers qui se tourner. Ses rapports avec son agente et son éditrice étaient strictement professionnels, et Kendall et Tyson ne se trouvaient pas à Los Angeles.

Elle se serait sentie terriblement seule si elle n'avait pas pu compter sur Jordan.

Blottie sur le canapé de sa suite, elle regarda les assiettes vides posées sur la table basse. Elle avait mis sur pause la série qu'ils regardaient quand le téléphone de Jordan avait sonné, et il s'était mis à l'écart pour répondre. Ivy n'avait pu s'empêcher de se demander si c'était une autre femme qui l'appelait, puis elle s'était souvenue avec soulagement de leur discussion sur le célibat. Pour rien au monde elle n'aurait flirté avec un homme déjà en couple. Elle avait déjà tellement de mal à trouver sa place dans une relation ! Au fond, elle avait l'impression que les hommes ne la comprenaient pas.

Serait-ce différent si elle était avec Jordan ? Elle s'amusa à imaginer cette situation. Le premier problème serait qu'ils voyageaient beaucoup tous les deux. De surcroît, ils habitaient loin l'un de l'autre.

— D'accord, je t'enverrai mes horaires dès que je les aurai, dit Jordan en s'approchant. Moi aussi, je t'embrasse fort. Bonne nuit.

Puis il raccrocha.

— Tout va bien ? demanda Ivy quand il vint se rasseoir à côté d'elle.

— J'espère, répondit-il en soupirant. Des histoires de famille. C'était ma mère.

Sa mère ?

Ivy se réjouit intérieurement.

— Si nous goûtions ce scotch ? proposa-t-elle. Sec ?

— Vous me connaissez bien, plaisanta Jordan.

Elle sourit et se leva pour prendre la bouteille et deux verres.

— Cela va me faire du bien après la conversation que je viens d'avoir, confia Jordan.

Ivy aussi avait besoin de quelque chose pour se détendre. C'était agréable de passer cette soirée avec Jordan, mais elle ne pouvait ignorer les regards qu'ils avaient échangés à plusieurs reprises. Ils étaient en train de jouer avec le feu, c'était évident.

Après avoir servi le scotch, elle remit la vidéo en marche et la scène comique qui suivit les fit rire de bon cœur. Du coin de l'œil, Ivy contempla le profil de Jordan. Ses longs cils, son nez droit, ses lèvres parfaitement dessinées et son irrésistible fossette sur laquelle elle brûlait de poser un baiser.

Quand l'épisode fut terminé, elle suggéra aussitôt de mettre le suivant. Elle n'avait pas envie qu'il parte, mais craignait aussi de se trouver avec lui dans le silence, sans rien pour détourner leur attention de la tension érotique qui grandissait entre eux.

Jordan regarda sa montre.

— Je suis partant si vous êtes assez en forme.

— Vous êtes sûr que je ne vous retiens pas ?

— Non. Mais surtout, dites-moi si vous êtes fatiguée.

— Vous comptez me border ?

Ivy se figea juste après avoir prononcé ces mots. Elle n'avait pas eu l'intention de faire des sous-entendus, mais de fait, sa remarque était ambiguë. Et elle ne pouvait pas la mettre sur le compte de l'alcool puisqu'elle n'avait bu que quelques gorgées.

Elle sentit sur elle le regard de Jordan, mais comme elle refusait de tourner la tête vers lui, elle ne voyait pas s'il souriait. Elle prit son verre pour se donner une contenance.

Il se mit à rire.

— Seriez-vous en train de flirter avec moi ? demanda-t-il.

Elle osa finalement le regarder.

— Peut-être, admit-elle.

— Intéressant.

Il souriait bel et bien.

— Écoutez, dit-elle en posant son verre, j'ai un tempérament plutôt... direct. Je vous remercie de m'avoir si généreusement tenu compagnie, mais je ne vais pas nier que je vous trouve très séduisant. Seulement, nous devons travailler ensemble, et tout le monde sait qu'il ne faut pas mélanger travail et plaisir. Cela ne m'empêche pas d'apprécier le fait que vous soyez ici ce soir.

— Eh bien, puisque nous nous parlons en toute franchise, sachez que je vous ai trouvée sublime à la seconde où je vous ai vue. Si je n'avais pas été à cette soirée de lancement à titre professionnel et si je n'avais pas renversé votre verre, je vous aurais demandé votre numéro. Après notre deuxième accident, j'ai pensé que je n'avais plus aucune chance avec vous. Alors imaginez ma surprise quand Anderson a eu cette idée d'émission avec vous ! Je me suis demandé si vous alliez vous lever et partir lors de notre première réunion à New York.

— J'avoue que l'idée m'a traversée, plaisanta-t-elle.

— J'imagine. En tout cas, j'ai eu envie de vous connaître dès l'instant où j'ai posé les yeux sur vous. Il va sans dire qu'à mes yeux, vous êtes aussi attirante en robe du soir qu'en tailleur ou en legging, ou même avec un chemisier taché de café.

Ivy s'esclaffa.

— Rappelez-moi de vous envoyer ma facture de pressing !

Jordan rit avec elle, puis un silence s'ensuivit. Finalement, il s'approcha d'elle sur le canapé.

— Alors où allons-nous, madame Blackwell ?

— J'ai une idée de là où je voudrais aller, mais je m'inquiète pour la suite. Je ne me sens pas faite pour les aventures d'un soir, et cependant, je n'ai pas de temps pour une relation.

— Je comprends et je suis prêt à l'accepter. Alors

dites-moi ce que vous voulez, insista-t-il en s'asseyant encore plus près d'elle. Soyez honnête avec moi.

— Vraiment ?

— Vraiment. Allez-y.

— Je veux laisser s'exprimer ce qu'il y a entre nous.

— Moi aussi, murmura-t-il d'une voix rauque.

— Mais ensuite, que se passera-t-il ?

Le seul fait de poser cette question fit retomber son excitation.

— Vous me plaisez, dit Jordan en lui caressant la joue. Je suis prêt à me lancer et à voir où cette histoire peut nous mener. Je pense que si nous n'avions pas le goût du risque vous et moi, nous ne serions pas arrivés où nous en sommes aujourd'hui professionnellement.

Il avait raison. Et plus il parlait, plus elle avait envie de lui.

— Vivons au jour le jour, répondit-elle. Sans nous engager.

— Comme deux adultes consentants qui ont des vies bien remplies et veulent passer de bons moments ensemble.

— Profitons-en tant que tout se passe bien, et quand cela ne nous conviendra plus, nous arrêterons. Sans gêne ni complications. D'accord ?

— D'accord.

— On se serre le petit doigt ? demanda-t-elle en levant son auriculaire.

Jordan éclata de rire.

— C'est moins solennel qu'une poignée de main, expliqua-t-elle, mais c'est tout de mérifême un geste significatif.

— Alors serrons-nous le petit doigt, accepta-t-il en nouant son doigt avec celui de Ivy.

Puis il la regarda dans les yeux.

— Jordan, susurra-t-elle, embrasse-moi.

Sans hésitation, il l'enlaça et prit possession de sa bouche avec tant de passion qu'elle en eut le souffle coupé. Elle s'agrippa à ses épaules musclées et répondit à son baiser avec la même fièvre.

— Je rêve de t'embrasser depuis que tu as quitté ma chambre d'hôtel à New York, confessa-t-elle d'une voix haletante.

— Et il ne s'est pas passé un jour sans que j'y pense aussi.

Ivy l'attira de nouveau contre lui et ils s'embrassèrent encore et encore, jusqu'à ce qu'ils aient tous les deux le corps en feu. Leurs caresses devenaient de plus en plus intimes. Ivy devait maintenant prendre une décision : soit elle demandait à Jordan de partir, soit elle l'emmenait dans sa chambre.

— Tu as un préservatif ? demanda-t-elle entre deux baisers.

— Oui, répondit-il en lui dévorant les lèvres.

Puis il se redressa et la regarda avec intensité.

— Tu es sûre ?

Au lieu de répondre, Ivy se leva, lui prit la main et le guida jusqu'à sa chambre. Elle était surprise par sa propre spontanéité, mais ce soir, elle avait envie d'être audacieuse et de profiter de chaque seconde.

Jordan s'étendit au-dessus d'elle et la déshabilla lentement en commençant par son T-shirt et son soutien-gorge. Quand elle fut torse nu, il se pencha pour passer la langue sur ses seins. Elle se cambra en gémissant d'excitation. Puis il lui ôta son legging et déposa mille baisers le long de ses jambes, de ses chevilles à sa petite culotte. Glissant les doigts sous la dentelle qui la couvrait à peine, il toucha longuement son sexe tandis qu'elle ondulait au rythme de son plaisir. Il finit de la dévêtir sans cesser de la caresser et de l'embrasser.

Elle changea de position pour se mettre sur lui et imiter ce qu'il lui avait fait. C'était un délice de découvrir son corps à mesure qu'elle lui ôtait ses vêtements et de passer la langue sur les muscles de son torse. Quand elle eut fini de le déshabiller, il la prit dans ses bras et remit la main entre ses cuisses.

— Tu es tellement belle, lui susurra-t-il à l'oreille.

— Viens, j'ai envie de toi.

— J'arrive.

Il s'écarta un court instant, le temps de se protéger, puis revint se placer entre les jambes de Ivy. Elle sentit d'abord la pointe de son érection à l'entrée de son sexe. Ils restèrent un moment ainsi, à savourer cette attente exquise, puis il la pénétra. Elle laissa échapper un cri de plaisir. Ils ne tardèrent pas à trouver leur rythme, et peu à peu, Jordan se mit à aller et venir plus vite et plus fort. Ivy découvrait des sensations qu'elle n'avait encore jamais connues. Le corps puissant de Jordan, ses mains expertes sur elle, les mouvements de son bassin… Cette étreinte était encore plus merveilleuse que dans son imagination.

Elle fit durer le plaisir aussi longtemps que possible, jusqu'au moment où elle se sentit tout près de la jouissance. Au même instant, Jordan accéléra, et ils atteignirent l'orgasme en même temps. Ivy cria en tremblant de tout son être, tandis que Jordan enfouissait le visage dans son cou pour étouffer ses râles sensuels.

Ils s'effondrèrent tous les deux sur le matelas et mirent de longues minutes à reprendre leur souffle.

Ivy n'avait jamais eu autant de plaisir, et maintenant qu'elle retrouvait sa respiration, elle se sentait plus apaisée que jamais. Avec un sourire sur les lèvres, elle glissa doucement vers le sommeil.

Lorsqu'elle se réveilla, une douce lumière entrait par la fenêtre. Jordan dormait à côté d'elle, nu et magnifique. Elle n'avait donc pas rêvé. Elle regarda le réveil posé sur la table de chevet et vit avec stupeur qu'il était 11 heures passées. Cela faisait une éternité qu'elle n'avait pas dormi aussi bien et aussi longtemps !

Elle rit doucement et se blottit sous la couette. Cette nuit avait été parfaite. Tout en se gardant de réveiller Jordan, elle chuchota pour elle-même :

— C'était tout ce dont j'avais besoin.

- 18 -

Jordan se réveilla seul dans la chambre d'hôtel de Ivy. Il prit son téléphone et envoya un message à Anderson, qui avait essayé de le joindre. Jordan avait décidé de prendre sa journée.

Il entendit de l'autre côté de la cloison le bruit de la douche et des sons de musique hip-hop. Il s'étira, se leva et alla frapper à la porte de la salle de bains. Aucune réponse. Il frappa plus fort, mais Ivy ne réagissait toujours pas. Finalement, il tourna la poignée et passa la tête à l'intérieur de la pièce.

— Ivy !

Elle cessa de chanter et entrouvrit le rideau.

— Salut, toi, répondit-elle. Viens, il y a de la place pour deux.

Jordan lui sourit.

— Merci pour l'invitation. J'ai très envie de te rejoindre, mais tu ne veux pas que je commande d'abord un petit déjeuner ? Je meurs de faim. Comme ça il arrivera quand nous aurons fini de nous habiller.

— Bonne idée.

Elle laissa retomber le rideau et se remit à chanter.

Jordan retourna dans la chambre en riant. Ne sachant pas ce dont elle avait envie, il commanda un peu de tout :

des fruits, des œufs, des gaufres, du café et du jus d'orange. Puis il la rejoignit dans la baignoire, où elle écoutait et chantait un morceau de rap de l'un des artistes préférés de Jordan. Il mêla sa voix à la sienne, et tout en prenant garde de ne pas tomber, ils se mirent face à face pour danser.

— Je ne t'imaginais pas fan de hip-hop, dit-il en riant.

— Tu as encore beaucoup à apprendre sur moi.

— J'ai hâte.

Ils restèrent un moment sans rien dire, à se dévorer des yeux. Ivy se mordilla la lèvre en prenant un air séducteur.

— Tu veux bien me savonner le dos ? murmura-t-elle d'une voix sensuelle.

— Si je peux rendre service…

Elle se retourna, lui offrant une vue splendide sur son dos et ses fesses. Lorsqu'il posa les mains sur elle, elle lui adressa par-dessus son épaule un regard qui attisa encore un peu plus le désir de Jordan. Il fit glisser ses mains partout sur son dos, puis passa les mains autour de sa taille et se mit tout contre elle en l'embrassant dans le cou.

— Que puis-je faire d'autre pour toi ? murmura-t-il.

Elle se retourna vers lui, se hissa sur la pointe des pieds et prit les mains de Jordan pour les mettre sur ses seins. Il était fou d'excitation. Ils passèrent de longues minutes à se caresser mutuellement, à s'embrasser sur la bouche et dans le cou, jusqu'au moment où elle se plaqua contre le sexe durci de Jordan.

— J'ai envie…

— Moi aussi, j'ai envie de toi, dit-il en étouffant leurs mots avec un baiser.

Ivy ouvrit le rideau, ils sortirent de la baignoire et prirent à peine le temps de se sécher avant de courir dans la chambre. Il prit un préservatif et le donna à Ivy pour qu'elle le déroule elle-même sur son érection. Haletante, le regard brûlant de désir, elle s'étendit sur le dos et ouvrit les jambes pour le faire entrer en elle.

Jordan voulait savourer chaque seconde, car il ne savait pas quand il reverrait Ivy. Le plaisir qu'elle lui donnait était tellement plus intense que ce qu'il avait connu auparavant... Quand il sentit l'extase approcher, il se retira et l'embrassa sur les seins, le ventre et les cuisses. Elle s'agrippa à lui et le fit revenir avec un murmure de supplication. Il aurait voulu faire durer cette étreinte éternellement.

Après avoir interrompu et repris leur corps à corps plusieurs fois, il la pénétra de nouveau et resta en elle jusqu'à ce que leurs corps trouvent le rythme qui allait les mener à la jouissance. Les gémissements de Ivy le rendaient fou. Envahi par le plaisir, il perdit le contrôle et cria en même temps qu'elle avant de s'effondrer, comblé et à bout de souffle. Elle noua les bras autour de lui.

Jordan serait volontiers resté des heures ainsi, mais le service d'étage frappa à la porte de la suite. Il se leva et regarda Ivy, qui affichait un sourire béat. Il enfila à la hâte son pantalon et son T-shirt et courut à la porte. Après avoir donné un généreux pourboire au jeune homme qui avait monté leur petit déjeuner, il poussa la table roulante jusqu'à la chambre et se déshabilla pour se remettre au lit avec Ivy. Enlacés, ils dévorèrent tout ce qu'on leur avait apporté en s'embrassant presque entre chaque bouchée. Puis Jordan dut finalement se résoudre à sortir du lit.

— Tu pars déjà ? dit Ivy avec un air boudeur.

— Tu dois te reposer. Ce sera impossible tant que je serai là.

— C'est vrai, reconnut-elle avec un sourire. Cela dit,

je ne me suis pas sentie aussi relaxée depuis des mois, et je pense que c'est à toi que je le dois. Merci.

— Je t'en prie.

Elle se leva en mettant le drap autour d'elle et s'approcha de lui.

— Je me sens bien avec toi, murmura-t-elle en posant une main sur son torse.

— J'aimerais beaucoup rester, dit-il en l'embrassant sur le nez. Mais il faut vraiment que tu dormes.

— Tu as raison.

— Veux-tu que je vienne te chercher demain matin pour te conduire à l'aéroport ?

— Ce serait très gentil de ta part.

Il la serra contre lui et l'embrassa encore.

— Je vais retourner à New York pour le travail ces prochaines semaines. J'espère que nous pourrons en profiter pour nous voir.

— Oui, j'espère aussi.

Toujours vêtue de son drap, elle le suivit dans la salle de bains et ils continuèrent à discuter pendant qu'il se préparait. Puis elle l'accompagna à la porte, où ils s'embrassèrent encore. Ils se tenaient l'un l'autre comme s'ils refusaient de se séparer. Finalement, Jordan trouva la force de s'écarter d'elle. Il lui fit un clin d'œil et sortit.

En marchant dans le couloir, il se rendit compte qu'il se sentait incroyablement bien. Ils avaient convenu ensemble que cette nuit ne les engagerait à rien, mais ce qu'ils avaient partagé comptait déjà beaucoup plus que ce qu'il aurait pu imaginer.

- 19 -

Ivy n'aurait su dire si c'était l'effet du temps passé avec Jordan à Los Angeles ou de ses quelques jours de repos chez elle, mais elle se sentait de nouveau en forme et était pleine d'énergie pour son retour au travail.

Sa famille ignorait pour l'instant ce qui lui était arrivé. Elle aurait aimé en parler à Zoe, mais sa belle-sœur aussi l'avait mise en garde contre le surmenage, or Ivy était maintenant certaine d'être remise d'aplomb. Elle avait juste eu besoin d'une petite pause et s'était arrangée pour la prendre en faisant croire à ses proches qu'elle poursuivait sa tournée. Elle comprenait maintenant Kendall et Tyson, qui lui avaient conseillé de prendre de vraies vacances dès que l'occasion se présentait. Seulement, avec tous les projets qui remplissaient son agenda, c'était impossible pour l'instant.

Maintenant qu'elle était repartie en tournée, elle continuait à assumer sa mission chez Blackwell Wealth en télétravail. Elle avait justement une réunion en visio qui allait commencer dans quelques secondes.

— Salut ! dit gaiement Ivy en voyant les visages de Zoe et Jess s'afficher sur son écran d'ordinateur portable.

— Bonjour, Ivy, répondit son assistante. Alors où es-tu aujourd'hui ?

— À San Francisco, et je pars demain pour Seattle. Je serai de retour à New York à partir de lundi et pour quelques jours.

— Cela tombe très bien, répondit Zoe, car Dale veut nous revoir. Je peux caler un rendez-vous la semaine prochaine ?

Ivy serra le poing en signe de joie. N'ayant plus eu de nouvelles de Dale depuis le fameux petit déjeuner, elle avait commencé à s'inquiéter.

— Attends une seconde, dit-elle à Zoe. Je vérifie mes disponibilités.

Elle consulta le calendrier de son téléphone.

— Je suis libre mercredi ou jeudi matin. Et toi ?

— Parfait ! répondit Zoe.

À cet instant, Bill, Ethan et les autres membres du comité de direction rejoignirent la visioconférence.

— Je vois que tout le monde est là, dit Zoe.

— Commençons tout de suite, dit Bill. Nous avons plusieurs choses à voir.

Ils passèrent la demi-heure suivante à discuter des rapports de performance de chaque région et de la clientèle féminine de l'entreprise qui ne cessait de croître, en dépit de la possible défection de Dale.

— Plus tu apparais dans les médias, plus les femmes nous accordent leur confiance, dit Ethan à Ivy. Bravo.

D'autres félicitations s'ajoutèrent à celles de son frère, mais leur père resta stoïque.

— Merci, Ethan, répondit Ivy. Cela fait plaisir à entendre.

Elle savait pourquoi Bill refusait de la complimenter. Malgré les succès de Ivy, il regrettait qu'elle ne soit pas plus présente au bureau et ne comprenait pas son besoin de s'épanouir professionnellement en dehors de sa famille.

La réunion se poursuivit. Au début, Ivy fut très attentive et impliquée. Jusqu'au moment où elle reçut un SMS de Jordan. Il lui rappelait qu'il serait à New York la semaine prochaine et qu'il aimerait beaucoup la voir. Aussitôt, des images sensuelles lui vinrent à l'esprit et elle eut toutes les peines du monde à rester concentrée. Ils s'étaient parlé tous les jours au téléphone depuis leur nuit magique à Los Angeles, et à chaque fois qu'elle entendait sa voix ou voyait son nom s'afficher sur l'écran de son téléphone, toutes ses pensées allaient vers lui. Elle n'avait pas encore pris de décision concernant la suite de leur relation, mais elle ne pouvait nier l'attirance qu'elle éprouvait pour lui.

À vrai dire, elle était émerveillée qu'ils s'entendent aussi bien. Ils pouvaient discuter pendant des heures, passant naturellement d'un sujet à l'autre. Ils aimaient les mêmes musiques. Il comprenait l'ambition professionnelle de Ivy, ce qui était nouveau pour elle. Et lorsqu'ils faisaient l'amour, l'harmonie était parfaite.

N'était-ce pas trop beau pour être vrai ? Et surtout, que se passerait-il quand ils entameraient le tournage de l'émission ? Elle se méfiait des commérages de Hollywood. Déjà, sa notoriété sur les réseaux sociaux avait pris des proportions inattendues à la suite de l'incident avec Kenya, puis de la sortie de son livre. De plus en plus de marques la sollicitaient pour des partenariats. Toutefois, elle devait aussi subir le revers de la médaille et les commentaires agressifs des *haters*. Kenya avait été bloquée, mais elle n'était pas la seule à adopter ce genre de pratiques. Ivy pouvait heureusement compter sur son équipe qui supprimait les messages haineux, mais elle n'y était pas insensible pour autant. Elle ne comprenait pas pourquoi des inconnus s'en prenaient à elle, comme à d'autres personnalités, avec autant de hargne.

Jordan lui envoya un autre texto. Cette fois, il mentionnait un lieu où il avait envie de l'emmener. Ivy attendit avec impatience la fin de la réunion, et au lieu de lui répondre par écrit, elle lui téléphona pour entendre sa voix.

— Salut, dit-il de sa voix profonde. Comment vas-tu ?

Ivy sourit et regretta d'être aussi loin de lui.

— Très bien, merci, répondit-elle.

— Tu as reçu mon message ?

— Oui. De quel endroit parlais-tu ?

— Je ne te le dirai pas, c'est un secret. Dis-moi juste quel soir tu es libre pour que je puisse réserver.

— Tu m'intrigues. Eh bien, je suis libre vendredi soir, si cela te convient.

Elle travaillait tellement qu'elle prévoyait rarement des sorties le vendredi. Elle n'avait même pas toujours le temps de boire un verre avec ses belles-sœurs pour entamer le week-end.

— C'est parfait, répondit Jordan. J'arrive à New York mercredi soir.

— Tu me donneras l'horaire. Si je peux, je viendrai te chercher à l'aéroport.

— Je t'enverrai ça. Mais sinon j'appellerai la même compagnie de chauffeurs que d'habitude, ne t'en fais pas.

— D'accord. Il faut que je te laisse, mais je suis impatiente de te voir.

Ils se dirent au revoir et raccrochèrent. Le téléphone de Ivy sonna aussitôt ; c'était son père.

— Allô ?

— Ma chérie, il faut que je te parle.

Il l'avait appelée « ma chérie », mais sa voix était glaciale.

- 20 -

Jordan ferma son ordinateur portable, le mit dans sa sacoche et se leva. Il avait renoncé à essayer de se concentrer. Il partait à New York et la perspective de retrouver Ivy occupait toutes ses pensées depuis ce matin.

Il regarda sa montre et vit qu'il avait une heure tout juste pour arriver à l'aéroport. Il n'avait pas de bagage puisque son second appartement comportait tout ce dont il pouvait avoir besoin. Son ordinateur était son compagnon de voyage. Peut-être arriverait-il à travailler avant d'embarquer ou une fois dans l'avion.

Brusquement, Anderson fit irruption dans le bureau de Jordan.

— Tu as vu l'e-mail ?

— Quel e-mail ? demanda Jordan.

— Ils viennent d'envoyer le calendrier de production. Ils veulent commencer le tournage le mois prochain.

— Déjà ?

— Nous avons quelques détails à régler. Appelle-moi quand tu auras passé les portiques de sécurité de l'aéroport. Je ne veux pas attendre que tu aies atterri pour en parler avec toi.

— D'accord.

— D'ici là, je vais te préparer une liste des candidats déjà volontaires pour participer.

— Très bien. Je vais lire l'e-mail en route. Mon taxi devrait être là d'une minute à l'autre.

Le tournage allait avoir lieu à Los Angeles, ce qui permettrait à Jordan de voir Ivy beaucoup plus souvent. Cependant, sur le plateau, ils devraient prendre sur eux et ne rien dévoiler de leur intimité.

Au lieu d'attendre d'être arrivé à l'aéroport, il appela Anderson depuis son taxi et aborda avec lui les points importants de l'e-mail envoyé par la chaîne qui allait diffuser l'émission de Ivy. Un peu plus tard, alors qu'il attendait l'embarquement, il commanda un scotch au bar de la compagnie aérienne et téléphona à Ivy.

— Nous avons quelque chose à fêter, lui annonça-t-il. Mais d'abord, dis-moi comment tu te sens.

— Pas mal. J'ai réussi à récupérer de mon décalage horaire depuis mon retour de San Francisco. Qu'avons-nous à fêter ?

Il perçut de l'excitation dans sa voix et fut heureux d'être le porteur de bonnes nouvelles.

— Ton équipe va t'appeler pour t'en parler, mais je voulais être le premier à t'annoncer que la chaîne est prête à avancer. Nous avons reçu leur calendrier et ils voudraient que le tournage commence le mois prochain !

Il s'attendit à une réaction, un cri, un rire ou autre chose. Au lieu de cela, il y eut un silence, puis elle laissa échapper un simple :

— Ouah.

— Tu es sous le choc ?

— Oui. Et un peu nerveuse. C'est tellement nouveau

pour moi. Si je suis mauvaise ? Si j'oublie mes répliques ? Et puis il faut que je réorganise mon emploi du temps.

— Eh, respire ! Et ne t'inquiète pas. Tu n'auras pas de répliques à mémoriser. Tu es l'experte, Ivy. Tu vas faire ce que tu sais faire : expliquer aux gens comment faire fructifier leur argent.

— J'espère que tu as raison.

— Bien sûr que oui. Je voulais aussi te dire que je prenais l'avion plus tôt pour régler une affaire familiale. Mon frère viendra me chercher à l'aéroport. Serais-tu libre ce soir pour dîner ?

— Vers quelle heure ?

Jordan perçut de l'hésitation dans la voix de Ivy. Il savait combien ses journées étaient chargées, et malgré son impatience de la revoir, il ne voulait pas lui compliquer la vie.

— 20 heures, si c'est possible pour toi ? Je te rejoindrai à l'endroit de ton choix.

— 20 heures, c'est d'accord. Tu pourras peut-être m'aider à me détendre un peu plus.

— Tu peux compter sur moi, plaisanta-t-il en reconnaissant le ton séducteur de Ivy.

Ils avaient déjà évoqué le bien-être qu'ils avaient ressenti tous les deux après leur nuit ensemble.

Quelques instants plus tard, il raccrocha et se dirigea vers la porte d'embarquement. Le vol passa vite, et comme promis, Dorian l'attendait à son arrivée. Ils se rendirent ensemble chez leur mère.

— Mes chéris ! s'exclama Charisse en venant à leur rencontre pour les embrasser. Venez, entrez vite. Vous avez faim ? J'ai des restes dans le réfrigérateur. Je n'ai pas eu le temps de faire la cuisine aujourd'hui. Vous préférez peut-être quelque chose à boire ?

— Avec plaisir, répondit Dorian.

Dans la cuisine, ils commencèrent par boire chacun un grand verre d'eau, puis leur mère sortit une bouteille de scotch et quatre verres. C'est elle qui leur avait appris à apprécier le bon whisky, à le déguster pour le plaisir plutôt que le boire d'un trait pour s'enivrer.

Ils s'installèrent au salon, autour de la table basse.

— Tim sera là dans quelques minutes, dit Charisse.

— Alors, demanda Jordan, que pense-t-il de notre proposition ?

— Eh bien…

Elle posa son verre et prit une profonde inspiration. Dorian et Jordan échangèrent un regard plein d'appréhension.

— Tim a assurément besoin de votre aide, reprit Charisse, mais il a le sentiment que l'arrangement que nous lui proposons ne sert pas au mieux ses intérêts.

— Quoi ? Je croyais…

— Attends. Mon mari est un homme fier. Je n'ai pas besoin de vous rappeler que ses rapports avec vous ont toujours été un peu… tendus.

— Mais c'est une très bonne proposition pour lui, maman, insista Dorian. Lui as-tu dit que c'était ton idée ?

— Oui, répondit-elle en soupirant. Seulement, c'est difficile pour lui de vous demander de l'aide. Je crois qu'il veut juste être sûr qu'il aura son mot à dire sur la mise au point de cet accord. Il ne veut pas être forcé d'accepter sous prétexte qu'il se trouve en difficulté.

— Que veux-tu dire ? rétorqua sèchement Dorian. Qu'il se méfie de nous ?

Jordan était aussi choqué que lui, mais n'eut pas le temps

de le dire. Ils se tournèrent tous les trois en entendant la porte d'entrée et virent arriver Tim, un homme grand et costaud dont les cheveux commençaient tout juste à grisonner. L'atmosphère se tendit d'un coup.

— Bonjour, ma chérie, dit Tim en allant embrasser Charisse.

Elle lui répondit avec tendresse, après quoi Tim se tourna vers Dorian et Jordan pour leur adresser un signe de tête. Tandis qu'il se servait un verre de scotch pour les accompagner, Jordan redouta la conversation qui allait suivre.

— J'imagine que vous avez commencé à parler de l'arrangement, dit Tim en s'asseyant à côté de Charisse.

— En effet, confirma Jordan. Il paraît que tu n'en es pas satisfait ?

— Il est pourtant avantageux, souligna Dorian.

— Je n'ai pas dit le contraire, se défendit Tim. Mais il s'agit de mon entreprise, et je ne signerai rien sans avoir apporté mes propres conditions et sans avoir défendu mes intérêts.

Dorian et Jordan se tournèrent vers leur mère avec un air d'incompréhension totale.

— Vous avez convenu de cet arrangement avec Charisse, ajouta Tim. Pas avec moi.

— Alors que proposes-tu ? lança Jordan en s'efforçant de contenir son agacement. Quelles parties du contrat te dérangent ?

— Toutes !

— Timothy, murmura Charisse en lui prenant la main.

De toute évidence, Tim était vexé de ne pas avoir participé à la rédaction de l'accord. C'était compréhensible.

Mais à en croire Charisse, le temps pressait s'il voulait sauver son entreprise.

— Je ne veux pas que vous deveniez mes associés, déclara Tim. J'ai juste besoin d'un prêt. Je vous rembourserai. Je suis en activité depuis plus de vingt-cinq ans. Je sais ce que je fais et je ne vais pas vendre les parts de la société que j'ai bâtie à cause d'une mauvaise passe. J'ai traversé des mauvaises passes par le passé et je m'en suis toujours sorti.

Il se leva et se mit à faire les cent pas dans la pièce.

— Je sais le peu de bien que vous pensez de moi tous les deux, poursuivit-il. Mais malgré cela, je me suis occupé de vous et j'ai donné tout ce que je pouvais à votre mère pour qu'elle ait une belle vie. Évidemment, ce n'était jamais assez pour vous. Je vous ai demandé votre aide. Je ne veux pas de votre pitié et je refuse que vous profitiez de moi. Je ne compte pas me coucher devant vous et vous laisser me prendre mon entreprise !

— Timothy ! s'écria Charisse avec effroi. Personne n'essaye de profiter de toi !

— Ni te prendre ton entreprise, compléta Jordan. Cet accord est une aide.

— Une aide pour qui ? cria Tim.

Il les accusa des pires intentions avant de conclure :

— Vous savez quoi ? Laissez tomber. Je ne veux recevoir aucune aide de vous deux.

Jordan n'en croyait pas ses oreilles. Les mots de Tim le mettaient en colère, mais ils étaient surtout blessants. Comment pouvaient-ils imaginer que Dorian et Jordan voulaient profiter de lui ou lui prendre son entreprise ? Malgré leur mauvaise entente avec lui, ils avaient toujours été intègres.

Dorian se leva et rajusta son col.

— Je m'en vais, dit-il. Maman, je t'aime, mais je ne peux pas rester.

Il l'embrassa avant de se tourner vers la porte.

— Attends, dit Charisse en se levant. Nous devons résoudre cela par la discussion.

Elle se tourna vers Timothy.

— Mon chéri, lui dit-elle, tu te trompes sur nos intentions. Nous voulons t'aider tout en protégeant les intérêts de chacun.

— Pas les miens ! répliqua-t-il.

Jordan imita son frère.

— Désolé, maman, mais on dirait que la discussion est close.

— Je ne vais pas m'aplatir devant tes fils, renchérit Tim. Je me débrouillerai tout seul.

— Timothy !

Dorian et Jordan sortirent de la maison tandis que leur beau-père continuait à protester. Mieux valait qu'ils partent avant que la situation dégénère. Ils auraient pu accorder un prêt à Tim, mais après ce qu'il leur avait dit… Ses accusations étaient impardonnables.

En dépit de sa peine et de sa colère, Jordan était partagé. Tim avait besoin d'aide, mais était trop têtu pour accepter leur main tendue. Et leur mère était prise entre deux feux.

— Quel culot ! s'emporta Dorian quand ils furent en voiture. Tu te rends compte ?

— Je n'en reviens pas, répondit Jordan en se massant les tempes.

— Puisque nous avons à peine touché notre verre, que dirais-tu d'aller en prendre un quelque part ?

— Bonne idée.

Jordan avait envie d'un verre, il ne pouvait pas le nier. Mais rien ne lui ferait autant de bien que de retrouver Ivy ce soir.

- 21 -

— Oh ! non, s'écria Ivy.

Elle rejeta la couette, se dégagea des bras de Jordan et bondit hors du lit.

— Il ne faut surtout pas que je sois en retard !

Elle sentit le regard de Jordan sur ses fesses nues tandis qu'elle sortait de la chambre. Après une douche rapide, elle s'enroula dans une serviette et chercha dans son dressing la tenue adéquate pour la journée qui s'annonçait. En général, elle préparait ses vêtements le soir pour le lendemain, mais à partir du moment où Jordan était entré dans son appartement, elle avait oublié tout le reste.

En le voyant arriver avec un air sombre, elle avait voulu faire son possible pour lui redonner le sourire. Elle était préoccupée par son travail et lui par ses problèmes familiaux. Ils avaient fait l'amour en prenant leur temps et en faisant attention l'un à l'autre, avec une intensité qui les avait comblés. Puis ils s'étaient endormis dans les bras l'un de l'autre, apaisés.

Mais le stress de Ivy était revenu à la seconde où elle avait ouvert l'œil. Elle devait impérativement arriver tôt au bureau car son père lui avait demandé de passer le voir à la première heure. Elle prit une robe en tricot, des sous-vêtements et un collant et retourna dans la chambre pour s'habiller. Jordan était dans la salle de bains. Comme elle aurait voulu passer la journée au lit avec lui… Heureusement, ils avaient encore la soirée de vendredi à passer ensemble.

Elle prépara du café qu'ils burent rapidement ensemble, puis Jordan lui proposa de la déposer au bureau avec le VTC qu'il avait réservé pour se rendre à un rendez-vous.

— Merci ! répondit-elle avec enthousiasme. Tu vas me faire gagner un temps précieux.

Une demi-heure plus tard, ils étaient devant le siège de Blackwell Wealth. Elle l'embrassa tendrement, descendit de voiture et monta directement dans son bureau pour s'éclaircir les idées avant de voir son père. Debout devant la baie vitrée, elle respira profondément pour rechercher le calme intérieur. Elle craignait les questions qu'allait lui poser son père. Bien sûr, elle avait des réponses à lui donner, mais elle savait déjà qu'il n'en serait pas satisfait.

Pourquoi ne pouvait-il pas simplement être fier d'elle ?

Le moment venu, elle sortit dans le couloir et fit signe à Zoe en passant devant son bureau. Sa belle-sœur lui répondit par un sourire encourageant. Puis Ivy alla frapper à la porte de Bill, qui était restée entrouverte.

— Entre ! dit-il en la voyant.

— Bonjour, papa.

Ivy avança en se tordant les mains. Elle avait l'estomac noué par l'anxiété. Une fois assise sur le siège en cuir qui faisait face au bureau de son père, elle ne put s'empêcher d'agiter la jambe. Bill resta un long moment penché sur son ordinateur, après quoi il se redressa et ôta lentement ses lunettes. Il regarda Ivy et s'enfonça dans son fauteuil.

— Bonjour, ma fille, dit-il d'un ton solennel.

Cela commençait mal.

— Dis-moi d'abord où tu en es avec Dale Billington, s'il te plaît.

— J'ai rendez-vous avec elle aujourd'hui, répondit Ivy, la gorge serrée. Nous sommes en train de gagner sa confiance. Elle apprécie toutes nos initiatives en direction des femmes, mais veut aussi que ses investissements aient notre attention particulière. J'ai fait en sorte de la rassurer sur ce point en lui garantissant la mobilisation de notre équipe et en lui adressant une documentation personnalisée.

— Ivy, je suis conscient de tes succès et tu as du mérite d'avoir attiré autant de nouvelles clientes. Mais le département que tu as créé au sein de l'entreprise n'aurait pas la même réussite sans toi. Tu as réclamé ce poste. Je te l'ai accordé. Tu as fait tes preuves, mais tout va s'écrouler si tu n'es pas entièrement dédiée à ta tâche. Pour confier leur argent à Blackwell, les clientes potentielles ont besoin de savoir que tu seras là et qu'elles pourront compter sur toi et sur ton talent. Tes absences répétées ne leur envoient pas un bon signal.

Ivy soupira.

— Papa.

Bill inclina la tête. Il l'écoutait. Mais elle ne pensait qu'à une chose : la réaction qu'il allait avoir en apprenant qu'elle allait partir un mois à Los Angeles pour tourner une émission de télévision.

— Zoe est aussi compétente que moi. Ce projet est le sien autant que le mien.

— Mais Zoe ne représente pas autant que toi la famille Blackwell. Tes prestations en public vendent aux femmes quelque chose qu'elles ne trouvent pas en arrivant chez nous si tu n'es pas là pour les recevoir. Une cliente a renoncé à nous confier son patrimoine après avoir essayé en vain de te joindre pendant que tu étais en tournée. Je te croyais plus responsable que cela ! Que s'est-il passé ? Je suis heureux pour toi, pour ta notoriété et pour ton livre, mais tes activités nuisent à l'entreprise.

Ivy était démoralisée. Elle aurait voulu dire tellement de choses à son père… Pour commencer, pourquoi ne se souciait-il jamais de ce qu'*elle* voulait ? Cette cliente dont il parlait avait appelé Ivy pendant qu'elle était à l'hôpital. Mais cela non plus, elle ne pouvait pas lui en parler pour l'instant, car il prendrait ce malaise comme une preuve qu'elle ne pouvait pas tout mener de front.

— Ma tournée sera bientôt terminée et mon emploi du temps va s'alléger, se défendit-elle.

— Quand ce n'est pas la tournée, c'est une conférence, une interview ou autre chose.

Ivy pensa à l'émission. Elle allait devoir partir en Californie dans trente jours. Comment lui annoncer cela ? Elle ne voulait pas le décevoir.

— J'ai juste besoin d'un peu plus de temps, répondit-elle. Ma tournée prendra fin dans deux semaines. Ensuite, c'est vrai, je continuerai les conférences, mais c'est grâce à ces apparitions publiques que nous avons attiré autant de nouvelles clientes.

Malgré son épuisement, elle voulait profiter de toutes les belles choses qui lui arrivaient et qu'elle avait méritées. C'était nouveau et excitant, si différent de ce qu'elle avait connu auparavant ! Et voilà qu'elle allait avoir sa propre émission de télévision. Comment aurait-elle pu refuser la proposition de Jordan ?

Elle repensa à Kendall et Tyson qui lui avaient suggéré de quitter son poste chez Blackwell. Elle n'en avait aucune envie, mais elle commençait à se demander combien de temps elle allait pouvoir tenir à ce rythme-là.

— J'attends des changements significatifs, dit Bill. Dès la fin de cette tournée, je compte sur toi pour te concentrer sur le département que tu diriges ici. Sur tes objectifs. J'ai créé cette entreprise pour mes enfants. Lincoln a déserté le premier. Puis Carter. Apparemment, tu es la suivante sur la liste. Et pour quoi ? Ta mère et moi, nous nous sommes tués à la tâche afin de vous transmettre tout ceci. Que voulez-vous donc de plus ?

Et voilà, elle y avait droit. Le fameux refrain : « Après tout ce que nous avons fait pour toi. »

Son père n'avait pas tort. À part Ethan, tous ses enfants avaient eu des envies d'ailleurs. Chacun semblait se détourner de l'héritage construit par Bill et Lydia au prix d'efforts et de sacrifices considérables. Ivy comprenait leur déception et se trouvait prise entre la culpabilité et la colère. Oui, elle devait énormément à ses parents. Mais cela la privait-il du droit de suivre son propre chemin ?

- 22 -

Jordan embrassa Ivy sur la bouche. Du bout de l'index, il caressa son nez éclairé par les premiers rayons du soleil. Il voulait se réveiller à côté d'elle tous les matins.

— C'est le grand jour, murmura-t-il. Comment te sens-tu ?

Elle étira son corps nu entre les draps blancs.

— Je n'ai pas de mots pour le dire, répondit-elle. Je n'en reviens toujours pas d'avoir ma propre émission de télévision. C'est incroyable !

Il rit en pensant au rôle qu'il avait joué pour qu'elle réalise son rêve. Il ne se sentait jamais aussi bien que lorsqu'il la rendait heureuse. Finalement, le calendrier avait pris du retard et ils allaient commencer le tournage six semaines après la date prévue initialement. Même la saison avait changé. Ivy était contente d'être à Los Angeles et d'échapper à l'hiver new-yorkais. À aucun moment il n'avait été question qu'elle réserve une chambre d'hôtel. Il n'aurait pas pu la laisser s'installer ailleurs que chez lui.

— Nous devons nous préparer pour aller au studio, dit-elle. Une grosse journée nous attend.

— Oui. Après ça, répondit-il en l'attirant au-dessus de lui. Tu vois ce que tu me fais ?

Elle le dévora de baisers, ce qui fit naître en lui un

irrépressible élan de tendresse. Être avec Ivy, sentir ses mains et ses lèvres sur lui, voir son sourire, recevoir toute cette attention et toute cette affection de sa part… Cela réchauffait le cœur de Jordan. Il n'avait pas le souvenir d'avoir déjà ressenti cela.

Il la serra contre lui en la regardant dans les yeux. La présence de Ivy dans sa vie le comblait et il espérait qu'elle ressentait la même chose que lui. Il passa la main dans ses cheveux, l'embrassa et la caressa. Bientôt, il sentit sa main sur son sexe durci par l'excitation. Il ferma les yeux et leur baiser se fit plus fiévreux, puis il roula pour se mettre sur elle et passa la langue sur ses seins et sur son ventre. Lentement, il descendit entre ses cuisses et plaqua la bouche contre son sexe. Elle se mit à gémir. C'était bon de sentir qu'il lui donnait du plaisir et qu'elle s'abandonnait à lui sans aucune retenue.

Il la saisit par les hanches et accentua les mouvements de sa langue. S'agrippant aux draps, elle cria plus fort et se mit à trembler. Alors il se redressa pour la pénétrer. Le plaisir fut si intense qu'il laissa échapper un long soupir rauque.

— Ivy, dit-il en lui faisant l'amour.

— Jordan.

La façon qu'elle avait de dire son prénom le rendait fou. Leurs deux corps étaient en harmonie parfaite. Comme il accentuait les mouvements de son bassin, Ivy referma les mains sur ses fesses pour le faire entrer plus profondément en elle.

— Ivy, murmura-t-il en allant et venant plus vite et plus fort. Ivy, je…

Il ouvrit soudain les yeux. Il la regarda onduler sous lui, paupières baissées et bouche entrouverte. Entièrement concentrée sur le plaisir, elle n'avait visiblement pas conscience de ce qu'il avait failli lui dire. Il s'efforça de maintenir son rythme pour la mener jusqu'à l'orgasme. Aussitôt après elle, il fut envahi par une jouissance qui le fit frémir de tout son être. L'extase fut longue, presque irréelle, et le fit retomber sans force sur le matelas.

Ivy se blottit dans les bras de Jordan. Ils avaient tous les deux la peau brûlante et moite. Le cœur battant, il l'enlaça sans trouver la force de bouger. Non parce qu'il venait de connaître le plaisir le plus intense de sa vie, mais parce que, en faisant l'amour avec Ivy, il avait failli lui dire qu'il l'aimait.

Il resta immobile. Les mains dans le dos de Ivy, il la caressait du bout des doigts en réfléchissant à ce qui venait de se passer. Il repensa à tout ce qu'il avait vécu avec Ivy entre leur première rencontre et ce moment d'osmose absolue. Ces dernières semaines, ils avaient passé ensemble autant de temps qu'ils l'avaient pu, à New York, à Los Angeles, ou dans les villes traversées par Ivy pour sa tournée.

Ils faisaient plus que passer de bons moments. Ils vivaient une véritable histoire. Jordan aimait prendre soin d'elle, rire avec elle et l'écouter. Il n'avait pas rencontré sa famille, mais elle lui avait tellement parlé de ses proches qu'il avait l'impression de les connaître. Ils n'avaient toujours pas défini précisément leur relation, mais pour Jordan, il n'était pas question de voir d'autres femmes. Il n'y pensait même pas. Cependant, ils ne s'affichaient pas ensemble, et seules quelques personnes étaient au courant de ce qu'il y avait entre eux.

Jordan n'en avait parlé qu'à Dorian et Anderson, en qui il avait une confiance totale, et il savait que Ivy s'était uniquement confiée à Zoe, sa belle-sœur. Ils avaient plusieurs raisons de vouloir rester discrets. D'abord, ils tenaient à préserver leur vie privée. Et surtout, ils préféraient ne rien dévoiler de leur intimité tant que le tournage de l'émission n'était pas terminé.

— Jordan, murmura-t-elle.

Il n'eut qu'à entendre le son de sa voix pour avoir de nouveau envie d'elle. Mais ils devaient se lever.

— Oui ? répondit-il en l'embrassant sur le front.

— Il faut qu'on y aille.

— Je sais.

Au lieu de sortir du lit, Ivy se mit à cheval sur lui et le fit entrer en elle. Cette fois, ce fut elle qui fixa le rythme en commençant doucement, puis en accélérant jusqu'à ce qu'ils atteignent ensemble la délivrance.

Lorsqu'ils quittèrent finalement l'appartement pour se rendre au studio, Jordan pensait encore au moment où il avait manqué de faire une déclaration à Ivy. Était-ce venu du fond de son cœur ou avait-il pensé cela sous l'effet du plaisir ? Cette question ne semblait pas vouloir quitter son esprit.

- 23 -

Jordan et Ivy se rendirent au studio dans des voitures séparées. C'était elle qui le lui avait suggéré. Elle n'avait pas envie de partager avec tout le monde ce qu'elle vivait avec lui, et surtout pas avec les gens qui allaient participer au tournage de l'émission. En devenant influenceuse, elle avait dû apprendre à séparer clairement vie publique et vie privée, même si ce n'était pas toujours simple.

Cela faisait quelque temps maintenant qu'elle se demandait où elle allait avec Jordan, sans pour autant aborder le sujet avec lui. Elle préférait attendre la fin du tournage pour en parler. Ce qu'elle savait, c'était qu'il avait pris une place essentielle dans sa vie. Il agissait sur elle comme un baume apaisant. Le seul fait d'entendre sa voix l'aidait à évacuer la pression. Il était devenu son confident, son conseiller et celui qui stimulait ses réflexions.

Jordan avait encouragé Ivy à inviter Dale Billington sur le plateau de tournage et l'avait aidée à trouver des arguments pour lui donner envie de devenir cliente de Blackwell Wealth. Désormais, Ivy sentait que Dale était tout près de signer avec elle.

Le chauffeur de Ivy arriva au studio et la déposa devant une caravane qui portait son nom inscrit en grand. Elle avait l'impression de vivre un rêve et ne put s'empêcher de rire toute seule. Une jeune femme l'accueillit en souriant.

— Bonjour, Ivy, je m'appelle Hailey.

Elle était petite et avait une voix pleine d'énergie.

— Bonjour, Hailey.

— Venez, je vais vous aider à vous installer.

Émerveillée, Ivy la suivit à l'intérieur de sa loge où elle posa ses affaires et repéra les lieux. Puis Hailey l'emmena visiter le plateau. Le reste de l'équipe arriva peu à peu, y compris Anderson et Jordan. Ivy fut conduite auprès de la costumière qui l'aida à choisir plusieurs tenues, après quoi on lui présenta plusieurs des célébrités à qui elle allait apprendre à gérer leur argent. S'ensuivit une longue préparation, et enfin les premières séquences de tournage.

Ivy était si excitée et si occupée qu'elle parvint le plus souvent à ne pas se laisser distraire par la présence de Jordan. Néanmoins, à plusieurs reprises, elle l'aperçut en pleine action et fut impressionnée par son assurance et son aisance. Il était dans son élément, donnait des instructions et échangeait avec l'équipe de tournage. Profitant des moments où elle pensait que personne ne la regardait, elle admirait ses mouvements, sa façon de parler et son sourire qui la faisait fondre même à distance. Ce qu'elle n'avait pas anticipé, c'était la pointe de jalousie qu'elle ressentit en se rendant compte qu'elle n'était pas la seule à s'intéresser à lui. Elle était en train de poser pour des photos et des vidéos de présentation quand elle remarqua une femme qui, à quelques mètres de là, parlait à Jordan en posant la main sur son bras. Ivy fit son possible pour ignorer cette scène qui aurait dû être insignifiante, mais elle n'y parvint pas. C'est alors que Carly, la réalisatrice, suivit son regard.

Ivy détourna aussitôt les yeux en espérant que Carly n'avait pas vu qu'elle regardait Jordan. Mais à la pause suivante, alors qu'elle grignotait une barre de céréales, la réalisatrice s'approcha d'elle.

— Tout se passe bien ? demanda Carly.

— Très bien, merci, répondit Ivy.

— Cette première journée n'est pas trop difficile ?

— Au contraire, c'est passionnant.

— Tant mieux.

Carly laissa passer un silence avant d'ajouter :

— Faites tout de même attention.

— Attention à quoi ?

— Vous n'êtes pas la seule femme ici ayant des vues sur Jordan Chambers. La concurrence fait rage, commenta Carly en riant. Et elle est impitoyable.

Ivy voulut demander à Carly ce qu'elle entendait par là, mais se mordit la langue pour ne rien dire. Elle ne voulait surtout pas lui confirmer qu'elle s'intéressait à Jordan, et encore moins lui dévoiler ce qu'il y avait entre eux. Mais elle garda à l'esprit les propos de la réalisatrice et commença à s'inquiéter et à douter. Combien de femmes ici présentes voulaient séduire Jordan ? D'autres personnes avaient-elles remarqué que Ivy le regardait souvent ? Cela allait-il nuire à l'ambiance ?

Quelques heures plus tard, Ivy s'était convaincue que poursuivre cette relation pendant la durée du tournage était une mauvaise idée. Peu à peu, elle se mit même à se demander qui il voyait quand il était à Los Angeles et elle à New York.

Seule dans sa loge pour profiter d'une pause plus longue, elle se posait toutes ces questions en faisant les cent pas. Mais pourquoi se faisait-elle du souci à propos des femmes qui cherchaient à attirer l'attention de Jordan ? Et de celles qu'il voyait quand elle n'était pas là ? Elle n'avait jamais eu un tempérament jaloux. De surcroît, Jordan et elle ne s'étaient engagés à rien l'un envers l'autre. Toutes ces histoires auraient dû la laisser indifférente.

Mais ce n'était pas le cas.

Elle prit une bouteille d'eau pétillante dans le minibar, s'assit et regarda son téléphone. Elle avait reçu des messages de ses parents et ses frères lui demandant des nouvelles de son premier jour de tournage. Son père n'était toujours pas enthousiasmé, mais ses frères l'avaient convaincu que cette émission pourrait profiter à l'entreprise. Le fait que le tournage soit retardé avait laissé à Ivy plus de temps pour lui faire accepter sa longue absence. Toutefois, seule Zoe savait que Ivy séjournait chez Jordan.

En réponse à sa famille, elle envoya plusieurs photos de sa journée. Puis elle entendit quelqu'un frapper à sa porte. Était-il déjà temps d'y retourner ?

Elle regarda l'heure et constata qu'il restait quelques minutes de pause. Pensant que c'était une assistante, elle se leva pour ouvrir la porte et se trouva face à Jordan.

— Salut, entre, dit-elle en regardant nerveusement à droite et à gauche pour s'assurer que personne ne les voyait.

— Tu es contente de ta loge ? lui demanda-t-il. Je leur ai dit de prendre grand soin de toi.

Alors qu'il s'approcha d'elle, elle se tourna pour attraper sa bouteille d'eau et en boire une gorgée.

— C'est parfait, répondit-elle. Pourquoi leur as-tu dit cela ?

— Je le fais pour tous les talents que nous engageons.

— Ah, d'accord. Merci. Je suis très bien.

Jordan la fixa en plissant les yeux.

— Tu te sens mal ? s'enquit-il.

— Non, pas du tout.

— Tu en es sûre ?

Elle rit et balaya son inquiétude du revers de la main.

— J'en suis sûre.

— Toujours heureuse d'être ici ?

— Absolument !

Il vint jusqu'à elle et mit les bras autour de sa taille.

— Nous fêterons ton premier jour à la maison, murmura-t-il en souriant.

À la maison. Il avait dit cela comme s'ils habitaient ensemble.

Ivy repensa une nouvelle fois à son échange avec Carly en se demandant si elle avait raison de poursuivre cette relation avec Jordan. Avant qu'elle puisse protester, il prit possession de sa bouche. Elle ferma les yeux et savoura son baiser. Après un long et délicieux moment, elle essuya la trace de rouge à lèvres qu'elle avait laissée sur lui.

— Nous ne devrions peut-être pas faire cela ici, dit-elle.

— Qui le saura ?

— Je ne sais pas, je disais ça comme ça. Nous avions décidé de rester strictement professionnels pendant nos heures de travail.

— Tu as raison, reconnut-il. J'étais juste passé prendre de tes nouvelles. Je dois y aller. On se retrouve ce soir ?

— Bien sûr.

Il l'embrassa une dernière fois avant de s'en aller. Son baiser la laissa aussi enivrée que les autres. C'est alors qu'elle se rendit compte à quel point ils étaient devenus proches. Qu'était-elle en train de faire ?

Elle s'assit et lutta pour calmer ses émotions. Elle envoya

un message à Dale, qui avait dû arriver à Los Angeles aujourd'hui et devait venir sur le plateau demain.

C'est alors qu'elle reçut un message de Zoe, accompagné d'un lien.

Tu as vu ça ?

Ce que découvrit Ivy la laissa sans voix. Des photos de Jordan et elle prises au cours de la semaine passée par un journal people, avec la légende :

L'experte financière peut aussi vous apprendre à séduire un producteur

Elle se prit le visage dans les mains. C'était exactement ce qu'elle avait redouté.

- 24 -

Jordan était assis, le visage enfoui dans les mains. La journée n'aurait pas pu mieux commencer. Il s'était réveillé à côté de Ivy et avait célébré avec elle le début du tournage en lui faisant l'amour. Que diable s'était-il passé pour qu'ils en soient là maintenant ?

Il la regarda jeter ses affaires dans sa valise en expliquant d'une voix paniquée pourquoi elle devait partir.

— Ivy, je ne comprends pas, dit Jordan avec douleur.

— Je ne sais pas comment te dire les choses autrement. Ce n'était pas une bonne idée. Nous nous sommes laissé emporter. Je veux dire, c'était très agréable, bien sûr, mais voici la preuve que nous n'aurions pas dû ! s'exclama-t-elle en brandissant son téléphone. Mes parents ont vu ces photos, et maintenant ils craignent que cela nous fasse une mauvaise publicité.

Elle se laissa tomber sur une chaise de la chambre et ferma les yeux.

— Cela fait partie de la célébrité, dit Jordan. Tu ne dois pas laisser ce genre de choses t'affecter.

— Eh bien, je n'ai pas encore appris à avoir autant de détachement. Cela me rend folle. Je ne supporte pas qu'on se serve de moi pour attirer des clics avec des plaisanteries sexistes.

— Tu ne peux pas contrôler tout ce que les gens disent de toi.

Elle le fusilla du regard et sembla sur le point d'éclater en sanglots.

— Je suis désolé mais c'est la vérité, insista-t-il.

Il se leva et arpenta la pièce avant de se tourner vers elle.

— Tu devrais expliquer à tes parents que cela fait partie du jeu.

— Jordan, tu ne comprends pas.

— Alors que comptes-tu faire ? Cesser du jour au lendemain d'être influenceuse ? Renoncer à être un personnage public ? Car si tu veux que les médias te laissent tranquille, c'est le seul moyen. J'ai une autre idée à te soumettre : ignore-les et continue toutes les choses fantastiques que tu fais.

— Je ne sais pas si j'en serai capable. D'abord il y a eu Kenya Brown, et maintenant ça. Mes parents sont furieux et me posent mille questions auxquelles je suis incapable de répondre. C'est trop. Comment veux-tu que je fasse comme si de rien n'était ?

— En restant toi-même. Tu aimes aider les femmes. Continue à le faire. Tu sais quoi ? dit-il soudain. Nous n'avons qu'à aller au-devant de la rumeur.

— Comment ?

— En publiant quelque chose sur nos propres réseaux sociaux. En montrant à tout le monde que nous sommes ensemble. Il n'y a pas de quoi en faire toute une histoire.

Après de longues secondes, elle respira profondément et se leva.

— Ça ne marchera pas, Jordan. Les gens continueront à croire que j'ai eu cette émission en couchant avec toi.

— Mais non, pas forcément.

— Arrête, il faut que je parte.

— Pourquoi ?

— Sinon je serai incapable de poursuivre le tournage. Je dois garder la tête froide, et avec tout ce qui se passe, cela devient compliqué.

Jordan se raidit.

— Tu parles de nous deux, là ?

Il voulut s'approcher d'elle, mais elle recula d'un pas.

— Que s'est-il passé aujourd'hui ? demanda-t-il en tendant en vain la main vers elle. J'ai fait quelque chose de mal ?

— Non, murmura-t-elle. C'est juste que… nous sommes allés trop loin, trop vite. Nous devons remettre de la distance entre nous, au moins le temps du tournage.

— Où vas-tu aller ?

— À l'hôtel.

— Rien ne t'y oblige.

Il se rendit compte que sa voix était dure malgré lui. Mais comment rester insensible alors qu'il avait presque déclaré son amour à Ivy ce matin même ?

— Et nos projets pour ce soir ? demanda-t-il. Et pour ce week-end ? Et Dale qui doit venir au studio demain ?

— Je suis désolée, Jordan.

— Cette publication sera vite oubliée. Nous n'avons qu'à…

— Je gère la situation comme je le peux, se défendit-elle.

— En fuyant ? En *me* fuyant ? ajouta-t-il en se donnant un coup de poing dans la poitrine.

— Surtout toi.

Il rejeta la tête en arrière et sentit la douleur s'insérer au plus profond de lui.

— Je ne vais pas laisser un scandale gâcher ma carrière, dit Ivy. Je suis désolée mais je n'ai pas le choix.

Quel scandale ? songea-t-il avec amertume. Il aimait cette femme. Seulement elle l'ignorait. Il aurait peut-être dû le lui dire, mais c'était trop tard à présent. Cela ne changerait rien. Elle avait pris sa décision, et il n'avait pas le pouvoir de la retenir.

S'avouant vaincu, il ouvrit le tiroir de sa commode et y prit un trousseau de clés pour le donner à Ivy.

— Tiens, dit-il.

— Qu'est-ce que c'est ?

— La clé d'un appartement qui appartient à ma société. Nous le mettons à la disposition de nos invités de marque. Si tu veux partir d'ici, tu peux t'y installer. Tu y seras mieux qu'à l'hôtel et tu auras plus d'intimité.

Elle regarda un moment le trousseau avant de le prendre.

— Quelle est l'adresse ?

— Dans le couloir, la porte d'en face.

Ivy cligna des yeux avec surprise. Il crut qu'elle allait lui rendre les clés, mais au lieu de cela, elle les mit dans la poche de son jean et ramassa ses bagages. Elle refusa son aide pour les transporter dans l'autre appartement. Après avoir mis toutes ses affaires dans le couloir, elle se tourna vers lui.

— Merci, Jordan, dit-elle avec un regard d'une tristesse infinie.

Elle souffrait donc autant que lui ?

Quand elle eut refermé la porte, il se laissa tomber sur un siège, abattu. Qu'allait-il faire maintenant ?

- 25 -

— Tu es prête ? demanda Ivy à Zoe.

— Depuis longtemps ! répondit Zoe au téléphone. Je me suis levée aux aurores, j'ai fait ma séance de sport et pris mon petit déjeuner, et maintenant je t'attends. Tu ne peux pas savoir à quel point je suis excitée. J'ai déjà appelé ma mère deux fois et la tienne une fois. Et je pense qu'Ethan et le bébé ne répondront pas si je leur téléphone encore.

— D'accord, dit Ivy en riant. Je passe te prendre dans quelques minutes.

Ivy était folle de joie de retrouver sa belle-sœur. Cela faisait des semaines qu'elle n'avait vu aucun membre de sa famille. Elle prit son sac à main et se dirigea vers la porte de l'appartement.

— Et vivement notre dîner de ce soir, tu vas adorer l'endroit où je t'emmène.

Ivy sortit dans le couloir en même temps que Jordan. En le voyant, elle sentit son cœur bondir dans sa poitrine.

— Ne quitte pas, Zoe.

Jordan et Ivy se regardèrent en silence.

— Bonjour, Ivy, dit Jordan après de longues secondes.

Son sourire avait perdu sa lumière, mais le même désir brillait toujours dans ses yeux.

— Bonjour, Jordan, répondit-elle nerveusement.

— Je te souhaite une bonne journée en studio, dit-il. Je passerai sans doute un peu plus tard.

— Merci.

— Bon. À plus tard, dit-il avant de rejoindre l'ascenseur.

Ivy reprit sa conversation avec Zoe en restant dans le couloir pour laisser partir Jordan devant elle. Puis elle raccrocha et sortit à son tour.

Le tournage était devenu difficile depuis qu'elle était partie de chez Jordan. Quand il était présent au studio, elle dépensait toute son énergie à essayer de faire comme si cela n'avait aucun effet sur elle. Et lorsqu'il ne venait pas, il lui manquait terriblement. Dans l'appartement qu'il lui avait prêté, elle l'entendait dans le couloir à chaque fois qu'il entrait ou sortait et se demandait malgré elle ce qu'il faisait, qui il voyait, dans combien de temps il allait rentrer… Ils étaient séparés depuis moins d'une semaine, mais elle avait l'impression qu'il lui manquerait éternellement.

Elle était pourtant convaincue d'avoir fait le bon choix. Ce qu'elle n'avait pas pu dire à Jordan, c'était qu'elle partait parce qu'elle avait pour lui des sentiments plus forts que tout ce qu'elle aurait pu imaginer. Jalouse, déconcentrée, elle ne se reconnaissait plus. Mais elle ne lui avait pas menti, car la publication que lui avait envoyée Zoe avait bien été l'élément déclencheur. Elle ne supportait pas de voir sa vie privée étalée et moquée sur Internet et craignait que le scandale nuise à leurs carrières respectives.

Elle avait cru que cette séparation l'aiderait à y voir plus clair. C'était tout le contraire. Être loin de Jordan était une torture. Elle pensait à lui en permanence et devait sans cesse se retenir de courir le rejoindre.

Heureusement, la visite de Dale s'était très bien

passée. Elle n'avait pas caché sa joie d'être au studio pour assister au tournage et avait crié de joie quand on lui avait proposé de tourner une courte scène au restaurant avec Ivy. Avant de repartir à New York, Dale avait dit à Ivy qu'elle comprenait sa mission de conseillère financière auprès des femmes, et elle lui avait annoncé sa décision de confier ses fonds à Blackwell Wealth. Bill était aux anges. Ivy avait invité Dale à revenir à Los Angeles avec sa famille pour la soirée de lancement de la série.

Ivy s'était réjouie de voir ses efforts récompensés. Mais après le départ de Dale, elle n'avait plus rien eu pour se changer les idées. L'arrivée de Zoe allait lui faire le plus grand bien, et peut-être l'aider à oublier un peu Jordan l'espace de deux jours. Zoe avait besoin d'une pause et Ivy l'avait encouragée à venir à Los Angeles. En revanche, elle n'avait pas eu la force de l'inviter à partager son appartement, de peur de ne pouvoir dissimuler la tension qu'il y avait entre Jordan et elle.

Le chauffeur de Ivy s'arrêta devant l'hôtel de Zoe. En se retrouvant, elles s'embrassèrent aussi chaleureusement que si elles ne s'étaient pas vues depuis des années.

— Si tu savais comme je suis heureuse de te voir ! dit Ivy.

— Moi aussi, et j'ai hâte de te voir en action. Ethan m'a chargée de prendre plein de photos.

Au studio, Ivy lui fit visiter sa loge et l'ensemble du plateau. Une fois habillée, coiffée et maquillée, elle s'amusa à défiler pour Zoe.

— Tu es superbe ! s'exclama sa belle-sœur.

— J'ai l'impression de me déguiser tous les jours, plaisanta Ivy.

Zoe se mit ensuite à l'écart pour observer le tournage

sans déranger les techniciens. Lorsque Jordan arriva, Ivy ne put réprimer un frisson d'émotion et fut soulagée que sa belle-sœur ne se trouve pas trop près d'elle. Zoe la connaissait si bien qu'elle aurait tout de suite remarqué sa réaction.

À la fin de la journée, elle n'avait qu'une hâte : s'enfuir du studio.

— Direction le restaurant ! annonça-t-elle gaiement à Zoe.

— Bonne nouvelle. Je meurs de faim.

— Bonsoir. Vous devez être Zoe ?

Ivy eut le souffle coupé en entendant derrière elle la voix de Jordan.

— Oui, répondit Zoe. Jordan Chambers ?

— En effet. Soyez la bienvenue. J'espère que votre séjour se passe bien. Ivy est faite pour être devant la caméra, vous ne trouvez pas ?

— Oui, je suis très fière d'elle.

— Moi aussi. Je pense que le public va adorer cette émission.

— J'en suis certaine ! s'amusa Zoe. Elle a tout ce qu'il faut : luxe, paillettes, et même des enfants gâtés qui dépensent sans compter. Ivy lui apporte non seulement sa beauté, mais son sérieux et ses qualités humaines.

— Je souscris à cent pour cent, répondit Jordan.

— Merci, murmura Ivy en rougissant. Bien, excuse-nous mais nous avons une réservation…

— Bien sûr, dit Jordan. Je ne veux pas vous mettre en retard. Bonne soirée.

Il regarda fixement Ivy avant de s'en aller.

— Cet homme est une véritable œuvre d'art, chuchota

Zoe. Mais je croyais que tout allait bien entre vous. Ce n'est pas l'impression que j'ai eue à l'instant.

— Je t'expliquerai quand nous serons à table, répondit Ivy en soupirant.

Un quart d'heure plus tard, elles arrivaient au restaurant mexicain qui était devenu l'adresse préférée de Ivy à Los Angeles. Zoe attendit que la serveuse ait pris leur commande pour demander à Ivy :

— Alors, que se passe-t-il entre Jordan et toi ?

Ivy lui raconta tout. À la fin de son récit, elle s'attendit à ce que sa belle-sœur approuve sa décision, mais au lieu de cela, Zoe fronça les sourcils.

— Vas-y, soupira Ivy. Dis ce que tu as à me dire.

— Jordan a raison, déclara Zoe avec autorité. Tu ne peux pas contrôler tout ce que les gens disent. Quelle importance que tu aies couché avec lui avant, pendant ou après le tournage ? Vous êtes deux adultes consentants, vous faites ce que vous voulez. Tu étais bien avec lui ?

— Je…

— J'ai compris, il suffit de voir ta tête pour avoir la réponse. Alors s'il te plaît à ce point, ignore les mauvaises langues et fonce ! Tu es célibataire depuis si longtemps que tu ne sais plus quoi faire d'un homme.

— Zoe, il vit à l'autre bout du pays.

— Et alors ? Il a un appartement à Manhattan. Jusqu'à maintenant, vous avez trouvé le moyen de vous voir.

— Ce sera différent après la fin du tournage.

— A-t-il une petite amie, une fiancée, une épouse ?

— Non.

— Toi non plus. Qu'est-ce qui t'empêche d'être avec lui ?

— Je n'ai pas de temps à consacrer à une relation. Mon éditeur m'a proposé un contrat pour un deuxième livre. Et avec la diffusion de l'émission, je vais sans doute être encore plus sollicitée. Sans oublier que mon père attend toujours que je sois plus présente au bureau ! Je me demande d'ailleurs combien de temps je vais pouvoir rester chez Blackwell.

— Et cela veut dire que tu ne peux pas avoir un homme dans ta vie ? Je ne vois pas le rapport. Arrête de te chercher des excuses. Je sais que tu as envie d'être avec lui, alors vas-y. Tu ne dois d'explications à personne, mais tu te dois d'être heureuse, alors si Jordan te rend heureuse, oublie ta peur et lance-toi !

Zoe avait tout dit. Elle avait raison : Ivy avait peur. Ses relations précédentes s'étaient si mal passées… Que deviendrait-elle si elle faisait fuir Jordan comme elle avait fait fuir les autres ?

- 26 -

Jordan allait devenir fou à force de voir Ivy sans avoir le droit de la toucher et de l'embrasser. Il continuait à espérer qu'elle reviendrait vers lui une fois le tournage terminé, mais en attendant, la croiser sur le plateau devenait un supplice.

Aujourd'hui encore, il eut un choc en la voyant. Perchée sur des talons hauts, vêtue d'un tailleur-pantalon blanc à la fois élégant et sexy, elle portait un chemisier dont le décolleté laissait tout juste de quoi rêver et un maquillage qui faisait ressortir son regard intense. Par son allure naturelle, elle faisait de l'ombre à toutes les célébrités qui participaient à l'émission.

Quand leurs yeux se rencontrèrent, il sentit son cœur se serrer. Hypnotisé, il entendit vaguement la voix d'Anderson qui dut l'appeler plusieurs fois avant qu'il se retourne. Il rejoignit son ami et associé qui avait plusieurs détails à régler avec lui. Au bout de quelques minutes, le portable de Jordan sonna. Il hésita à décrocher en voyant le nom de son beau-père s'afficher sur l'écran. Leurs derniers échanges s'étaient mal passés et Tim avait été très agressif lorsqu'ils s'étaient vus à New York. Finalement, Jordan décrocha malgré tout. Tim lui demanda de le rappeler en fin de journée pour qu'ils aient le temps de parler.

Que pouvait-il bien avoir à lui dire cette fois ? se demanda Jordan en remettant son téléphone dans sa poche.

À cet instant, Jordan entendit un cri suivi d'un grand bruit. Deux des candidats s'étaient mis à se battre et avaient renversé une étagère. Ivy tomba en reculant pour éviter d'être blessée et se fit mal à la cheville. Jordan se précipita vers elle et l'aida à aller s'asseoir avant de s'occuper de l'incident.

Avec son équipe, il passa les heures qui suivirent à se démener pour apaiser les tensions entre les deux candidats qui en étaient venus aux mains. Il finit par rentrer chez lui exténué. Il était sans doute trop tard pour rappeler Tim, mais Jordan n'avait pas envie d'attendre. Pour le bien de sa mère, il fallait dénouer au plus vite cette situation tendue.

— J'ai veillé pour attendre ton appel, dit Tim. Je commençais à désespérer.

— J'ai fini tard, répondit Jordan. De quoi voulais-tu me parler ?

— Je voulais te présenter mes excuses et te parler. La semaine dernière, le médecin a cru que mon cancer était revenu. Les examens ont prouvé le contraire, mais cet épisode m'a fait réfléchir. La vie est fragile et je tiens à me réconcilier avec Dorian et toi.

— Je suis heureux que tu ailles bien.

— Je n'ai jamais eu d'enfants, dit Tim.

Jordan se demanda où il voulait en venir.

— Mais j'ai aimé ta mère dès que je l'ai rencontrée. J'ai senti sa souffrance et j'ai voulu la rendre heureuse. Je ne savais rien de l'éducation des enfants, et encore moins des adolescents. J'ai essayé. Mais votre chagrin dû à la mort de votre père était comme un mur entre vous et moi.

Tim laissa passer un silence avant d'ajouter :

— Je n'ai peut-être pas fait assez d'efforts. En tout cas, ce n'était pas simple de vous demander de l'aide quand nous avons eu ces problèmes financiers. Mon orgueil a pris le dessus. Sache que je n'ai jamais vraiment pensé que vous vouliez profiter de moi. Et étant donné mes problèmes de santé, votre proposition est sensée. Comme je te le disais, j'ai pris conscience de la fragilité de l'existence. Et même si je sais que ton frère et toi, vous serez toujours là pour votre mère, je veux de mon côté m'assurer qu'elle ne manquera de rien s'il m'arrive quelque chose. Voilà pourquoi j'ai décidé de signer l'accord, à condition bien sûr que Dorian et toi souhaitiez toujours devenir mes associés.

— Tim, murmura Jordan avec un mélange de stupeur et d'émotion. Merci de me dire tout cela. Nous ne t'avons pas facilité la vie, hein ?

— Vous étiez jeunes. J'étais maladroit.

— Notre père nous manquait et nous n'avons pas su comment t'intégrer dans la famille. Nous aurions tous pu faire mieux, c'est certain.

— Es-tu toujours d'accord pour signer ce contrat ?

— Oui, et je te propose que nous le réétudiions tous ensemble pour que tu apportes les changements que tu souhaites. Nous pourrons le faire quand je reviendrai à New York. Qu'en penses-tu ?

— C'est parfait ! Merci, Jordan, ajouta Tim après une pause.

En raccrochant, Jordan se demanda s'il avait rêvé. Puis quelqu'un frappa doucement à sa porte.

Quoi encore ? grommela-t-il. Il n'avait qu'une envie : se reposer. Il envisagea même de rester assis dans son canapé.

— Jordan.

C'était la voix de Ivy.

Il se leva aussitôt en se demandant ce dont elle pouvait avoir besoin à cette heure tardive. Était-ce sa cheville qui la faisait souffrir ?

— J'arrive !

Il lui ouvrit et lutta pour contenir son envie de la prendre dans ses bras.

— Salut, dit-elle d'une voix douce.

— Salut.

Ils restèrent immobiles.

— Tu veux entrer ?

— Je veux bien.

Il s'effaça pour la laisser passer.

— Désolé, dit-il, je voulais t'appeler pour prendre de tes nouvelles. Comment va ta cheville ? Tu as besoin de quelque chose ?

— Non, ça va. Merci d'être venu à mon secours tout à l'heure. C'était une scène surréaliste.

— Oui, c'est le mot. Mais je t'en prie, c'était la moindre des choses.

Ils étaient toujours debout dans l'entrée, évitant de se regarder dans les yeux. Mais malgré cela, il mourait d'envie de l'embrasser. Il l'avait dans la peau, c'était ainsi. Les mots qu'il avait failli prononcer le matin du premier jour de tournage étaient sincères : il aimait Ivy. C'était une évidence, maintenant qu'il connaissait la souffrance de devoir vivre sans elle. Il voulait l'avoir dans son lit, à ses côtés, lui tenir la main dans la rue et l'embrasser dès qu'il la voyait. Il voulait parler, rire et chanter avec elle. Ils avaient encore tellement de choses à découvrir ensemble…

Cependant, il comprenait sa décision et avait décidé de l'attendre. L'espoir le maintenait debout.

— Tu avais autre chose à me dire ? demanda-t-il.

— Pardon ? Euh… oui. Jordan, je suis désolée.

— Désolée de quoi ?

Elle regarda le plafond, puis ferma les yeux et soupira. Puis elle se tourna vers lui.

— D'avoir fait n'importe quoi, répondit-elle. J'ai eu peur. Tu avais raison sur tout. Je n'avais pas prévu qu'entre nous, ce serait aussi… enfin… tu vois. Cette vie d'influenceuse, les *haters*, les paparazzis, c'est nouveau pour moi. Jusque-là, je connaissais seulement le monde de la finance. Ma notoriété m'a déstabilisée. Bref. Ce que j'essaye de te dire, Jordan, c'est que…

— Oui, Ivy ?

Elle ouvrit la bouche et la referma. Puis elle reprit son souffle et murmura :

— Tu me manques.

— Je…

— Oui. Tu me manques, Jordan, répéta-t-elle avec plus d'assurance. C'est si dur d'être proche de toi sans pouvoir être avec toi. Je ne sais pas ce que tu m'as fait !

— Je ne sais pas non plus, mais tu m'as fait la même chose. Je n'arrête pas de penser à toi.

— C'est vrai ?

Elle semblait au bord des larmes.

— Oui, c'est vrai. Toi aussi, tu me manques. Terriblement.

Il fit un pas pour s'approcher d'elle.

— Tu me pardonnes ?

— Je n'ai rien à te pardonner. Je te comprends.

Apparemment, ce qu'il venait de dire avait plu à Ivy. Elle vint tout contre lui, prit son visage dans ses mains délicates et l'embrassa. Bouleversé, Jordan la prit dans ses bras et la souleva un instant avant de la reposer avec douceur. Ils s'embrassèrent avec autant d'avidité que si ce baiser les ramenait tous les deux à la vie.

Quand ils furent à bout de souffle, ils s'écartèrent légèrement l'un de l'autre et se regardèrent dans les yeux. Jordan attendit un long moment avant de dire enfin ce qu'il avait sur le cœur :

— Je ne veux plus me dire que nous ne faisons que passer du bon temps ensemble. Je ne veux pas seulement m'amuser avec toi. Je te veux. Tout entière.

— Je ne sais toujours pas comment être une bonne petite amie, plaisanta-t-elle, mais si tu veux bien de moi…

— Je n'en veux pas d'autre que toi. Nous apprendrons à avancer ensemble.

Ils s'embrassèrent encore et encore.

— Alors, susurra Ivy tout contre ses lèvres, nous formons… un couple ?

— À condition que tu ne deviennes pas folle de rage à chaque fois que nous apparaissons en photo ensemble !

— J'essayerai de m'y habituer, promit-elle en riant avec lui.

Il eut soudain une idée.

— Va t'habiller, lui dit-il. Mets quelque chose de chic.

— Pourquoi ? Où allons-nous ?

— Là où je voulais t'emmener le soir où tu es partie.

— Maintenant ?

— Oui, maintenant. Enfile une belle robe et rejoins-moi ici dans une heure ?

Elle prit Jordan par le poignet pour regarder l'heure sur sa montre.

— Il est déjà tard, dit-elle.

— Alors disons dans une demi-heure. Nous avons encore le temps. Fais vite.

— Bon, d'accord. Je me dépêche.

Trente minutes plus tard exactement, Jordan frappait à la porte de Ivy. Il portait un pantalon et une chemise habillés. Quand elle lui ouvrit, il fut une fois de plus ébloui par sa beauté. Elle s'était métamorphosée en un temps record, remplaçant sa tenue de sport par une petite robe noire incroyablement sexy qui ne couvrait que le haut de ses cuisses. Après avoir dévoré des yeux ses longues jambes fines et ses courbes sublimes, il la prit par la taille pour l'embrasser.

— Allons-y, dit-il en lui prenant la main.

Il refusa de lui dire où ils allaient jusqu'au moment où ils furent assis en tête à tête à l'unique table qui avait été dressée pour eux sur le toit-terrasse d'un restaurant trois étoiles. Ils admirèrent la ville en dégustant des fruits de mer et un vin blanc d'exception, après quoi Jordan conduisit Ivy dans un club ultra-privé où seule la crème de Hollywood avait ses entrées.

Après avoir dansé comme des fous dans un cadre hors du commun, ils firent une promenade sur la plage, pieds nus et main dans la main, en admirant la lumière de la lune qui se reflétait dans l'océan.

— Tu veux rentrer ? demanda Jordan en embrassant Ivy dans le cou.

— Pourquoi, tu es fatigué ?

— Pas du tout.

— Alors allons-y ! s'exclama-t-elle en riant.

Ils n'attendirent pas d'être sortis de l'ascenseur pour commencer à se toucher et à se dévorer de baisers. Arrivé devant son appartement, Jordan était si excité qu'il mit un temps infini à mettre la clé dans la serrure. Ils se jetèrent à l'intérieur et claquèrent la porte d'un coup de pied. Se débarrassant de leurs vêtements tout en marchant jusqu'à la chambre, ils y arrivèrent nus et prêts à se jeter l'un sur l'autre.

Jordan plaqua Ivy contre le mur, se mit entre ses cuisses et la souleva pour la pénétrer. Elle noua les jambes autour de lui et s'agrippa à son cou. Encouragé par ses gémissements de plaisir, il bougea en elle avec un mélange de force et de retenue pour attiser leur excitation. Quand il sentit ses jambes faiblir, il tint bon et se mit à aller et venir avec passion. Ivy ne tarda pas à crier sous l'effet de la jouissance. Il se laissa aller tout de suite après elle en poussant de longs soupirs rauques.

Jordan porta Ivy jusqu'à son lit et se mit avec elle entre les draps. Enlacés, ils recommencèrent bientôt à se caresser et à s'embrasser mutuellement. Alors qu'il la pénétrait de nouveau, il la regarda dans les yeux, et cette fois, il ne retint pas les mots qui venaient de son cœur :

— Je t'aime, Ivy.

— Je t'aime aussi, Jordan.

- 27 -

— Nous y sommes ! annonça Ivy en descendant du bus discothèque qu'elle avait loué.

Elle avait tenu à ce que toute sa famille se rende avec elle à la soirée de lancement de son émission.

— Je sens que nous allons passer une excellente soirée ! dit Phoenix en la suivant.

— J'ai hâte de vous présenter toute l'équipe, dit Ivy. Et Dale, ajouta-t-elle en s'adressant à sa nouvelle cliente, je suis ravie que vous ayez pu nous accompagner.

— Je n'aurais manqué cela pour rien au monde, répondit Dale.

Un par un, tous les membres de sa famille sortirent du bus. Bill fermait la marche, plus souriant que jamais. Le seul fait de le regarder rendait Ivy heureuse. C'était si rare qu'il montre combien il était fier de ses enfants…

— Et le jeune homme ? demanda Carter avec humour. Quand allons-nous le rencontrer ?

— Laisse-la tranquille, rétorqua Phoenix, sa femme, en lui donnant une tape sur le bras.

— Pourtant, j'allais poser la même question, dit Lincoln, l'aîné de la fratrie.

— Moi aussi, renchérit Ethan. Heureusement, Zoe l'a déjà rencontré, donc je sais qu'il est plus ou moins normal.

— Tu peux développer, Ethan ? demanda Ivy.

— Puisqu'il sort avec toi, nous sommes en droit de nous poser des questions.

Les trois frères de Ivy éclatèrent de rire tandis qu'elle échangeait un regard affligé avec ses belles-sœurs.

Ivy guida ses proches jusqu'au toit-terrasse où avait lieu la soirée, en plein cœur de Los Angeles. Pour y arriver, ils durent fouler le tapis rouge et poser pour les photographes.

— Ivy ! lança une assistante de la production en la voyant arriver. Vous voulez que je vous photographie avec vos proches ?

Ivy hésita un instant. Elle avait toujours peur de mélanger vie privée et vie publique. Mais puisque cette soirée était exceptionnelle…

— Oui, je veux bien, s'il vous plaît, répondit-elle.

Elle regroupa sa famille autour d'elle et ils s'amusèrent à prendre des poses et à faire des grimaces pour les photos.

— Bonjour, Ivy !

— Bonjour, Nadia ! dit Ivy en reconnaissant une candidate qui était la fille d'un célèbre réalisateur.

Elle la présenta à ses proches qui entamèrent une conversation avec elle. Voyant qu'une autre personnalité arrivait, Ivy se hissa sur la pointe des pieds pour voir si c'était Jordan, mais il s'agissait de Kendall et Tyson. Elle courut à leur rencontre pour les embrasser, puis ils rejoignirent le reste de la famille. Il y eut une autre entrée, mais ce n'était toujours pas Jordan. Plus Ivy l'attendait, plus elle était anxieuse. Il allait rencontrer sa famille. Le courant allait-il passer entre ses parents et lui ? Concernant ses frères, elle ne s'inquiétait pas. Ils s'amusaient à jouer leur rôle protecteur, mais au fond, ils n'étaient pas méchants.

Plusieurs photographes appelèrent Ivy afin qu'elle pose

pour eux. Elle se rendit disponible, échangea avec tous les gens qui s'adressaient à elle et parla de l'émission en prenant soin de ménager une part de mystère. Il n'était pas question de tout dévoiler à l'avance.

Elle n'en revenait pas du chemin qu'elle avait parcouru en quelques mois. Son succès profitait aussi à Blackwell, où le département qu'elle dirigeait avec Zoe attirait de plus en plus de clientes fortunées. C'était en partie grâce à Dale, qui avait fait venir plusieurs de ses amies.

Le livre de Ivy était sur la liste des meilleures ventes du *New York Times*, et elle devenait une vedette de la téléréalité. Même si elle avait parfois l'impression de marcher sur un fil, elle s'habituait peu à peu à sa nouvelle vie. Elle avait réussi. Elle s'était fait un nom en dehors de l'entreprise familiale. Mais la chose la plus belle et la plus inattendue, c'était qu'elle avait trouvé l'amour.

Une main se posa sur sa taille. Sans avoir besoin de se retourner, elle sut qui était là, près d'elle. Elle reconnaissait son parfum, la chaleur et la puissance de son corps. Elle mit instinctivement la tête en arrière pour recevoir le baiser de Jordan avant de se retourner pour passer les bras autour de son cou.

— C'est ta soirée, lui dit-il avec son sourire irrésistible.

— La tienne aussi.

— D'accord, c'est notre soirée. Comment te sens-tu ?

— Bien. Très excitée.

— Tant mieux. Si tu sens à un moment où l'autre que tu as besoin de t'échapper pour remplacer cette robe moulante par un jogging et un sweat-shirt, fais-moi un signe. N'importe lequel, je comprendrai.

Elle rit et lui prit la main.

— Viens, dit-elle, je vais te présenter ma famille.

— Aïe ! plaisanta-t-il en la suivant.

— Maman, papa, appela-t-elle en se frayant un chemin vers eux.

Elle fit aussi signe à ses frères de s'approcher.

— Je vous présente le producteur, Jordan Chambers.

— Bonsoir, Jordan, dit Bill en lui serrant la main.

— Bonsoir, monsieur.

Il salua ensuite Lydia, qui le toisa avec un air crispé.

— Alors c'est vous qui voulez faire de ma petite fille une star, dit-elle.

— Certainement pas, madame. Ivy est déjà une star. Elle n'a pas besoin de moi pour cela.

— Ravie que vous en ayez conscience.

Ivy présenta Jordan à ses frères et ses belles-sœurs.

— Et pour votre information, ajouta-t-elle, Jordan est aussi mon petit ami.

Zoe lui adressa un sourire complice.

— Je vois, marmonna Bill.

— Bien, dit Lydia. Dans ce cas, il faut organiser un dîner pour faire plus ample connaissance. Demain soir à l'adresse de votre choix ? demanda-t-elle en le défiant du regard.

— Volontiers, répondit Jordan.

— Bonne réponse ! s'exclama Ethan en riant. Cela mérite un verre. Qu'en dites-vous, les garçons ?

Les frères et le cousin de Ivy acquiescèrent et se dirigèrent vers le bar en entraînant Jordan avec eux. Il eut juste le temps de se retourner vers Ivy et de lui faire un clin d'œil pour lui assurer que tout allait bien se passer.

Elle respira avec soulagement. Le premier contact semblait positif.

Quelqu'un fit tinter un couvert contre un verre pour

attirer l'attention des convives. Jordan et Anderson furent appelés au centre de la salle. Anderson raconta d'abord comment était née cette idée d'émission. Son énergie et sa bonne humeur étaient communicatives. À la fin de leur intervention, toute la salle applaudit. Le DJ monta le son de la musique et la piste de danse fut assaillie.

Jordan vint tout droit vers Ivy. Bientôt, elle sentit tous les regards sur eux et un cercle se forma autour d'eux. Puis elle entendit les premières notes de la chanson de rap qu'ils avaient chantée ensemble sous la douche. Hilare, elle se mit à chanter en le regardant dans les yeux pour qu'il l'accompagne.

— Un micro, s'il vous plaît ! lança Jordan.

On le lui apporta aussitôt. Il le donna à Ivy, qui chanta sans complexe le premier couplet sous les acclamations de la foule. Jordan se joignit à elle sur le refrain et elle lui laissa le deuxième couplet. Ils dansaient tout en chantant, et quand elle remarqua qu'on les photographiait et les filmait, elle continua comme si de rien n'était. Personne ne pouvait ternir la joie qu'elle ressentait à cet instant. À la fin du couplet, elle crut que Jordan allait lui rendre le micro, mais soudain, un troisième chanteur vint auprès d'eux pour prendre la suite. C'était D Murphy, l'artiste qui avait créé ce morceau ! Médusée, elle le regarda tandis qu'il chantait pour elle. Puis il les invita tous les deux à se joindre à lui pour la fin de la chanson. Leur trio reçut un tonnerre d'applaudissements. Quelle surprise incroyable !

D Murphy demanda alors le silence et se tourna vers Ivy.

— Ivy, dit-il. J'ai un message pour vous.

— Pour moi ?

Elle regarda Jordan, qui haussa les épaules. Elle se tourna vers Anderson qui leva les deux mains pour signifier qu'il n'était au courant de rien.

— Pour moi ? répéta-t-elle.

— Oui. Vous voyez cet homme, là ? demanda le rappeur en posant la main sur l'épaule de Jordan. Il a une question à vous poser.

Ivy se mit à trembler. Elle regarda autour d'elle et s'aperçut que personne ne semblait surpris, pas même ses parents.

D Murphy se remit à chanter, mais cette fois, son texte parlait de Jordan et Ivy. De leur première rencontre, puis de la deuxième. Tout le monde se mit à rire. Ivy rougit. La suite des paroles l'émut aux larmes. L'humour se mêlait aux sentiments, et après avoir raconté leurs péripéties, il chanta que le retour de Ivy auprès de Jordan avait fait de lui l'homme le plus heureux du monde. Pour finir, il révéla que Jordan était allé rencontrer la famille de Ivy, qui lui avait fait subir un véritable interrogatoire avant de lui accorder sa bénédiction.

Les frères de Ivy se placèrent derrière Jordan. Ethan sortit un écrin de sa poche et le passa à Carter, qui le passa à Lincoln. Lincoln se tourna vers Jordan en l'interrogeant du regard. Leur numéro suscita de nouveaux rires. Lincoln donna enfin la petite boîte en velours à Jordan, qui l'ouvrit et posa un genou à terre.

Ivy porta les deux mains à sa bouche. Le souffle coupé, elle ne put retenir les larmes qui ruisselaient sur ses joues. Elle n'arrivait plus à bouger. Phoenix, Zoe et Britney, qui s'étaient approchées d'elle, la poussèrent doucement vers Jordan.

D Murphy tendit le micro à Jordan.

— Ivy Blackwell. Il est facile de reconnaître un trésor quand on le tient entre ses mains. Tu fais de moi un homme meilleur. Je serai le plus heureux si tu acceptes de rester pour toujours auprès de moi. Veux-tu m'épouser ?

— Jordan ! Oui, oui, je veux t'épouser.

Il se releva et elle se jeta à son cou sous les acclamations des invités. Le DJ lança un autre morceau de D Murphy, qui chanta accompagné par la foule.

Au milieu de ce chahut, Jordan et Ivy s'enlacèrent et se mirent à danser un slow.

— Quand as-tu contacté ma famille ? lui demanda-t-elle.

— Le lendemain du soir où tu m'as dit que tu m'aimais.

— Tu n'as pas perdu de temps !

— Ces jours passés sans toi m'ont révélé à quel point j'avais besoin de toi. J'étais prêt à t'attendre aussi longtemps qu'il le faudrait. Par chance, tu es vite revenue à la raison.

— Parce que je ne supportais pas non plus de vivre sans toi.

Jordan l'embrassa de nouveau.

— Je pourrais t'embrasser toute la nuit, dit-il.

— Cela tombe bien parce que je ne me lasserai jamais de tes baisers.

— Alors prépare-toi à en recevoir beaucoup, beaucoup, beaucoup. Tous les jours et toutes les nuits.

Il l'attira tout contre lui et l'embrassa comme s'il n'y avait personne d'autre dans la salle.

Vous avez aimé *Une offre si tentante* ?
Retrouvez d'autres membres de la famille Blackwell sur Harlequin.fr !

1. *Intimes négociations : Ethan*
2. *Une seconde chance aux Fidji : Carter*
3. *Une offre si tentante : Ivy*

CARRIE NICHOLS

La fille de Riley Cooper

Traduction française de
AGNÈS JAUBERT

PASSIONS

HARLEQUIN

Titre original :
THE MARINE'S SECRET DAUGHTER

- 1 -

La vérité pouvait perturber, mais Riley Cooper préférait se damner que de donner au corps médical la satisfaction d'avoir raison.

Il descendit de son pick-up et s'étira avec précaution ; il venait de faire un long trajet, et un antalgique pour seul remède n'avait pas été d'un grand secours. Le médecin lui avait prescrit un opioïde qu'il se refusait à prendre, car ce médicament provoquait des somnolences. Et puis, étant donné les souffrances dans lesquelles ses frères d'armes étaient morts, la douleur dans laquelle leurs familles continuaient à vivre, y avoir recours serait la solution de facilité. À l'hôpital de la base militaire, il avait été examiné sous toutes les coutures, pour entendre qualifier sa pathologie de « culpabilité du survivant ». Le simple mot « pathologie » l'avait fait grincer des dents. Qu'est-ce que tous ces spécialistes connaissaient à la culpabilité ? Se retrouver à l'abri des paisibles montagnes du Vermont plutôt qu'en Afghanistan, à mener ses hommes, voilà ce qu'était la culpabilité, pour lui !

« Vous avez besoin de prendre le temps de guérir physiquement et de vous libérer l'esprit avant que je puisse signer votre autorisation de retour au combat, lui avait déclaré le psychiatre. Prenez un mois, sergent, et peut-être envisagerai-je de vous renvoyer sur le terrain. »

Question guérison physique, son épaule cicatrisait et, à l'exception des bourdonnements d'oreilles occasionnels, il allait bien. Très bien. Quant à se libérer l'esprit… il avait besoin de retourner en Afghanistan, de retrouver ses hommes, sa vie. Il n'avait rien à faire au milieu de nulle part, à s'encroûter. Il n'était pas lui-même dans cette ville tranquille. Il n'était lui-même qu'au combat, avec un objectif et des hommes à protéger. C'était sa vocation.

Il avait envisagé Las Vegas pour son mois de repos. Mais il chérissait le souvenir des étés à Loon Lake, avec les McBride. Les chaudes journées passées à explorer la forêt, à construire des forts, à nager avec son copain Liam. Avec Meghan, la petite sœur de ce dernier, toujours sur leurs talons.

Il avait donc choisi Loon Lake et loué la villa voisine de celle qui avait appartenu aux McBride. Les deux maisons se trouvaient à cent mètres de la route principale. Entourées d'arbres sur trois côtés, elles donnaient l'impression d'avoir jailli de la nature. L'allée commune, unique entrée pour les véhicules, était facile à surveiller…

Détends-toi, soldat, tu n'es pas en service.

Une fois arrivé à destination, il descendit de voiture et resta un moment à regarder la maison des McBride. Avec sa véranda et ses revêtements en bardeaux naturels, c'était la copie de celle qu'il avait louée. Hormis son état de décrépitude qui confirmait ce qu'il avait entendu dire : les McBride ne l'habitaient plus depuis le décès de Mme McBride. Mais, pour autant qu'il sache, M. McBride en était toujours propriétaire. Contrairement à ses propres parents qui avaient vendu leur bien afin qu'après le divorce aucun ne puisse en profiter.

Deux fauteuils Adirondack rouge vif qui semblaient repeints de frais attirèrent son attention. Étrange. Il inspecta les lieux du regard en quête d'autres anomalies. En entendant un bruit de moteur, il se baissa brusquement. Avant de se rendre compte qu'il s'agissait d'un hors-bord. Avait-il oublié le lac dissimulé par le rideau d'arbres ?

Du calme, soldat, il n'y a pas d'insurgés armés à Loon Lake.

Bon sang ! Même ici, dans ce cadre idyllique, il restait sur le qui-vive. Il sentait encore la torpeur initiale qui avait suivi le souffle de l'explosion, l'odeur âcre de la cordite lui piquant le nez, entendait toujours les hurlements du soldat Trejo…

Il prit une profonde inspiration et retint son souffle avant d'expirer. Pas de fumée. Pas de chair brûlée. Juste de l'air frais et des sapins. Une situation normale.

La dernière fois qu'il était venu ici, il n'avait eu que Meghan McBride à l'esprit. Mais c'était avant l'Afghanistan…

Résigné, il tourna le dos à la maison des McBride, refoula ses regrets et, après avoir pris son sac, se dirigea vers la maison qu'il avait louée. Il allait se reposer quelque temps avant de repartir là où sa vie avait un but. Quand il était dans un engin blindé anti-mines, en repérage d'itinéraires pour les convois de véhicules, ou pour choisir des endroits où les unités de marines pouvaient bivouaquer pour la nuit, l'image de Meghan lui avait tenu compagnie, comme une douce torture.

Il repoussa un moustique insistant et inséra la clé dans la serrure. La maison sentait l'huile de citron et le nettoyant au pin. Malgré le court préavis, l'agence de location avait tenu sa promesse de la faire nettoyer. Il lança son sac de toile et sa casquette sur le canapé de cuir tabac, et retira sa tenue de camouflage.

Dans la cuisine, il s'assura que l'agence avait fait des réserves des quelques produits alimentaires de base qu'il avait demandés. Satisfait, il vit qu'il avait des provisions pour tenir quelques jours. L'une des raisons qui l'avaient poussé à choisir Loon Lake était son isolement. Il serait seul ici. Juste lui et quelques bouteilles de Jack Daniel's, si ses pensées persistaient à dériver vers Meghan.

« Jamais je ne t'aurais cru capable de profiter du penchant de ma sœur pour toi ! »

Les accusations indignées de Liam McBride résonnèrent dans sa tête, comme des explosions de missiles antichars. Six mois après sa première mutation, il avait trouvé ce message furieux sur la messagerie de son portable. Puis cinq ans avaient passé sans autres nouvelles.

Meghan était sans doute son plus grand regret. Il aurait pu, non, il aurait *dû*, rompre moins brutalement, faire davantage d'efforts pour l'aider à comprendre. Et il devrait s'en vouloir d'avoir passé cette nuit inoubliable avec elle… Pourtant, ce n'était pas le cas.

Il étouffa un juron. Ce repos était obligatoire s'il voulait retrouver le monde réel. Son monde. Mais les trente jours à venir s'étiraient devant lui, sombres et denses comme la forêt qui lui cachait le lac. Peut-être aurait-il dû choisir Las Vegas, après tout.

Attiré par une forte odeur de renfermé, il traversa la cuisine vers la porte de la cave qui était ouverte. Avant de la fermer, il jeta un coup d'œil en bas de l'escalier.

Assise sur la dernière marche, une corbeille à linge sur

les genoux, une femme lui tournait le dos. Ses épaules se soulevaient par saccades, comme si elle peinait à respirer.

— Bonjour. Madame ?

Quelque chose dans son allure lui était familier. Il descendit deux marches.

— Madame ?

La femme se raidit mais ne se retourna pas, ne répondit pas.

Il dévala rapidement l'escalier et vint s'agenouiller devant elle.

— Madame, êtes-vous… Meghan ?

Son regard se fixa sur ses yeux de jade et il sentit un étrange émoi le gagner. Que faisait Meghan dans la maison qu'il avait louée ? D'après ce qu'il savait, elle était allée vivre à Boston où elle enseignait dans une école primaire.

— Riley ? Que fais-tu…

Se pressant la poitrine, elle se mit à tousser et à haleter. Il reconnut sa respiration sifflante. Elle était malade et elle avait besoin d'aide. S'exhortant à ne pas se laisser distraire par ses émotions, il demanda :

— C'est ton asthme ?

Il savait qu'elle en souffrait, ayant été témoin d'une ou deux crises dans le passé. Pourtant, son idiot de cœur persistait à battre la chamade.

— Je… reprends… juste mon souffle.

Elle toussa encore à plusieurs reprises, sa respiration était laborieuse.

— Que… fais-tu… ici ? s'enquit-elle.

Il souleva la corbeille à linge et, ignorant ses protestations étouffées, la posa à côté.

— Hé ! Ces serviettes sont… propres.

Elle se leva avec peine et il la prit par un bras pour la stabiliser.

— Oublie la lessive, dit-il. Où sont tes médicaments ?

Un frisson le parcourut. Elle était encore plus jolie que dans son souvenir. Plus encore que dans ses fantasmes. Ces boucles auburn, ces yeux verts pailletés d'or et de noisette, ces mains fines et élégantes… Mais son corps avait maintenant les courbes d'une femme.

Elle plongea la main dans la poche de son sweat à capuche, et en tira un inhalateur.

Comme il en avait pris l'habitude en Afghanistan, il essaya de faire le vide dans son esprit pour se concentrer uniquement sur cette mission. Mais c'était bien plus qu'une simple mission. Il s'agissait de Meghan.

— Pourquoi ne l'utilises-tu pas ? s'enquit-il.

— Il est vide.

— Je vais t'aider à remonter. Tu respireras mieux à l'air libre.

— Merci.

Elle rangea l'inhalateur dans sa poche et tituba. Sa pâleur s'intensifiait, elle respirait de plus en plus bruyamment.

Il l'observa avec attention, cherchant à retrouver sur son visage un signe de la jeune fille qu'il avait quittée. En vain. La Meghan qui lui faisait face était une adulte, et son regard émeraude étincelait d'émotions qu'il ne parvenait pas à déchiffrer.

Au moment où elle posait le pied sur la marche, une nouvelle quinte de toux la secoua. Elle bascula en arrière et tenta de se retenir à la rampe. Il la rattrapa et elle s'affala contre lui. Quand sa tête alla cogner son épaule blessée, il retint un gémissement de douleur. Elle se redressa, se dégagea de son emprise et, s'agrippant à la rampe, monta laborieusement l'escalier, toussant à chaque marche. Il la suivit de près au cas où elle perdrait de nouveau l'équilibre.

Une fois dans la cuisine, les mains sur ses épaules, il la conduisit jusqu'à la table et tira une chaise.

— Assieds-toi, dit-il.

— Je suis…

Mais elle recommença à tousser et se laissa tomber sur la chaise, une main plaquée sur sa poitrine, son visage trahissant son inquiétude.

— Assise ! Tu ne bouges pas !

— Donne… la patte. Fais la… belle.

Un petit rire lui échappa.

Quand elle fut secouée par une nouvelle quinte, il ouvrit précipitamment les placards en quête d'un verre qu'il remplit d'eau avant de le placer entre ses mains.

— Bois ça.

— Pourquoi ?

Décontenancé, il passa une main dans ses cheveux courts. Oui, pourquoi lui donnait-il de l'eau ?

— Il fallait que j'agisse, répondit-il. Tu… tu…

— Je peine à… respirer.

Bon sang ! Quel idiot il était ! Ce n'était pas un verre d'eau qui allait l'aider. Où étaient passés le calme et le pragmatisme avec lesquels il abordait d'ordinaire les combats ?

— Tu as un autre inhalateur chez toi ? demanda-t-il.

— Non. Je…

Elle posa le verre plein sur la table et regarda un sac à main sur le plan de travail. Comment avait-il pu lui échapper ? Il le ramassa d'un geste vif.

— Tu en as un autre dans ton sac ?

— Non. Mon téléphone.

— Téléphone ? répéta-t-il.

— Pour appeler la pharmacie.

Elle se leva, vacilla, agrippa le dos de la chaise, et lui prit le sac.

— Pour une recharge, précisa-t-elle.

— Meghan, s'il te plaît ! Assieds-toi. Ça pourrait être trop long.

Il s'avança d'un pas mais, d'un geste, elle lui fit signe de reculer.

— Ça ira mieux dans une minute, assura-t-elle en pressant sa main sur sa poitrine.

— Nous ne devrions pas prendre ce risque. Je t'emmène aux urgences.

— Non, vraiment… Je…

Elle s'interrompit et se mit à étouffer, luttant pour rester droite.

— J'arrête de suggérer, Meghan. Maintenant, je te donne des ordres.

Il la prit par le coude et, sans lui laisser le choix, l'entraîna avec lui.

— Direction mon pick-up. Maintenant.

Elle se dégagea.

— Je peux marcher.

Waouh ! Manifestement, s'il avait été son béguin d'adolescence, il ne faisait plus grand effet à la femme qu'elle était aujourd'hui.

Il est temps d'affronter la réalité, Meghan !

Après presque six ans, jamais elle n'avait imaginé de telles retrouvailles avec Riley Cooper. Dans scs fantasmcs, elle était sexy, en petite robe noire, chaussée de talons aiguilles, après une journée de détente au spa.

C'était réussi ! Elle faisait du ménage depuis ce matin et elle devait avoir une tête à faire peur. Elle réprima un soupir. Comme c'était injuste. Dans ses fantasmes, Riley avait le souffle coupé et tombait à genoux devant elle. Pas l'inverse. Maudit asthme ! À vingt minutes près, elle aurait été chez elle, ce qui lui aurait évité l'embarras d'imposer son malaise à Riley.

En le voyant, elle avait cru avoir une hallucination. Mais il n'avait pas fallu longtemps pour qu'elle s'aperçoive qu'il était bien là, en chair et en os et beau à se pâmer ! Avec sa coupe militaire, sa barbe de trois jours et ses pommettes saillantes, il avait un vrai physique de *bad boy*. Que faisait-il à Loon Lake ? Aux dernières nouvelles, il était en Afghanistan. Pourquoi était-il revenu ?

Elle s'avança péniblement vers la porte d'entrée. Était-ce le manque d'oxygène ou la présence de Riley qui lui donnait le vertige ? Mille interrogations se bousculaient dans sa tête. Mais elle pouvait tirer un trait sur sa curiosité. Jusqu'à ce qu'elle puisse s'exprimer en phrases complètes, il n'était pas question de lui faire subir un interrogatoire. Un nouvel accès de toux la laissa étourdie. Bon sang ! Elle se frotta la poitrine dans l'espoir d'atténuer sa sensation d'étouffement, de chasser les points noirs qui dansaient devant ses yeux. Chaque fois qu'elle essayait de respirer plus profondément, la toux la reprenait, et le cycle se répétait. Elle aurait voulu continuer à protester, mais elle était incapable de concentrer ses efforts sur plus d'une chose à la fois. Aussi choisit-elle de respirer.

Riley passa devant elle et lui ouvrit la porte. Quand elle fut sortie, il referma à clé.

— Attends-moi, je vais t'aider à monter dans le pick-up, dit-il.

Une énorme Ford F-150 noire, à la carrosserie rutilante, était garée dans l'allée. Elle leva les yeux au ciel. Comment était-elle censée grimper dans ce monstre ?

— Je vais me débrouiller, répliqua-t-elle.

Avec un grognement, il la dépassa pour lui ouvrir la portière du passager et enleva un sac en papier du siège. En entendant un bruit de verre, elle jeta un coup d'œil à l'intérieur. Il contenait des bouteilles de Jack Daniel's. Elle jeta un regard consterné à Riley.

— Je n'ai pas touché une goutte, dit-il vivement, comme s'il devinait ses pensées. Vérifie les bouteilles si tu ne me crois pas.

— Je te crois. Tu attends du monde ?

— Si on veut.

Il alla poser le sac sur les marches de la véranda et revint rapidement. Voyant qu'elle peinait à se hisser sur son siège, il l'attrapa par la taille et l'installa aisément.

— Merci.

Après s'être attachée, elle ferma les yeux. Lorsque Riley fut assis à la place du conducteur, elle se força à les rouvrir et se cala contre le dossier.

— Tu te souviens, pour l'hôpital ? s'enquit-elle.

— Bien sûr.

Elle essaya d'ignorer ses mains posées sur le volant. Le moment était mal choisi pour raviver ses souvenirs… mais ces mains… Avec un sanglot étouffé, elle se détourna.

Il freina brusquement.

— Tu veux que j'appelle une ambulance ?

— Non. Roule, dit-elle avec un geste de la main.

Il la dévisagea encore un instant, avant d'appuyer sur l'accélérateur.

— Arrête de me faire peur comme ça, marmonna-t-il.

— Excuse-moi.

C'était de sa faute, après tout ! Pourquoi était-il si sexy ? Son pantalon de camouflage était usé jusqu'à la corde, et pourtant, il restait séduisant. Quant à elle, sans maquillage, flottant dans le vieux sweat de Liam, elle n'avait rien d'une bombe ! Mais que lui arrivait-il ? Il ne fallait pas qu'elle oublie que sa priorité était Fiona. Les paroles d'adieu de Riley résonnaient encore dans sa tête : *« Je ne reviendrai pas, Meghan. Les marines sont ma vie, à présent. »* Dire qu'elle avait été assez naïve pour croire qu'elle pourrait le faire changer d'avis en couchant avec lui. Pour une réussite ! Désormais, elle avait trouvé son équilibre dans la vie et ne confondrait plus désir et amour. Même si une aventure sans lendemain n'avait rien de condamnable. Peut-être même essayerait-elle... un jour.

— ... et j'ai été surpris de te voir.

Oh non ! Elle n'avait pas entendu un mot de ce qu'il disait.

— Pardon ?

— J'ai été surpris de te voir. Je croyais que tu vivais à Boston.

— J'habite la... maison familiale. J'ai...

Une quinte de toux l'empêcha de continuer.

— Pardon, dit Riley en lui jetant un coup d'œil inquiet. Je n'avais pas l'intention de te faire parler. Garde ton souffle. Nous pourrons discuter plus tard.

Oh oui, songea-t-elle. Pour discuter, ils allaient discuter.

Et cette discussion ne l'enchanterait pas.

Fiona était en vacances pour quinze jours avec son grand-père et sa nouvelle épouse. Or, autour du lac, la plupart des maisons se louaient à la semaine. Riley serait donc parti avant leur retour. Elle fut tentée de ne rien lui dire. Maintenant qu'elle avait vu ses bouteilles de whisky, elle se demandait s'il avait besoin de savoir. S'il était devenu alcoolique, souhaitait-elle vraiment qu'il rencontre Fiona, sa… ?

— Meghan ? Tu es toujours avec moi ?

Elle ouvrit la bouche mais se mit à tousser.

— J'ai remarqué l'odeur de renfermé, dans la cave, dit-il. Est-ce le moisi qui a provoqué ta crise ?

— Oui. Les pluies de printemps et la fonte des neiges ont provoqué des inondations.

— Et chez toi ? demanda-t-il en regardant dans sa direction. Tu as aussi du moisi ?

Elle hocha la tête, et il poursuivit :

— J'irai jeter un coup d'œil tout à l'heure pour voir si je peux le nettoyer.

— Non !

Il lui lança un regard blessé, alors, d'une voix plus douce, elle ajouta :

— Ne gâche pas… ta semaine.

— Pas de problème. Je vais passer un mois ici.

Un mois ? Oh Seigneur ! Son karma se faisait une joie de la punir. Pour commencer, Riley avait déboulé, plus sexy que jamais, alors qu'elle avait l'air d'être passée sous un rouleau compresseur. Ensuite, il allait rester un mois entier…

Elle ferma les yeux, se demandant avec angoisse comment elle allait affronter la tempête qui ne manquerait pas d'éclater, quand Riley apprendrait la vérité.

Arrivé sur le parking de l'hôpital, Riley se gara sur la première place libre. La pâleur de Meghan s'était accentuée.

Il se hâta de mettre le frein à main, sauta de la voiture et se précipita vers la portière du passager pour aider Meghan à descendre. Une main sous son coude, il la poussa presque pour franchir les portes vitrées qui s'ouvrirent sur une petite salle d'attente. Derrière le bureau de la réception, une infirmière les salua d'un sourire tout en examinant Meghan avec attention.

— Qu'est-ce qui vous amène aujourd'hui ? s'enquit-elle.

— Une crise d'as…

Un nouvel accès de toux l'interrompit. Riley passa un bras autour de ses épaules et l'attira contre lui.

— Elle a une crise d'asthme et son inhalateur est vide, expliqua-t-il. Elle doit voir quelqu'un sans tarder.

— Quand est-ce que les sifflements ont commencé ?

— Il y a environ… une demi-heure, répondit Meghan.

— Et que faisiez-vous ?

— Une lessive.

Ils prirent place devant le bureau, et Riley écouta les réponses essoufflées de Meghan aux questions de l'infirmière qui entrait au fur et à mesure les données sur son iPad. Bon sang ! Au lieu de perdre son temps en questions idiotes, ne pouvait-elle pas juste lui donner un inhalateur ? Pourquoi était-ce si long ?

L'infirmière finit par vérifier l'oxymètre.

— 91. Nous allons vous soigner tout de suite !

Riley ferma les yeux et se frotta le nez de l'index, dans l'espoir de se calmer. Depuis qu'il avait trouvé Meghan en bas de l'escalier, il luttait contre la nausée. Jusqu'à maintenant, il n'avait agi que sous le coup de l'adrénaline. À présent, il transpirait.

En voyant les bouteilles de whisky, Meghan lui avait demandé s'il attendait de la compagnie. Ce qu'il ne lui avait pas dit, c'était que pas une nuit ne passait sans qu'il soit envahi par les images du soldat Trejo gisant dans une mare de sang, là-bas à Kandahar…

Il sentit une main sur son bras et rouvrit les yeux.

— Tout ira bien, le rassura l'infirmière, souriante. Quelqu'un va venir la chercher tout de suite.

La porte des urgences s'ouvrit sur une autre infirmière qui poussait un fauteuil roulant. Elle appela Meghan. La gorge sèche, il l'aida à se lever.

— Meghan. J'ai supposé que c'était toi quand j'ai vu ton nom sur la feuille de priorisation, dit-elle. Je te dirais bien que c'est sympa de te voir. Mais vu les circonstances, je vais m'abstenir.

— Bonjour, Jan.

Toussant toujours, Meghan s'installa dans le fauteuil, et il leur emboîta le pas. Jan s'arrêta et, malgré son sourire, lui lança un regard perçant.

— Vous êtes un parent ?

— Non.

Mais si vous croyez que vous allez me laisser dehors, vous vous trompez !

— C'est…, dit Meghan. J'aimerais qu'il reste avec moi.

L'infirmière acquiesça d'un signe de tête et se remit en route. Ils enfilèrent le petit couloir le long duquel s'alignaient des alcôves fermées de rideaux.

— Nous allons nous occuper de toi tout de suite, ma belle, dit Jan. Au fait, je suis tombée sur Brody, l'autre jour au supermarché. Il paraît que Fiona est ravie de son voyage. Je parie qu'elle te manque terriblement. Ils sont au Grand Canyon, c'est ça ?

— C'est ça, répondit Meghan du bout des lèvres. Le Grand Canyon.

— Ils sont en camping-car, je crois ?

— Oui.

Riley remarqua que Meghan agrippait les accoudoirs de sa chaise avec une telle force que ses phalanges étaient blanches. Il lui jeta un coup d'œil interrogateur qu'elle ignora. Qui diable était Fiona ? Et pourquoi lui aurait-elle *terriblement* manqué ? Et qui était Brody ?

Tu imagines bien que, depuis six ans, elle a fait sa vie, crétin !

L'infirmière s'arrêta devant l'une des alcôves et, après avoir immobilisé le fauteuil, aida Meghan à s'installer sur l'étroit brancard. Elle sortit alors une blouse d'hôpital d'un placard.

— Monsieur, je vais vous demander d'attendre dans le couloir, pour le moment.

— Très bien.

Malgré sa réticence, il recula d'un pas. Se voir escorter vers la sortie par les vigiles ne serait pas une bonne idée.

— Merci, dit Jan en fermant le rideau. Maintenant, Meghan, enlève ton sweat et dégrafe ton soutien-gorge.

Malgré lui, il regarda à la dérobée, à travers le rideau entrouvert. Certes, il aurait dû se comporter en gentleman. Mais il voulait s'assurer que Meghan était bien soignée. Du moins, c'était ce dont il voulait se convaincre.

— Voilà le responsable, fit remarquer Jan. Tu as plein de moisi au dos de ce sweat.

— J'ai dû… me frotter aux murs de la cave.

— Je vais le mettre dans un sac par précaution et aller te chercher une blouse pour rentrer chez toi.

Riley sursauta quand le rideau se rouvrit.

— Elle est visible, lui dit l'infirmière.

Il entra, suivi par un aide-soignant qui vérifia les signes vitaux de Meghan pendant que Jan faisait un bilan médical.

Il serra les poings. Combien de questions allaient-ils lui poser avant de la soigner ?

Un médecin les rejoignit, son stéthoscope autour du cou, un ordinateur à la main. Il se présenta, avança un petit tabouret noir et s'assit.

— Ainsi, vous avez eu une crise d'asthme, dit-il. Était-elle pire que les autres ?

— Non. Mais mon inhalateur était vide et quelqu'un s'est un peu affolé.

Riley ouvrit la bouche mais se ravisa. Inutile de protester.

— Je vois. Nous allons écouter ça, déclara le médecin.

Lorsqu'il eut fini son examen, il consigna ses informations dans l'ordinateur avant de reprendre :

— Je vois dans votre dossier que vous utilisez des inhalateurs. Vous dites en avoir vidé un aujourd'hui ?

Incapable de se taire plus longtemps, Riley s'avança du mur contre lequel il était appuyé.

— Oui. Je l'ai trouvée dans…

— Et vous êtes ? demanda le médecin en se retournant pour l'examiner par-dessus ses lunettes.

Riley hésita. Bonne question. Qui était-il pour Meghan ?

— Riley Cooper, docteur.

— Vous êtes un parent ?

— Je suis…

— C'est juste un voisin, répondit Meghan.

Il encaissa le coup sans broncher. Au moins, voilà qui le définissait clairement. Quelle humiliation de se voir relégué à un rôle aussi anodin dans la vie de Meghan !

- 2 -

— Meghan lui a donné la permission de rester, expliqua Jan, brisant le silence.

Évitant les yeux de Riley, Meghan se frotta le nez. Mais elle coula un regard à la dérobée à ses bras croisés sur son torse bien dessiné. Et elle avait pu constater à quel point ce torse était solide quand il l'avait rattrapée dans l'escalier.

Pourquoi était-il revenu, après tout ce temps ? Et pourquoi avait-elle fait une crise d'asthme en plein ménage d'une location pour… Riley ! Pourquoi l'avait-elle laissé la convaincre de l'accompagner aux urgences ?

Malgré la présence imposante de Riley qui éclipsait tout le reste, elle se ressaisit ; il fallait qu'elle prête attention à ce que disait le médecin.

En vain.

Même si revoir Riley l'avait troublée, il ne pouvait plus la bouleverser. Elle était une adulte qui menait une vie agréable à Loon Lake et qui travaillait dur pour assurer à Fiona la sécurité que méritaient tous les enfants. Riley avait beau être plus sexy que jamais, elle ne pouvait pas le laisser faire intrusion dans cette vie. De toute façon, il ne restait qu'un mois. Elle en concluait donc que les marines étaient toujours sa passion, sa vie. Il lui avait brisé le cœur, elle ne lui permettrait pas d'en faire autant avec sa fille.

Et pourtant, n'avait-elle pas fait de mal à Fiona, en cachant son existence à Riley ? On ne se vengeait pas d'un homme en lui dissimulant qu'il avait un enfant. Fiona avait tous les droits de connaître son père. Et Riley sa fille. Même s'il avait ignoré ses courriers. Elle avait néanmoins décidé de ravaler sa fierté et avait fait le nécessaire pour le contacter. Jusqu'au jour où elle avait reçu une grande enveloppe contenant les lettres qu'elle lui avait écrites. Il les avait toutes renvoyées… cachetées.

La voix de Jan la ramena à l'instant présent :

— Laisse-moi ajuster un peu ça, marmonna-t-elle en manipulant le masque à oxygène.

Le médecin griffonna une note et déclara :

— Il faut que nous nous occupions de trouver une chambre à Meghan pour la nuit.

Elle sursauta. Une chambre ? Autrement dit, une hospitalisation d'une nuit ? C'était hors de question ! Avec son assurance médicale à franchise élevée, elle serait endettée jusqu'au départ de Fiona pour l'université ! Et même après.

Elle se redressa et retira son masque.

— Non. Je ne peux pas rester, décréta-t-elle.

Riley lui remit son masque d'autorité.

— Tu as besoin de ça, dit-il.

Elle essaya de repousser sa main, mais il ne céda pas.

— Nous souhaitons vous garder par simple précaution, Meghan, intervint le médecin. Je ne pense pas que vous devriez être seule cette nuit.

— Je vais rester avec elle, proposa Riley.

Elle secoua la tête, paniquée. Chaque millimètre de sa maison trahissait la présence de Fiona. Elle ne se sentait pas la force d'affronter cela ce soir. Avec son traitement pour l'asthme, elle serait agitée, grognon. Et elle avait besoin d'une armure quand elle était face à Riley.

— Selon le rapport, vous étiez dans une cave, quand la crise s'est déclarée, reprit le médecin, sourcils froncés. Et la moisissure est l'un de vos déclencheurs. J'en conclus donc qu'il y a de la moisissure chez vous.

Elle pesta intérieurement. Si elle acquiesçait, il voudrait qu'elle reste à l'hôpital. Si elle niait, Riley allait insister pour passer la nuit chez elle. C'était une situation inextricable. S'endetter pour le reste de sa vie ne serait peut-être pas si terrible, après tout. Il y avait pire au monde que de se nourrir de pâtes.

— Nos deux maisons sont voisines, docteur, et les deux caves ont été inondées, déclara Riley en posant une main sur son épaule.

Elle essaya de la repousser. Sans succès.

La chaleur des doigts de Riley lui embrouillait les idées. Elle sentait soudain un besoin irrésistible de se reposer sur lui… Ridicule ! Elle gérait parfaitement sa vie, seule. Maintenant qu'elle avait décroché son diplôme universitaire, assuré avec succès ses remplacements, le trimestre dernier, elle n'attendait plus que sa validation de professeur. Et elle pourrait arrêter le ménage dans les villas entre deux remplacements. Bien sûr, elle avait eu quelques déboires, comme ses pannes de voiture, les inondations dans la cave. Mais rien qu'elle ne puisse surmonter. Et elle avait déjà envoyé une candidature pour une place d'enseignante à l'automne. Les obstacles faisaient partie de la vie.

Néanmoins, si Riley s'était mis à boire, ce serait plus qu'un simple obstacle. Elle était surprise. Elle ne l'avait jamais vu boire, dans le passé. Ce qui prouvait bien qu'elle ne le connaissait plus. Et son devoir était de protéger sa fille. Il était hors de question que Fiona ait un père alcoolique !

Le médecin retira ses lunettes et les rangea dans sa poche.

— Si vous deviez avoir une deuxième crise, elle serait beaucoup plus grave.

— Je l'emmène dans un motel ce soir, annonça Riley. Et je vais m'occuper de faire assainir sa cave.

— Parfait, dit le médecin en se levant. Meghan, je vais vous laisser sortir si vous me promettez de rester prudente et d'utiliser votre inhalateur toutes les quatre heures. N'hésitez pas à revenir si votre condition empire pendant la nuit, conclut-il en quittant le box.

Elle le remercia à peine, furieuse. Qu'est-ce qui faisait croire à Riley qu'il pouvait débarquer de nulle part et prendre la direction des opérations ? Elle était capable de s'occuper de sa fille, d'elle-même et de sa maison ! Après la mort de sa mère, elle s'était découvert une force qu'elle ne savait pas posséder. C'est elle qui avait tout géré après la brouille entre son père et son frère. À peine sortie de l'adolescence, elle avait pris soin d'un bébé tout en finissant l'université. Voilà un moment qu'elle était autonome et elle…

La voix de Jan interrompit le fil de ses pensées.

— Continuez à surveiller l'oxygène pendant que je vais m'occuper des papiers, dit-elle à Riley.

Une fois l'infirmière sortie, Meghan commença à retirer son masque à oxygène, mais Riley l'arrêta.

— On t'a demandé de le garder.

Soit. Elle allait donc parler au travers.

— Tu n'as pas besoin de te déranger, déclara-t-elle. Je peux m'occuper de moi et de faire nettoyer ma cave.

Il se pencha sur elle, un petit sourire aux lèvres.

— Ce soir, je donne les ordres, Meghan. Tu les suis.

Sans lui laisser le temps de protester, il se pencha encore… Son cœur battant à tout rompre, elle ferma les yeux. Elle sentit les lèvres de Riley lui effleurer le front.

Comment osait-il ?

Cela dit, même s'il n'avait fait que lui frôler le front d'un baiser, cela lui avait plu. Beaucoup…

Mais à quoi bon aller au-devant des ennuis ou des chagrins ? Voilà longtemps qu'elle avait tiré un trait sur ses rêves de trouver quelqu'un pour partager sa vie. Et si elle avait des projets, Riley Cooper n'en faisait pas partie. Même si, à une époque… Seulement, quand elle avait essayé de lui parler de Fiona, il n'avait pas pris la peine d'ouvrir ses lettres !

Quand Jan rouvrit le rideau, Riley se redressa et recula.

De mieux en mieux ! Maintenant toute la ville allait en parler. Non seulement Meghan McBride avait envoyé sa fille au loin afin de pouvoir vivre une aventure torride avec un séduisant inconnu, mais elle avait fini aux urgences avec lui. Une histoire qui exigerait des fioritures.

— Je vais t'aider à te préparer pour ta sortie, annonça Jan en jetant un regard explicite à Riley.

Une fois ce dernier parti, Meghan commença à s'habiller, consciente que le tremblement de ses doigts n'était pas simplement dû aux médicaments pour l'asthme. Elle avait beau essayer, elle n'arrivait pas à oublier que Riley l'avait embrassée. Elle aurait dû être furieuse et… ne l'était pas.

— Je dois dire que tout le monde est en admiration devant ton copain si… beau gosse, dit soudain Jan.

— Ce n'est pas mon copain. C'est celui de Liam, et il vient de louer la maison voisine de la mienne.

Elle ne précisa pas qu'il avait passé quelques vacances d'été avec sa famille. Ni qu'elle avait eu le béguin pour lui quand elle était adolescente – béguin dont elle était bien remise, depuis ! Et encore moins qu'il était le père de sa fille.

— Un ami de mon frère, insista-t-elle.

Qui essayait-elle de convaincre ? Jan ou elle-même ?

— Oui, Meghan. Bien sûr. Ton… enfin *l'ami de ton frère* a dit qu'il t'attendait au poste des infirmières.

Riley remercia l'infirmière de la réception qui lui avait suggéré un motel à proximité et leur avait réservé une chambre. Il ne lui restait plus qu'à y emmener Meghan. Il savait qu'elle allait protester, mais il refusait de la laisser retourner chez elle ce soir, tout comme de la laisser seule. Pour autant qu'il sache, son père et son frère habitaient Boston, à trois heures de route de là. Alors, qu'elle le veuille ou non, il resterait avec elle.

Elle lui avait fait peur. Et pourtant, il s'était retrouvé dans des situations terrifiantes, pendant ses déploiements. Quand il retrouverait ses hommes, il voudrait savoir qu'elle était ici à Loon Lake, en sécurité et heureuse.

Et c'est ça, ton explication pour ton comportement d'abruti, tout à l'heure, soldat ?

Le baiser avait été spontané. Il ne savait pas qui avait été le plus surpris des deux. L'espace d'un instant, les émotions qu'il avait refoulées avaient menacé de le submerger.

La voix de l'infirmière de l'accueil le tira de ses réflexions. Elle lui tendit un post-it.

— Voici votre numéro de confirmation.

— Merci, euh…

Elle s'empourpra légèrement.

— Ellie.

— Merci, Ellie.

En entendant un bruit de pas dans le couloir, il se retourna et alla à la rencontre de Meghan.

Il fut heureux de constater qu'elle avait repris des couleurs. Mais avec ses yeux cernés et sa blouse trop grande, comme elle paraissait fragile ! Son cœur se gonflant de tendresse, il lutta contre son envie de la soulever dans ses bras pour la porter.

Elle pointa un doigt vers le sac en plastique blanc qu'il avait à la main.

— Tu as fait des courses ? s'enquit-elle.

— J'ai entendu Jan dire qu'il y avait du moisi sur ton sweat. Et puis le temps s'est rafraîchi.

Il sortit un sweat à capuche rose du sac et rattrapa l'ours en peluche qui en tomba.

Elle haussa des sourcils étonnés.

— Tiens, marmonna-t-il en lui tendant la peluche.

— En quel honneur ?

— Pour remplacer celui sur lequel Liam et moi nous sommes entraînés au tir à l'arc. J'ai… Ça fait longtemps que je voulais le faire.

Elle hocha lentement la tête.

— Je me doutais bien que vous aviez quelque chose à voir dans la disparition de mon ours, tous les deux.

— Je voulais te le dire, mais Liam m'a menacé, avoua-t-il en enfonçant les mains dans ses poches.

— Il t'a *menacé* ? répliqua-t-elle d'un ton moqueur. Avec quoi ? Tu as toujours été plus fort que lui.

— Il a dit qu'il mettrait fin à notre amitié.

— L'amitié de Liam te tenait tant à cœur ?

— Passer du temps dans votre famille me tenait à cœur.

L'accueil des McBride l'avait sauvé de la relation désastreuse de ses parents qui se servaient de lui pour se faire du mal et s'espionner mutuellement. Aujourd'hui, leurs rapports se limitaient à des coups de téléphone d'une politesse maladroite pour les fêtes et les anniversaires.

Une fois les formalités de sortie effectuées, Meghan, munie de son sac de médicaments, se dirigea vers la sortie. Il lui emboîta le pas et posa une main dans le creux de ses reins.

— Pourquoi Ellie t'a donné son numéro de téléphone ? lui demanda-t-elle alors qu'ils émergeaient du bâtiment.

— Qui ?

— Ellie Harding, à la réception. Je l'ai vue te tendre ce papier.

— Pour te faire parler.

Il n'aurait pas dû la taquiner, mais retrouver le ton léger de leur adolescence lui faisait du bien et aidait à combler la distance que les années avaient creusée entre eux.

Elle leva les yeux au ciel. Les rayons du soleil qui baissait à l'horizon caressèrent son visage, faisant scintiller les cercles d'ambre de ses pupilles. Il n'avait jamais rencontré une femme au regard aussi beau que le sien.

— J'adore tes yeux, dit-il soudain.

— Par… pardon ?

— Je te complimentais sur tes yeux.

— Les autres enfants se moquaient de moi. Ils disaient que j'avais des taches de rousseur dans les yeux. À part toi.

— J'étais trop occupé à me moquer de tes cheveux roux ! rétorqua-t-il, enfouissant ses doigts dans les boucles souples et soyeuses.

Elle le foudroya du regard, mais il vit, au tremblement de ses lèvres, qu'elle n'était pas en colère.

— Ils ne sont pas roux, décréta-t-elle. Ils sont blond vénitien. Combien de fois dois-je te le répéter ?

Il enroula une boucle autour de son index, la tira doucement, puis la relâcha en souriant.

— Blond vénitien, vraiment ? Pour moi, ils paraissent vraiment roux.

— Eh bien, il y a une différence, répliqua-t-elle en les repoussant de son visage. Et tu le saurais si tu y avais fait attention.

— Oh ! mais je fais attention, Meghan. En fait, je...

Il suivit des yeux une ambulance qui, sirène hurlante, allait se garer sous le portique de l'entrée des urgences. Quand il se retourna, Meghan la regardait, l'air courroucé.

— Allons-y, dit-il en effleurant du pouce les deux rides qui creusaient son front.

— Oui, s'il te plaît. Ramène-moi chez moi.

— Non, je ne peux pas.

— Mais tu viens de dire...

— Que nous partions d'ici. Si tu avais écouté, tu saurais que je n'ai pas précisé la destination. N'oublie pas, j'ai des ordres du médecin. Je dois t'emmener dans un motel, ce soir.

Il ouvrit la portière du passager.

— Quoi ? Qu'est-ce que c'est que..., bafouilla-t-elle. Non. Ramène-moi *chez moi*.

Il l'installa sur son siège et, avec un grand sourire, déclara :

— Ne t'inquiète pas. Le docteur et moi avons pensé à tout.

— Pourquoi tu...

Il claqua la portière sans attendre la fin de sa phrase, et alla s'installer au volant. La taquiner lui faisait du bien. Beaucoup trop de bien…

Non. Ses hommes comptaient sur son retour. S'il n'y prenait pas garde, la seule femme qu'il ne pouvait effacer de sa mémoire pourrait le détourner de son objectif.

Quand, pour la dernière fois, quelqu'un l'avait-il laissée sans voix ? se demanda Meghan. Elle attacha sa ceinture avec un clic sonore. Si elle baissait sa garde, elle allait retomber amoureuse de Riley. Il fallait qu'elle se souvienne qu'il n'était ici que pour un mois et que, en tant que mère célibataire d'une fillette à la sensibilité à fleur de peau, elle ne pouvait se permettre une relation passagère.

Et pour commencer, elle ne regarderait pas ses mains sur son volant. Elle… Bon sang ! Ses ongles courts s'enfoncèrent dans ses paumes.

— Je peux t'entendre d'ici, Meghan.

Elle tourna vivement la tête vers la vitre, ses joues enflammées.

— Tu entends des voix, marmonna-t-elle. Je n'ai rien dit.

— C'est vrai, mais je lis dans tes pensées.

Le visage fendu d'un sourire moqueur, il lui jeta un regard en coin.

Il était franchement exaspérant !

Elle refoula son irritation. Aucun autre homme de sa connaissance n'avait la capacité de lui mettre les nerfs à vif comme il le faisait. Non que Loon Lake abonde en partis intéressants, cela dit. Mais elle en croisait suffisamment pour la convaincre de la rareté des sentiments que Riley lui inspirait.

— Je ne pensais à rien, assura-t-elle.

— Bien sûr !

Elle poussa un nouveau soupir et changea de position. S'il avait pu se douter du pouvoir de séduction de ces sourcils haussés.

— Attention, tu as raté le tournant pour aller chez moi ! s'exclama-t-elle.

— Non, je n'ai rien raté.

Elle le regarda, abasourdie. Il était donc sérieux quand il parlait de l'emmener dans un motel ? Oh non…

Il lui sourit, ses fossettes se creusant dans ses joues.

— Je te l'ai dit, Meghan. Nous allons dans un motel.

Ces fichues fossettes ! Comme s'il n'avait pas assez de munitions dans son arsenal de séducteur.

— Je ne vais nulle part habillée ainsi ! décréta-t-elle.

Il s'arrêta à un feu rouge et la dévisagea.

— Figure-toi que le motel est la prolongation de la mission initiale. Et un marine remplit toujours sa mission.

— Ta mission est terminée, soldat. Je peux respirer et, au pire, j'ai des médicaments, précisa-t-elle en lui montrant son sac.

— Tu as entendu le médecin. Aucune exposition à la moisissure ce soir.

Le feu passa au vert et, redémarrant, il ajouta, moqueur :

— Tu as peur de ne pas pouvoir me résister, c'est ça ?

— S'il devait arriver quoi que ce soit, ce serait plutôt moi qui t'étranglerais dans ton sommeil !

Une lueur suggestive dans le regard, il déclara :

— Mais pour y parvenir, tu serais obligée de grimper sur moi…

Bien malgré elle, un frisson d'excitation naquit au fond de son ventre. Comme si elle avait eu besoin de cette image !

— Je suis sérieuse, Riley.

Il se pencha vers elle.

— Moi aussi, Meghan. Et j'ai l'intention de ne pas te lâcher d'une semelle.

Elle leva les yeux au ciel. De mieux en mieux !

— Je vais peut-être pouvoir prendre une douche, au moins ? J'en ai grand besoin. J'ai passé toute la journée à nettoyer cette villa.

Son visage couvert d'une barbe naissante se fendit d'un large sourire qui découvrit ses dents blanches et creusa de nouveau ses fossettes.

— Bien sûr, répondit-il. Au motel, dit-il.

Elle avait encore une carte à jouer.

— Oui, mais avec quoi vais-je m'habiller ? s'enquit-elle d'un air innocent. J'ai besoin de vêtements.

— Gagné. J'aurais dû me rappeler que tu avais toujours un as dans ta manche.

Il laissa échapper un rire ironique et se gara sur le bas-côté avant de faire demi-tour en direction des villas.

— Tu peux aller chercher tout ce dont tu as besoin chez toi et protester autant que tu voudras, nous allons quand même dans un motel, conclut-il.

Son cœur s'emballa soudain. Elle se rappelait leur dernière visite à une chambre de motel…

— Ainsi, tu vis à Loon Lake ? demanda-t-il soudain.

— Oui.

Demain, quand le pire de la crise serait passé, elle lui raconterait le reste de son histoire. Enfin, presque tout le reste…

— Ça t'arrange d'habiter la maison de ton père ?

— Si ce n'est que ce n'est pas la maison de mon père. C'est la mienne, maintenant. J'en suis propriétaire.

Ce dont elle tirait une grande fierté.

— Vraiment ? Tu as repris la maison seule ? demanda-t-il, visiblement étonné.

Oui. J'ai aussi perdu ma mère, soigné mon cœur brisé et j'ai eu notre bébé. Et tout ça toute seule.

— Tu n'as pas besoin de prendre l'air si surpris, marmonna-t-elle. Au cas où tu ne l'aurais pas remarqué, j'ai grandi, depuis ton départ.

Il la balaya d'un regard éloquent.

— J'avais remarqué ! s'exclama-t-il. S'occuper d'une telle maison doit demander beaucoup d'entretien.

— Je suis capable de me débrouiller. Et je me débrouille.

Même si elle allait être obligée de revoir toute son organisation, maintenant que sa voiture rendait l'âme et que le lac débordait régulièrement.

— Ton père ne voulait-il pas garder la villa pour sa retraite ? poursuivit-il.

— Non. Il nous a fait une donation, à Liam et à moi. J'ai racheté la part de mon frère. Après la mort de maman, aucun des deux ne voulait y vivre.

Elle avait saisi sa chance d'être propriétaire d'une maison et d'élever Fiona dans une petite ville réputée pour son excellent réseau scolaire. Ici, elle avait un jardin dans lequel elle avait l'intention d'installer une balançoire. Et dès qu'elle en trouverait un qui ne lui déclencherait pas de crise d'asthme, elle comptait offrir un chiot à sa fille.

— J'ai été désolé d'apprendre que tu avais perdu ta mère, dit Riley, soudain gêné. Mais quand la nouvelle m'est parvenue à la base, c'était trop tard. Je regrette de ne pas avoir été là pour te soutenir, Meghan.

— Merci. Mais je ne comptais pas sur toi.

Ce qui ne l'avait pas empêchée de surveiller l'arrivée de chaque personne venue présenter ses condoléances.

— Comment va ton père ?

— Très bien. Il s'est remarié et…

— Quoi ? Mac s'est remarié ? Je suppose que cela prouve la longueur de mon absence.

Elle se crispa. *Et tant que tu y étais, tu nous as totalement coupés de ta vie*, ajouta-t-elle intérieurement.

— Ça fait presque six ans que tu es parti, Riley.

— Je suis désolé, je ne voulais pas t'interrompre. Parle-moi de ton père.

Il lui prit la main, et une onde de plaisir la parcourut. Les callosités étaient nouvelles… et sexy. Seigneur ! Il fallait qu'elle arrête. Riley avait beau être la tentation incarnée, elle ne devait pas oublier les bouteilles de whisky. Elle devait aussi garder à l'esprit que leur alchimie ne suffisait pas à ce qu'il veuille vivre avec elle. Elle avait essayé et avait échoué. Et s'ils étaient liés à jamais par le fruit de leur nuit ensemble, leur fille, il l'ignorait encore.

— À la fin de l'année dernière, quand papa a pris sa retraite, il a épousé Doris, une veuve qui était sa voisine.

— Mac a pris sa retraite ? Je pensais qu'il ne quitterait jamais la caserne des pompiers. Sa nouvelle femme te plaît ?

— Beaucoup. C'est un ange et une excellente…

Elle se tut.

— Excellente quoi ? s'enquit Riley.

— Elle a une excellente influence sur mon père.

Elle avait failli dire « grand-mère ». Mais ce n'était ni le moment ni l'endroit pour cette explication.

Il lui pressa la main.

— Ce n'est pas trop difficile de voir ton père avec une autre femme ?

— Au début, ça l'a été. Mais son bonheur me réjouit.

— Et toi, Meghan ? Tu es heureuse de vivre ici ?

— Oui.

Et elle était sincère. Treize mois auparavant, elle avait pris le risque de déraciner Fiona de Boston pour l'amener à Loon Lake. Et outre le charme de la petite ville typique de Nouvelle-Angleterre, elle avait retrouvé avec joie les habitants, avec leur bonté et leur gentillesse. D'une farouche indépendance, ils ne demandaient jamais d'aide et pourtant n'hésitaient pas à apporter la leur à tous ceux qui pouvaient en avoir besoin. L'hiver dernier, après chaque tempête de neige, elle trouvait son allée dégagée, sans savoir qui remercier.

Ici, elle pouvait offrir à Fiona la chance de profiter d'une vie de communauté, de loisirs que jamais sa fille n'aurait eue à Boston. Elle jeta un coup d'œil à Riley. À quoi ressemblerait de partager cette nouvelle vie avec lui ?

Une pensée qu'elle s'empressa de repousser. Elle était trop fatiguée pour se poser ce genre de questions, pour s'interroger sur le rôle que sa fierté blessée avait joué pour tenir Riley et Fiona à distance. Certes, c'était une décision qu'elle regrettait. Mais les dés étaient jetés. Tout ce qu'elle pouvait faire désormais, c'était espérer que Fiona ne paye pas le prix de son égoïsme.

Riley s'arrêta devant la maison de Meghan, soulagé de faire un break. Troublé par la proximité de la jeune femme, il avait été obsédé par le souvenir de la nuit qu'ils avaient partagée, quand ils étaient encore si jeunes... Nulle autre femme depuis ne lui avait procuré des sensations aussi prodigieuses.

Bravo, soldat. Ton amie a eu une crise d'asthme sévère, et tout ce qui te passe par la tête, c'est de lui sauter dessus.

Il se mit à rire de lui-même. Après tout, n'était-ce pas l'objectif n° 1 d'un marine en permission ?

Meghan était faite pour une maison à palissade blanche et des déjeuners dominicaux en famille. Lui ne se sentait bien que sur les bases opérationnelles. Elle avait besoin d'un homme équilibré émotionnellement, fiable. Pas d'un homme en manque de l'adrénaline de sa zone de combat.

Il se gara, coupa le contact et lança :

— Dis-moi ce dont tu as besoin, et j'irai le chercher.

— Ce que je veux, c'est rester chez moi. J'ai vécu avec mon asthme toute ma vie. Je peux prendre soin de moi.

Elle pouvait lutter autant qu'elle le voudrait, elle passerait la nuit au motel, quitte à ce qu'il l'y emmène de force. Il était prêt à tout pour la garder en sécurité. Plus de morts sous sa garde. Ni sur sa conscience.

— Alors pourquoi t'ai-je trouvée en bas des marches en train d'étouffer ?

— Ce n'était pas si terrible. Je reprenais mon souffle avant de remonter.

— Meghan... Alors écoute-moi. Soit tu vas chercher tes vêtements de rechange, soit nous partons immédiatement.

Il détestait se montrer aussi dur. Néanmoins, il ne transigerait pas sur sa sécurité. Comme elle ne bougeait pas, il remit le moteur en route.

— D'accord, d'accord, marmonna-t-elle en dégrafant sa ceinture. Mais j'y vais seule. Je ne veux pas que tu fouilles dans mes tiroirs.

— Tu as peur de ce que je pourrais trouver caché dans tes sous-vêtements ?

— N'as-tu pas laissé quelque chose sur les marches de ta véranda ?

— Un point pour toi. J'y vais.

Tout à l'heure, il avait caressé l'idée de déboucher une de ces bouteilles ce soir. Mais maintenant, il ne prendrait plus le risque. Il devait rester sur ses gardes, au cas où Meghan ferait une rechute.

Il coupa de nouveau le moteur, et elle descendit maladroitement de son siège. La vision de ses hanches qui chaloupaient et de ses adorables fesses allégea son humeur, comme l'aurait fait l'alcool. Mais sans la menace d'une gueule de bois ! Il s'empressa de se ressaisir.

— Et n'oublie pas de ressortir ! T'enfermer à clé ne m'arrêtera pas, Meghan. Je suis très fort pour m'introduire dans des bâtiments barricadés.

Elle s'arrêta sur les marches de sa véranda et se retourna.

— Tu entrerais même en te sachant indésirable ?

Il laissa échapper un rire sans joie.

— Je viens de passer presque six ans en Afghanistan. Crois-moi, je suis habitué à être indésirable !

Après avoir rentré les bouteilles, il ouvrit son sac de voyage et en tira un flacon d'ibuprofène. C'était le seul antalgique qu'il s'autoriserait, ce soir.

Aussi soulagé que surpris, il trouva Meghan à côté du pick-up, son bagage pour la nuit à la main.

— Tu as intérêt à avoir pris ton inhalateur, dit-il.

L'air excédé, elle haussa les épaules.

Il allait peut-être déchanter avant la fin de la soirée mais, pour le moment, il savourait sa victoire.

L'installation dans la chambre du motel se fit sans heurts. Meghan semblait avoir rendu les armes. Elle ne lui reprocha même pas le fait qu'ils allaient partager une chambre. Une fois à l'intérieur, elle lança son sac sur l'un des deux lits, en sortit quelques effets et se dirigea vers la salle de bains.

— J'ai la priorité, dit-elle avant de fermer la porte.

Le clic du verrou résonna dans le silence.

Quand il entendit le bruit de la douche, il ne put s'empêcher d'imaginer Meghan nue… À la pensée d'explorer ces courbes nouvelles, il crispa les poings. La dernière fois qu'il l'avait vue, c'était une adolescente espiègle, longiligne, sans vraiment de formes.

Alors que maintenant…

Il étouffa un juron, se jeta sur son lit et s'empara de la télécommande pour allumer la télévision. Il fit défiler les chaînes jusqu'à ce qu'il tombe sur un match de base-ball auquel il feignit de s'intéresser. Quand le bruit de l'eau se tut, il se releva et s'approcha de la porte, un peu gêné.

— Meghan ? Je pensais commander une pizza. Ça te dit ?

— Euh… oui.

Son manque de conviction le surprit. Puis il comprit. Bon sang ! Comment avait-il pu oublier qu'ils avaient mangé une pizza, cette nuit-là ? Les paumes soudain moites, il les frotta contre son pantalon.

— Sinon, il y a un restaurant de hamburgers au bout de la rue, reprit-il.

— La pizza me va très bien.

Il passa la commande puis lança :

— Je vais chercher des sodas à la machine.

— D'accord.

Il prit son temps, dans l'espoir que l'air frais lui éclaircirait un peu les idées. Mais des images de Meghan nue persistaient à défiler dans son esprit.

Quand il revint dans la chambre, Meghan, vêtue d'un peignoir bleu, lui tournait le dos, son téléphone portable collé à l'oreille. À qui parlait-elle ?

— Je t'ai dit que j'allais bien. Je t'ai appelé parce que tu l'aurais su tôt ou tard. Non, Liam, tu n'as pas besoin de lui parler. Je suis une grande fille. Je peux gérer.

Il posa les sodas sur la petite table. Meghan ne se retourna pas, visiblement trop occupée par sa conversation.

— Mais non, Liam ! Tu n'as pas besoin de venir. Et non, tu n'appelles pas papa. Il va s'inquiéter et cela inquiétera Fiona. Tu sais qu'elle a un vrai radar. Non, je ne veux pas qu'ils écourtent leur voyage. Ne t'en mêle pas !

Elle fit volte-face, comme si elle avait senti sa présence. En secouant la tête, elle leva les yeux au ciel.

— Ne me fais pas regretter de t'avoir téléphoné, reprit-elle. Je vais bien, et si tu parles, tu me le payeras. Tu peux me croire. Oui, moi aussi je t'embrasse.

Elle glissa le portable dans la poche de son peignoir et resserra la ceinture.

— J'ai pensé qu'il était préférable que j'appelle Liam avant qu'il apprenne ma visite aux urgences par radio potins, expliqua-t-elle.

— Il pourrait l'apprendre à Boston ?

— Tu serais surpris !

On frappa à la porte en annonçant leur pizza. Riley ouvrit et étouffa un rire. Ce gamin avait-il même l'âge de conduire ?

— Bonsoir, dit-il. Combien ?

— Ça fait…

Le garçon s'interrompit et regarda dans la chambre. Les yeux écarquillés par la surprise, il s'exclama :

— Madame McBride ? C'est vous ?

— Ah, Kevin, répondit Meghan d'une voix un peu trop forte, ses joues se colorant de rouge. C'est toi ?

Riley les observa un instant tour à tour, amusé, avant de tendre la main pour prendre le carton de la pizza.

Mais le dénommé Kevin semblait y être accroché et dévisageait Meghan d'un air à la fois surpris et déçu. Oh non ! Il en pinçait pour elle ! Ce qui expliquait sa réaction.

— Kevin, c'est ça ? demanda Riley.

L'adolescent se tourna vers lui.

— Euh… oui, m'sieur. Kevin Thompson.

— Content de te connaître, Kevin, dit-il en posant une main sur son épaule. Moi c'est Riley. Meghan… enfin Mme McBride a fait une crise d'asthme à cause de la moisissure dans sa cave, et le médecin lui a conseillé de ne pas dormir chez elle avant que sa cave soit assainie.

— Oh ! je… Mais ça va maintenant, madame McBride ?

— Oui. Je me sens beaucoup mieux. Merci, Kevin. Je suis contente de voir que Bert t'a donné le poste, ajouta-t-elle en souriant.

— Grâce à vous. La façon dont vous vous êtes portée garante de moi et tout… euh, merci, bégaya l'adolescent en baissant la tête.

— Je t'en prie. Tant que tu me promets que tes notes n'en pâtiront pas.

— Oh non ! Je vous promets parce que je veux vraiment… Je veux dire.

Il baissa les yeux, se dandinant d'un pied sur l'autre.

Riley finit par lui prendre la pizza des mains et la posa sur la table.

— Kevin, je vais peut-être avoir besoin d'un coup de main pour nettoyer la cave de Mme McBride, dit-il. Serais-tu disponible pour m'aider ?

— Oui, monsieur ! Vous êtes le marine, c'est ça ?

Décidément, les nouvelles allaient vite à Loon Lake !

— Exact.

Meghan toussota.

— Bert ne va pas t'attendre, Kevin ?

— Oh oui. C'est vrai. Il faut que j'y aille. Je suis content que vous vous sentiez mieux.

Il tourna les talons pour partir.

— Attends, dit Riley en pressant des billets dans sa paume.

L'adolescent regarda l'argent.

— Mais c'est beaucoup trop.

— Pas du tout. Je te contacterai pour la cave.

— D'accord, répondit Kevin en hochant la tête. Eh bien… euh… bonne nuit.

— Fais attention à toi ! lui lança Meghan.

Après avoir refermé la porte, Riley se tourna vers elle.

— Madame McBride ?

Elle esquissa un sourire.

— J'ai fait ma formation de professeur au lycée.

— Et tu n'y es pas passée inaperçue. Je crois bien que tu as un admirateur.

— Si tu veux mon avis, il avait les yeux pleins d'étoiles en *te* regardant, répliqua-t-elle.

— Il a l'air très bien, ce gamin, fit-il remarquer en ouvrant le carton à pizza.

Une odeur de pâte chaude et de poivrons se mit à flotter dans la pièce.

— C'est le cas, répondit Meghan. Il n'a pas eu une enfance facile, mais je pense qu'il est sur le droit chemin. Sa mère est partie quand il était petit. Son père, qui est au chômage, est ivre les trois quarts du temps. Kevin a dû se débrouiller seul.

Riley poussa un soupir. Il connaissait trop bien les problèmes des enfants pris en otages par les soucis des grands. Après leur séparation, ses parents s'étaient servis de lui pour se provoquer mutuellement. Il avait détesté être bringuebalé de l'un à l'autre. Ils n'avaient jamais été capables de se soucier de son bonheur. L'armée lui avait donné la structure et le sentiment d'appartenance à une famille qu'il avait toujours souhaités.

— J'ai l'impression que tu as fait ton trou dans la communauté de Loon Lake, reprit-il.

— Avec tout ce qui en découle ! répondit-elle en s'installant sur une des deux chaises devant la petite table ronde. Entre les urgences et maintenant le motel, tout Loon Lake va s'en donner à cœur joie !

Elle ouvrit une cannette de soda d'un geste vif et se mit à rire.

— Dommage que ma vraie vie soit loin d'être aussi palpitante que celle qui va faire jaser la ville entière ! ajouta-t-elle.

Il s'installa sur la chaise, face à elle.

— Je ne vois pas le mal. Tu es une adulte.

— Oui, je sais. Je préférerais quand même ne pas être le sujet de potins.

— C'est plutôt inoffensif, dit-il en mordant dans une part de pizza.

— Je… je ne suis pas la seule à qui je dois penser.

— C'est-à-dire ?

Un long moment, elle garda les yeux rivés sur ses mains, avant de les lever pour croiser son regard.

— Je suppose que tu finiras bien par le savoir, de toute façon. J'ai une fille. Elle s'appelle Fiona.

— Oh. Je vois.

Eh bien, voilà qui expliquait qui était Fiona. Alors comme ça Meghan était… *maman* ?

Il se sentait désorienté. Il la revoyait petite avec sa crinière auburn, ses taches de rousseur, ses magnifiques yeux de jade et d'or. Sa fille lui ressemblait-elle ? Sa gorge se serra d'une émotion indéfinissable. Ou plutôt d'une émotion qu'il ne voulait pas nommer. Six ans auparavant, il avait fait son choix. Un choix qui, aujourd'hui, lui interdisait de se montrer possessif ou d'avoir des regrets.

Après la première lettre de Meghan, il avait reçu l'ordre de rejoindre une unité expéditionnaire de marines pour une mission de plusieurs mois au plus profond de la campagne aride de l'Afghanistan. Il n'avait pas pu recevoir les suivantes avant de rentrer sur une base. Mais le destin s'en était mêlé. Avant qu'il ait pu les lire, plusieurs de ses frères d'armes avaient été tués ou blessés par une bombe artisanale. Conscient des risques qu'il courait, il avait décidé de rendre sa liberté à Meghan sans même ouvrir ses lettres, de crainte de changer d'avis.

— Et le père de l'enfant ? demanda-t-il soudain.

Surpris par sa voix rauque, il toussota, et ajouta :

— Toi et lui, êtes-vous toujours ensemble ?

- 3 -

— Non, il ne fait plus partie de nos vies depuis longtemps, répondit Meghan.

Riley ne lui avait même pas demandé qui était le père de Fiona. Évidemment, la pensée ne l'avait pas traversé. S'il lui avait posé la question, elle aurait avoué. Mais il ne l'avait pas fait.

Elle prit une nouvelle part de pizza, en croqua une bouchée et la reposa. Elle n'avait plus faim.

— Tu as une photo de ta fille ? s'enquit Riley en ouvrant son soda.

Elle sortit son téléphone de sa poche et, d'un pouce, fit défiler les photos. Sur l'une d'entre elles, Fiona, souriante, se tenait entre le père de Meghan et Doris devant le Grand Canyon. Heureusement, on ne distinguait pas vraiment la couleur de ses yeux. Du même gris que ceux de Riley.

Le cœur battant à tout rompre, elle lui tendit son portable. Pour l'instant, ce n'était qu'une photo. Que ferait-elle quand il verrait Fiona en personne ?

Mais elle était trop fatiguée et trop abrutie par les médicaments. Elle y réfléchirait plus tard.

Riley regarda fixement l'écran, l'air un peu perplexe. Quand elle le vit agrandir l'image, elle dut se faire violence pour ne pas lui arracher le téléphone des mains.

Elle aurait donné cher pour connaître ses pensées. Se reconnaissait-il comme elle le faisait à chaque fois qu'elle regardait sa fille adorée ? Car même si tout le monde disait que Fiona ressemblait à sa mère, Meghan voyait constamment Riley en elle.

Il finit par lui rendre le téléphone. Une ombre de nostalgie voilait son regard. Mais non, elle se faisait des idées. Il avait préféré les marines à une vie de famille. Le regrettait-il, aujourd'hui ? Elle s'empressa de repousser cette question. C'était bien trop dangereux.

— À part les lunettes, elle te ressemble comme deux gouttes d'eau, fit-il remarquer.

Partagée entre le soulagement et le regret, elle laissa échapper un petit rire.

— Liam dit qu'avec elle, il a l'impression de revivre notre enfance. Je ne suis pas sûre que ce soit un retour des bons souvenirs, pour lui !

— Je ne peux pas imaginer Liam tonton.

— Fiona adore qu'il vienne la garder. Elle le ferait passer par un trou de souris.

— Tu la lui confies ? Liam gardant sa nièce… J'ai vraiment été absent longtemps, dit-il avec un sourire en coin.

— Il a vingt-neuf ans, comme toi.

Après une hésitation, elle ajouta :

— Tu… tu n'as jamais envisagé de te… stabiliser ?

— Je suis stabilisé, Meghan, répondit-il, l'air étonné.

— Je vois.

Mais voyait-elle vraiment ?

— Et tes parents, comment vont-ils ? enchaîna-t-elle vivement.

— Maman est à Seattle avec son troisième mari, et papa à Boca Raton, où il sort avec des filles de mon âge.

— Et pourquoi n'as-tu pas pris ta permission chez l'un ou l'autre ?

Même si elle n'habitait plus avec son père, elle ne pouvait imaginer sa vie et celle de sa fille sans lui. Ni sans Liam.

— Nous nous entendons mieux à distance, répondit-il.

— Mais ta mère, elle…

— Elle a passé toute mon enfance à essayer de me séparer de mon père.

— Elle pensait peut-être te protéger ?

Il laissa échapper un soupir accablé.

— Il n'y a aucune excuse pour empêcher un enfant de voir son père, Meghan.

Oh Seigneur ! S'il savait !

— Je suis désolée, Riley. Je n'ai plus faim. Je ne voulais pas te faire acheter une pizza pour rien, mais je suis épuisée. Je veux juste m'allonger.

Il se leva aussitôt.

— Tu veux que j'éteigne la télévision et les lumières ? proposa-t-il

— Non, ça ira. De toute façon, avec les médicaments, je suis trop énervée pour dormir. Je vais m'allonger et lire un moment. Ça m'aidera peut-être.

Il prit une autre part de pizza qu'il mangea debout.

— Si tu as fini dans la salle de bains, je vais prendre une douche, dit-il. Si tu as besoin de quoi que ce soit, appelle-moi.

Elle s'installa sur le lit avec sa liseuse, mais elle fut incapable de se concentrer.

« Il n'y a aucune excuse pour empêcher un enfant de voir son père. » Les paroles de Riley l'obsédaient.

Riley enfila un jean usé et un T-shirt d'un gris passé pour couvrir ses cicatrices. Tout en se brossant les dents, il repensa à la question de Meghan. Avait-il envisagé de se marier ? Quand il avait regardé la photo de sa fille, il avait senti son cœur se gonfler d'un sentiment dont il ne pouvait se débarrasser.

Après le mariage désastreux de ses parents, il avait décidé que l'option la plus sage était de ne pas prendre ce type d'engagements.

Bien sûr, Meghan voyait les choses différemment. Elle avait grandi au sein d'un foyer stable, entourée d'amour. Lui, non.

Peut-être que s'il lui expliquait pourquoi il considérait désormais les marines comme sa famille, elle comprendrait. Il allait essayer de lui parler. Mais lorsqu'il revint dans la chambre, il la trouva profondément endormie. Allongée sur les couvertures, une liseuse sur les genoux, elle était dans une position très inconfortable. Elle ne pouvait pas rester comme ça.

Après avoir posé la liseuse sur la table de nuit, il l'installa sous les draps et la borda, surpris qu'elle ne se réveille pas. Elle se contenta juste de marmonner. Les médicaments, sans doute.

Il se pencha vers elle, effleura son front d'un baiser léger, puis repoussa une boucle rebelle de sa joue qu'il glissa derrière son oreille. Tout en secouant la tête, il éteignit la lumière, retira son jean et son T-shirt, et se glissa dans l'autre lit. Croisant les mains derrière sa tête, il fixa le plafond.

Meghan sursauta et se redressa. Où était-elle ? Elle repassa en esprit les événements de la soirée. La cave.

Riley. Les urgences. Le motel. Elle s'était déjà réveillée plus tôt, elle avait chaud, elle était en nage. Elle avait donc retiré son peignoir. Puis elle s'était rendormie.

Elle entendit de nouveau le bruit. Il venait de l'autre lit. Riley ? Elle se leva et alla allumer la salle de bains, laissant la chambre dans la pénombre. S'il faisait un cauchemar, elle ne voulait pas lui faire peur.

Il était étalé sur son lit, les draps enroulés autour de ses pieds. Revivait-il un traumatisme de combat ?

Elle fit quelques pas prudents vers le lit.

— Riley ?

Il se redressa droit comme un I et la fixa. L'air hagard, il ne parut pas la reconnaître. Le souffle court, il passa les mains sur son visage et dans ses cheveux. Puis, assis sur le bord du lit, les pieds par terre, il pencha la tête et posa les bras entre ses genoux.

Elle l'observa. Son boxer noir épousait ses hanches et ses cuisses. Elle se revit laisser ses mains voguer sur son corps, repensa à toutes ces années où, les yeux fermés, elle s'abandonnait à ses souvenirs. Et maintenant, ils étaient de nouveau réunis, et elle aurait voulu qu'ils se réconfortent mutuellement, que les années et la distance entre eux s'effacent. Mais c'était un souhait puéril. À moins que…

— Riley ?

Il leva la tête et resta bouche bée.

— Meghan ?

— Je… je…

— Pourquoi n'es-tu pas au lit ? demanda-t-il en se levant et en trébuchant. Tu te sens bien ? Quelque chose ne va pas ?

— Je vais bien, le rassura-t-elle en secouant la tête. Je… Tu…

Il la prit par le bras et l'attira vers son lit, lui pressant l'épaule pour la faire asseoir.

— Tu es sûre que tout va bien ?

— Certaine. Tu faisais un cauchemar.

Elle ne supportait pas de le voir souffrir. Elle avait envie de l'embrasser, de lui dire à quel point elle admirait son courage. Serait-il heureux de sa sollicitude ? Ou la rejetterait-elle ?

Il s'assit à côté d'elle.

— Je suis désolé de t'avoir réveillée.

Elle lui effleura la cuisse et, au moment où elle s'apprêtait à retirer sa main, il la recouvrit de la sienne.

— Tu fais beaucoup de cauchemars ? demanda-t-elle.

— Pas vraiment.

Quand il entrelaça ses doigts aux siens, elle refoula son besoin de nouer ses bras autour de lui et de s'agripper à lui. Ce serait une terrible erreur.

— Celui que tu viens de faire était-il lié à ton séjour en Afghanistan ?

Il lui pressa la main.

— Je ne me rappelle pas, murmura-t-il. Juste un rêve absurde.

— Quelquefois, ça fait du bien d'en parler.

En dépit de son cœur qui tambourinait dans sa poitrine, elle s'appliquait à prendre un ton enjoué.

Il baissa les yeux sur leurs doigts noués et se dégagea comme s'il se brûlait.

— Si je te dis que je ne me souviens pas ! lança-t-il sèchement.

Son ton était glacial. Elle se raidit et s'écarta de lui. Cette fois, sa poitrine oppressée n'avait rien à voir avec l'asthme.

Il se leva d'un bond et enfila son pantalon, puis il ramassa son T-shirt sur le sol et mit ses rangers.

— Je suis désolé de t'avoir réveillée, marmonna-t-il. Tu as besoin de repos. J'ai besoin de prendre l'air. Rendors-toi.

— Où vas-tu ?

Elle vit sa main se crisper sur la poignée de la porte.

— Je serai dehors, si tu as besoin de quoi que ce soit, répondit-il.

— Tu veux que je vienne ?

En se rappelant les bouteilles de whisky, elle sentit son estomac se nouer. Était-ce la raison pour laquelle il buvait ? Peut-être que si elle le persuadait de se confier, il n'aurait plus besoin d'alcool.

— Je peux prendre soin de moi, Meghan. C'est ce que je fais depuis pas mal de temps, maintenant.

Ses paroles la transpercèrent jusqu'au plus profond de son être, la laissant perplexe.

— Dans ce cas, murmura-t-elle.

Sans rien ajouter, il sortit et referma derrière lui.

Riley resta quelques minutes dehors, appuyé contre la portière de son pick-up, furieux contre lui-même. Ou peut-être contre Meghan qui l'avait vu aussi vulnérable. Ces cauchemars le laissaient à vif, meurtri, lui rappelant son besoin, enfant, d'échapper à ces horribles disputes entre ses parents. À l'époque, il était convaincu que s'il était meilleur, plus fort, plus intelligent, il pouvait résoudre leurs problèmes conjugaux, recréer leur famille. Les cauchemars prouvaient à quel point il était illusoire de vouloir fuir la réalité.

Il regagna la chambre et retira ses rangers.

À la lumière qui éclairait toujours la salle de bains, il

voyait Meghan blottie sous les draps. Elle avait des traces de larmes sur ses joues. En était-il responsable ? Il effleura sa peau soyeuse du bout de ses doigts. Un mélange de tristesse et de regret lui prit le cœur en étau.

Il lui avait fait de la peine. Mais elle ne portait en guise de pyjama qu'un débardeur et un short. Et quand il s'était assis à côté d'elle, la réaction immédiate, si gênante, de son corps l'avait obligé à sortir rapidement de crainte de passer pour un adolescent en manque. Et même s'il s'en était voulu d'avoir repoussé sa main, il savait que s'il était resté, il se serait abandonné contre elle et ne se serait pas limité à un chaste baiser sur son front. Il ne fallait pas qu'il oublie qu'elle venait de faire une crise d'asthme sérieuse.

Et elle lui était toujours interdite. Liam avait été très clair, la dernière fois qu'il lui avait téléphoné. « Je comprends que tu aies eu besoin d'une aventure d'un soir avant de partir, mais jamais je n'aurais cru que cela puisse être avec ma sœur. Que tu profiterais de son penchant pour toi. » Pourtant, au matin de leur nuit de passion, Meghan l'avait supplié de ne rien dire à Liam, et il avait accepté. Manifestement, elle avait fini par se confier à son frère.

Il se recoucha, alourdi par ces souvenirs.

Quand il renonça à trouver le sommeil, l'aube pointait. Il se leva, s'habilla et sortit de la chambre. Les magasins de bricolage en gros destinés aux entrepreneurs en bâtiments ouvraient tôt. Il voulait aller acheter de quoi assainir la cave de Meghan.

En rentrant au motel, il acheta deux cafés. Quand il entra dans la chambre, il tomba sur Meghan qui sortait de la salle de bains. Ses mèches rebelles tirées en une queue-de-cheval ébouriffée, elle portait un jean délavé qui épousait ses formes minces et une chemise en coton blanc ample, aux extrémités nouées à la taille. Ses joues avaient retrouvé des couleurs, et son nez était parsemé d'adorables taches de rousseur.

Devant son allure si naturelle, il sentit un étrange désarroi le gagner. Ce serait l'image qu'il emporterait avec lui pour ses longues nuits de solitude, avec pour seule compagnie son fusil M16.

— Je suis allé chercher de quoi assainir ta cave et je… J'ai acheté du café, bafouilla-t-il.

— Je vois, répondit-elle en venant à sa rencontre.

Debout devant lui, elle était encore plus belle que dans son souvenir de cette nuit qui remontait à presque six ans. Sa voix le tira brusquement de sa rêverie.

— Riley ?

— Quoi ?

— Tu me donnes mon café ?

— Oh ! pardon !

Il lui tendit un gobelet et retira le couvercle de l'autre.

— Puisque tu n'as pas mangé beaucoup de pizza hier soir, j'ai pensé t'emmener prendre un bon petit déjeuner, dit-il. Ce restaurant sur la place centrale est-il toujours ouvert ?

— Tante Polly ? Oui, il est toujours là.

— Ils servent toujours des pancakes de sarrasin avec du sirop de mûres ?

Elle leva les yeux vers lui et acquiesça, visiblement troublée. Ses doigts le démangeaient de tirer une mèche de sa queue-de-cheval. Il s'empressa de finir son café, ignorant la brûlure sur sa langue, écrasa le gobelet dans sa main et le jeta sur la table.

— Je t'invite, dit-il.

Elle le regarda d'un air surpris.

— C'est une proposition ou un ordre ? s'enquit-elle.

Incapable de s'en empêcher, il repoussa gauchement une boucle auburn de son front.

— Que préfères-tu ? répliqua-t-il.

Elle haussa les sourcils mais ne recula pas.

— Que tu proposes.

— Dans ce cas, c'est une proposition. J'ai une envie dévorante de… pancakes.

Elle vit son regard se poser brièvement sur ses lèvres et sentit son cœur battre un peu plus vite.

— Bien ! Alors je vais faire mon sac ! dit-elle vivement. Je ne voudrais pas que tu meures de faim.

En arrivant en ville, Riley ralentit pour admirer les boutiques propres, aux façades en briques et auvents de couleurs vives, arborant la bannière étoilée, et décorées de pots en bois remplis de fleurs. Ses mains se crispèrent sur le volant. Ces pots seraient la cachette idéale pour un engin explosif…

— Riley ?

Avait-elle senti le changement en lui ? Il se ressaisit, chassa ses idées noires et, pour éviter ses questions, désigna l'auvent rouge sur lequel s'étalait « Tante Polly » en lettres blanches et se gara à proximité du café.

— Nous sommes arrivés, dit-il.

Dans la salle animée flottait une bonne odeur de café, de cannelle et de bacon frit. Face à l'entrée se dressait un long comptoir avec six tabourets sur lesquels étaient juchés des clients. Des banquettes de vinyle rouge s'alignaient le long des fenêtres, et les quelques tables au centre étaient vides.

Ils s'installèrent sur deux banquettes qui se faisaient

face. Une cafetière à la main et un torchon dans l'autre, une serveuse blonde qui répondait au nom de Trudi les accueillit d'un sourire éblouissant.

— Riley Cooper ! En chair et en os.

Meghan leva les yeux au ciel.

— Je t'avais dit que les nouvelles allaient vite, fit-elle remarquer.

Leur commande passée, incapable de se retenir plus longtemps, il caressa la main de Meghan et demanda :

— Alors, tu es professeur dans un lycée, maintenant ? Tu parlais toujours du primaire.

Elle jeta un coup d'œil à ses doigts sur les siens.

— C'était ce que je croyais, répondit-elle, mais après avoir effectué des remplacements au lycée, j'ai décidé que cela me correspondait mieux.

Il eut un pincement de regret. Même si, chez les marines, il avait l'impression d'avoir la famille qui lui avait si cruellement manqué enfant, il ne pouvait s'empêcher de ressentir une certaine déception d'être passé à côté de tant de changements dans la vie de Meghan. Et d'être obligé de lui poser toutes ces questions.

Elle libéra sa main de sous la sienne, but une gorgée d'eau et ajouta :

— Pour le moment, je fais des remplacements quand je le peux. J'ai dû mettre mes études sur pause quand j'ai eu Fiona. Puis maman a été malade et…

— Et maintenant ?

— Maintenant, tout roule. J'ai eu mon diplôme ce mois-ci. Et j'ai envoyé ma candidature au lycée.

— Tu as toujours voulu enseigner.

— C'est vrai. Ce doit être ma vocation.

Il la dévisagea en silence. Même s'il se réjouissait

de voir qu'elle avait trouvé sa place dans le monde, une tristesse indéfinissable lui nouait la gorge. S'il ne lui avait pas préféré les marines, aurait-il fait partie de cette vie qu'elle avait construite avec succès ? Il ne pouvait nier que rentrer chez lui tous les soirs pour y retrouver Meghan et la fillette rousse aux lunettes roses avait un certain attrait. Le cœur soudain serré, il s'imagina lire des histoires et border la petite Fiona, le soir…

Interrompu dans ses rêveries par le retour de Trudi, il la regarda déposer leur commande devant eux.

— Vos cafés, vos jus d'orange et vos pancakes au sirop de mûres. Puis-je vous apporter autre chose ?

— Non merci, Trudi, répondit Meghan en lui souriant.

Une fois la serveuse partie, ils beurrèrent leurs pancakes et les nappèrent de sirop en silence. Après avoir dégusté les premières bouchées, il sourit en retrouvant les saveurs qu'il n'avait pas oubliées.

— Mmm. Exactement comme dans mon souvenir, dit-il.

Meghan leva la tête de son assiette et lui sourit.

— C'est réconfortant de savoir que certaines choses ne changent pas, non ?

— Rentrer chez soi après un déploiement et constater tous les changements rappellent que la vie continue sans nous, répondit-il.

— C'est positif ou négatif ?

— Un peu les deux, je suppose.

— Je sais que tu appartiens au corps des marines, mais que fais-tu, exactement ?

— Je fais partie d'une unité expéditionnaire de marines, déclara t-il avec fierté.

Il avait travaillé extrêmement dur à sa formation.

— Oh bravo ! s'exclama-t-elle, les yeux écarquillés. Quel est leur rôle ?

— Nous passons en éclaireurs pour nous assurer de la sécurité de tous.

— Ça a l'air… terrifiant, murmura-t-elle.

Immédiatement, il s'en voulut. Le but avait été de susciter sa fierté, pas sa peur. Il posa son mug et lui prit la main.

— Nous sommes entraînés à fond et très bien équipés, tu sais, expliqua-t-il.

— Je sais, mais…

— Un peu plus de café ? les interrompit Trudi.

Meghan secoua la tête, et il lui lâcha la main.

— Non, merci, répondit-il. Juste l'addition, s'il vous plaît.

Quand il ouvrit son portefeuille pour régler, il remarqua le papier de son évaluation postdéploiement obligatoire. Il indiquait le nom du groupe de soutien pour vétérans de guerre le plus proche de Loon Lake. S'il restait, il irait peut-être voir s'il pouvait aider certains qui n'avaient pas eu sa chance. Mais il allait partir.

Cependant, bien malgré lui, il s'interrogeait.

À quoi ressemblerait sa vie s'il déjeunait dans ce restaurant avec Meghan et sa fille, le week-end ? Ou s'il leur demandait de venir l'accueillir, comme les autres familles, au retour d'un déploiement ? À la fin du premier, croulant sous le poids de son sac marin, il avait cherché un visage familier dans la foule en liesse. Ses parents l'avaient chacun appelé pour s'excuser de ne pas avoir pu venir à sa rencontre. Pourtant, ce n'était pas eux qu'il avait espéré voir. C'était Meghan. Encore Meghan. Toujours Meghan…

- 4 -

Meghan était en haut de l'escalier. Un murmure de voix montait de la cave, se mêlant à une forte odeur chimique. Elle était partagée entre sa reconnaissance pour Riley et son sentiment de culpabilité. Elle ne voulait pas qu'il pense qu'elle se servait de lui. C'était le deuxième jour d'affilée qu'avec Kevin, qui le rejoignait après le lycée, il travaillait à assainir la cave.

— Kevin, tu veux rester dîner avec nous ? lança-t-elle.

L'invitait-elle parce qu'elle se souciait de lui ? Ou parce que sa présence lui éviterait un tête-à-tête avec Riley ? Elle ne savait pas très bien.

Riley apparut en bas des marches, les mains sur les hanches, un masque blanc autour de son cou.

— Que fais-tu là ? demanda-t-il. Tu es censée rester dehors pendant les travaux.

— J'y étais ! rétorqua-t-elle vivement.

Mais son inquiétude lui allait droit au cœur, apaisant sa colère.

— J'allais faire cuire des burgers au barbecue et je voulais savoir combien en prévoir, expliqua-t-elle. Et pourquoi ne portes-tu pas ce masque ? Cela ne sert à rien qu'il pende à ton cou. Kevin, tu veux dîner avec nous ?

— Oui, répondit Riley à sa place.

La même scène avait eu lieu la veille. Voyant que l'adolescent ne voulait pas s'imposer, il avait passé un bras autour de ses épaules et insisté pour qu'il dîne avec eux. Devant tant de bonté, elle avait senti son cœur se gonfler de chaleur. Il serait un bon père. La pensée ne la quittait pas. Mais elle attendait le moment adéquat pour lui parler de Fiona. Ce qu'elle aurait dû faire cinq ans auparavant. Mais elle était alors trop occupée à panser sa fierté blessée. Au fil des jours qui passaient, elle sentait sa culpabilité lui peser de plus en plus.

La veille au soir, elle s'était armée de courage et avait décidé de lui parler. Mais Kevin avait eu du mal à faire démarrer sa voiture. Le temps qu'ils la réparent, elle s'était assoupie dans l'un des fauteuils de la véranda et, quand elle s'était réveillée, Riley avait insisté pour qu'elle aille se coucher.

— Meghan ?

La voix de Riley interrompit le fil de ses pensées.

— Quoi ?

— Tu sors ! Tout de suite !

— Et toi tu mets ton masque ! Tout de suite ! riposta-t-elle.

Le rire de Riley fit vibrer en elle un sentiment d'intense excitation.

Meghan verrouilla sa porte d'entrée et mit la clé dans sa poche. Elle jeta un coup d'œil dans la cour. Le pick-up de Riley n'était nulle part en vue. Où qu'il soit allé, il était parti tôt. Même si elle détestait l'admettre, regarder par la fenêtre était son premier réflexe du matin depuis que, deux jours auparavant, il avait fini d'assainir sa cave.

Il pouvait aller et venir à sa guise. Elle n'avait aucun

droit sur lui. Mais cela changerait-il quand elle lui parlerait de Fiona ? Autant elle désirait qu'il fasse partie de sa vie, autant elle n'était pas sûre de savoir comment gérer ce lien permanent s'il rencontrait quelqu'un. Ou, plus exactement, *quand* il rencontrerait quelqu'un. Il fallait qu'elle reste ancrée dans la réalité. Ces deux derniers jours, il était devenu facile de se tourner vers lui, de dépendre de lui. Mais il n'apprécierait pas qu'elle s'accroche, une fois qu'il aurait décidé de passer à autre chose. Et il était bien trop sexy pour laisser les femmes indifférentes. Elle ne voulait même pas penser au nombre de ses conquêtes, depuis la nuit qu'ils avaient partagée !

Elle avait décidé d'aller en ville à pied. Une petite marche lui ferait le plus grand bien. La présence de Riley dans la maison voisine la rendait nerveuse.

Au moment où elle descendait les marches de la véranda, le pick-up noir s'arrêta dans leur allée commune, et Riley sauta de son siège. Elle essaya de calmer les battements de son cœur qui s'étaient affolés.

— Où vas-tu ? s'enquit-il.

— Je vais…

Le reste de sa réponse se perdit dans une quinte de toux. Elle sortit un inhalateur de sa poche et l'actionna à deux reprises.

— Je savais que je n'aurais pas dû te laisser chez toi pendant que je m'occupais de ta cave, dit-il en s'approchant vivement. Est-ce que je dois t'emmener aux urgences ?

— Non, je n'ai pas besoin d'un médecin. Ni d'un motel. Kevin et toi avez fait un excellent travail de ventilation de ma maison, dit-elle en rangeant l'inhalateur. Je suis capable de marcher un kilomètre et, de plus, je prends mes médicaments, même s'ils me rendent nerveuse.

— Alors où allais-tu ?

Il s'arrêta devant elle, bien campé sur ses deux jambes écartées. Aujourd'hui, il portait un jean et un T-shirt gris qui épousait ses larges épaules, arborant « United States Marine » en lettres rouges fanées.

— En ville.

— À pied ?

Seigneur ! Elle avait envie de nouer ses bras autour de lui et de se blottir de nouveau contre ce torse aussi dur qu'un roc. Elle se dandina d'un pied sur l'autre, donna des coups de pied dans les graviers.

— C'est à moins de deux kilomètres, fit-elle remarquer.

— Mais ce n'est pas prudent. Pourquoi ne m'as-tu pas demandé de t'y conduire ?

Elle étouffa un soupir résigné. Manifestement, loin de la considérer comme une femme sexy, il la voyait comme l'une de ces pauvres victimes affligées d'une maladie débilitante tout droit sortie d'un roman de Jane Austen. Les femmes reléguées au second rôle en raison de leur santé précaire.

— Pour commencer, tu n'étais pas là, répliqua-t-elle.

— Je t'ai donné mon numéro de téléphone.

Décidément ! L'appeler pour lui demander de faire le chauffeur la confortait dans son personnage de femme dépendante.

— Ensuite, je suis parfaitement capable d'aller en ville seule.

— Je m'inquiète que tu sois à pied.

Elle grinça des dents. Comment osait-il la traiter en invalide ? Elle se débrouillait parfaitement seule avant son arrivée. Et elle recommencerait après son départ. Elle voulait qu'il la considère comme une adulte, plus comme cette gamine qui le suivait partout, quand ils étaient enfants.

— J'apprécie ta sollicitude, Riley, mais je ne suis pas une mission que tu dois mener à bien pendant ton séjour ici. Je suis tout à fait capable de m'assumer.

Il secoua la tête.

— Ce n'est pas ce que j'ai voulu dire, marmonna-t-il.

— Alors qu'as-tu voulu dire ?

— Je comprends que tu n'aies pas besoin de mon aide. Seulement je veux quand même te la proposer. Et… et j'aimerais que tu l'acceptes, conclut-il en la regardant d'un air plein d'espoir.

Il était tellement touchant…

— Très bien. Dans ce cas, tu peux m'emmener en ville.

Elle n'était pas masochiste au point de refuser. Et, dans le fond, elle lui était reconnaissante d'insister.

Un sourire satisfait éclaira son visage et, d'un geste ample, il lui montra son pick-up.

— Où vas-tu, en ville ? s'enquit-il.

— À l'église en bordure du parc, répondit-elle en lui emboîtant le pas.

Il ouvrit la portière côté passager et attendit qu'elle soit installée.

— L'église un jeudi matin ? s'étonna-t-il.

— Oui. Quand je ne travaille pas, je me porte volontaire pour un déjeuner hebdomadaire où tout le monde est le bienvenu, qu'il puisse payer ou pas. Ce qui amène un mélange de gens. Je pense que c'est une façon pour le pasteur de surveiller ceux qui pourraient avoir besoin d'aide.

Riley s'assura que Meghan était bien installée avant de fermer la portière. Certes, son offre était mue par son appréhension de la voir partir seule. Mais, s'il était honnête avec lui-même, il savait bien… qu'il avait surtout envie de passer du temps avec elle.

Lorsqu'ils arrivèrent en ville, il se laissa gagner une nouvelle fois par le charme désuet de la petite bourgade de Loon Lake.

Il s'engagea dans la rue menant à l'imposante église en bois blanc qui avait été édifiée avant la guerre d'Indépendance.

— Où veux-tu que je te dépose ? demanda-t-il.

— Tu n'entres pas ? répliqua-t-elle, visiblement surprise.

Il ralentit devant les marches menant aux immenses doubles portes.

— J'ai pensé que tu ne voudrais pas de moi. Avec les ragots et tout…

— Cela n'y changera rien, répondit-elle avec un haussement d'épaules. Et puis, tu pourras tenir compagnie à Ogle.

— Ogle Whatley ? Le vieux garagiste qui a fait le Vietnam ?

Il sentit une bouffée de nostalgie le submerger. Pourquoi s'était-il coupé de tous ces gens merveilleux ? Même s'il avait refoulé ses souvenirs d'enfance, il n'en avait pas que des mauvais.

— Oui, acquiesça-t-elle. Il est toujours propriétaire de son garage. Il le dirige avec son petit-fils, aujourd'hui.

— Ne me dis pas qu'Ogle fait aussi du bénévolat. Il doit bien avoir cent ans !

Elle partit d'un éclat de rire.

— Voilà qui lui ferait plaisir ! C'est une personnalité, ici. En tant qu'ancien du Vietnam, il aime suivre nos vétérans. Certains ont fait la guerre de Corée. D'autres celle du Vietnam. Et les plus âgés aiment discuter avec ceux qui rentrent d'Afghanistan. Pour les aider. Alors, tu viens ? dit-elle avec un coup d'œil plein d'espoir.

— Je ne sais pas si je serai d'une grande utilité, mais je vais essayer.

— Bravo ! Le déjeuner a lieu dans la cave.

— La *cave* ? marmonna-t-il.

Elle poussa un soupir exaspéré.

— De grâce ! Je vais bien, et la cave de l'église est parfaitement saine. Et j'ai mon inhalateur. Tiens, voilà Ogle !

Un vieillard chauve et corpulent descendait de son pick-up Mercury rouge de 1947.

Après avoir salué Meghan, il serra la main de Riley.

— Riley Cooper, comment ça va ?

— Bien, merci.

Il rangea ses lunettes de soleil dans son T-shirt et fronça les sourcils. Qu'est-ce qui avait pu lui faire croire qu'il pouvait revenir dans cette ville et y passer un mois incognito ? Il aurait dû se rendre compte que sa présence allait éveiller les curiosités. Dire qu'il avait eu l'intention de rester seul dans sa villa…

— Je ne suis ici que pour un peu de repos avant de partir retrouver mes hommes, expliqua-t-il.

— Désolé que tu ne restes pas, répondit Ogle. J'ai entendu dire que tu avais beaucoup aidé Meghan.

— Les nouvelles vont vite, ici, répondit-il avec un coup d'œil éloquent à Meghan.

Visiblement gênée, elle toussota.

— Je ferais mieux d'entrer, dit-elle vivement. Ils vont se demander où je suis.

Ogle passa ses pouces sous les bretelles de sa salopette et se mit à rire.

— Tu vas avoir le double de travail aujourd'hui, vu que Mlle Fiona n'est pas avec toi, ma jolie. Ce rayon de soleil va nous manquer !

Riley leur emboîta le pas. Ce simple échange lui faisait sentir qu'il était un étranger dans la vie de Meghan. Savoir qu'elle avait une fille, un élément essentiel de sa vie qu'il n'avait jamais rencontré, le peinait.

Tout en aidant Ogle à installer les tables pliantes dans la spacieuse cave de l'église, il observa Meghan au milieu des autres bénévoles. Elle s'était forgé une vie seule et, comme autrefois, il n'était pas inclus. En dépit de tout le temps passé avec les McBride, il n'avait jamais été l'un des leurs. Mais il en était seul responsable, car ils l'avaient accueilli à bras ouverts.

— Sergent Cooper ?

La voix inconnue le fit se retourner.

— Danny Simmons. Je suis un ami de Kevin. Je suis venu aider. Je suis content de vous rencontrer, sergent Cooper.

Danny déplia une chaise et demanda :

— Ainsi, vous êtes un marine ?

— C'est juste.

— Vous devez être celui dont parlait Mme McBride.

— Ah bon ?

— Oui, elle me parlait toujours de vous. Quand je lui ai dit que je voulais m'engager, elle m'a dit qu'elle connaissait un marine. Elle avait l'air très fière. Ça doit être bien d'avoir quelqu'un qui est fier de vous, j'imagine.

Meghan l'avait montré en exemple ? Il jeta un coup d'œil en direction de Meghan qui coupait des parts de tarte, à quelques pas d'eux. Elle leva les yeux de sa tâche, et leurs regards se croisèrent. Elle lui sourit.

En proie à un flot d'émotions contradictoires, il ramena son attention sur son interlocuteur.

— Avant toute chose, Danny, tu dois finir le lycée.

Le fracas de trois écoliers descendant l'escalier le fit sursauter. Et soudain, sans crier gare, il se retrouva dans l'école de Kandahar, agrippant son arme, en nage sous son gilet de combat…

— Riley ?

La voix de Meghan le ramena à l'instant présent, et il cligna des yeux.

— Ça va ? lui demanda-t-elle, visiblement inquiète. Si tu veux partir, tu…

— Ça va. J'ai juste un peu chaud.

— Si tu veux, je peux me faire raccompagner.

Il s'en voulut aussitôt. Lui avait-il fait si peur ?

— Je t'ai amenée, je te ramène. Tu peux prendre ton temps.

— Entendu. J'ai presque fini.

Ogle, qui avait gardé le silence pendant leur échange, lui tapota l'épaule.

— Tu sais, fiston, si tu as besoin de parler, pour essayer de trouver un sens à tout ça…

Riley acquiesça d'un signe de tête. Il était vivant, et tellement de ses frères d'armes étaient morts. Où était le sens, dans tout ça ?

Meghan s'avança vers le pick-up de Riley, l'esprit en ébullition, l'estomac noué. Elle aimait cet homme depuis l'enfance. À dix-neuf ans, elle avait réussi à le séduire et avait eu un enfant avec lui.

Mais elle ne connaissait pas ce Riley-ci. Ce qui la remplissait d'amertume. Elle avait connu le garçon qui l'avait aidée à attraper des grenouilles, l'adolescent maladroit qui l'avait consolée quand son père avait refusé de lui acheter un chien à cause de son asthme, le jeune homme qui lui avait fait l'amour la nuit où ils avaient conçu un bébé. Mais le Riley qu'elle avait retrouvé lui était…

— Meghan ? Tu montes ?

La portière du passager ouverte, il attendait, ses lunettes de soleil sur le nez.

— Pardon, marmonna-t-elle en s'installant.

Il fit claquer la portière et contourna le véhicule, l'air sombre.

Elle voulait lui demander ce qui s'était passé, tout à l'heure. Cela avait-il un rapport avec ce qu'il avait vécu en Afghanistan ? Mais son expression fermée trahissait qu'il n'était pas d'humeur à raconter. Comment pouvait-elle ignorer l'épisode ? Sa respiration s'était faite plus forte. Il transpirait, se frottait la poitrine.

Sans un mot, il fit démarrer le moteur et sortit du parking pour s'engager sur la route principale, dans un jet de gravier.

Manifestement, il lui était arrivé quelque chose en Afghanistan, un événement qui était la cause de ses cauchemars, qui avait déclenché cette réaction à l'église. Il ne s'agissait pas pour elle de satisfaire sa curiosité. Il fallait qu'elle pense à Fiona. Ils étaient tous les deux si jeunes quand Riley était parti. Il était sans doute temps d'avoir une conversation d'adultes.

Pour connaître et comprendre l'homme qu'il était aujourd'hui, elle avait besoin de l'entendre lui confier ce qui s'était passé en Afghanistan. Même si cela devait déclencher sa colère, elle devait essayer.

— Je ne sais pas ce que tu as traversé comme épreuves,

Riley. Mais si tu voulais bien m'en parler, je suis sûre que cela nous faciliterait la vie.

Il se mura dans le silence. Elle avait dû le mettre en colère. S'il ne lui faisait pas assez confiance ou qu'elle ne comptait pas assez pour lui pour se livrer, autant qu'elle le sache maintenant.

Il donna un coup de volant brutal et s'arrêta sur le parking du magasin de bricolage.

— Ce n'est pas facile d'en parler, répondit-il. Je sais que ma réaction de tout à l'heure t'a fait peur. C'est exactement ce que je ne veux pas.

Elle posa sa main sur son bras. Il la couvrit de la sienne.

— J'ai vu des choses, là-bas, qui m'ont changé, expliqua-t-il d'une voix étranglée. Je pense que je contrôle mes émotions, que je gère, et puis des fois je suis pris de court, comme aujourd'hui.

Elle détestait se sentir si démunie. Mais, hormis des platitudes, elle ne voyait pas quoi dire. Peut-être pouvait-elle néanmoins le soutenir à sa façon. Même si elle ne lui était pas d'un grand secours, ce serait toujours mieux que l'inaction.

— Veux-tu venir dîner, ce soir ? demanda-t-elle.

— Pardon ?

— Je t'invite à dîner.

— À dîner ? répéta-t-il en la scrutant du regard.

— Oui.

Elle se sentit coupable. Maintenant, il allait penser qu'elle prenait son traumatisme à la légère. Qu'elle l'ignorait. Il fallait qu'elle se fasse comprendre.

— Je ne suis jamais allée à la guerre, je ne suis pas une psychothérapeute, mais je sais cuisiner. C'est comme ça que j'aimerais t'aider.

Les doigts de Riley se refermèrent sur les siens.

— Merci. Je serais très heureux de venir dîner.

Meghan passa l'après-midi à faire la lessive et à consulter les petites annonces de travail pour le cas où le poste au lycée de Loon Lake ne se concrétisait pas.

En entendant frapper, elle vérifia une dernière fois son apparence dans le grille-pain en chrome sur le plan de travail, avant de se diriger vers l'entrée. Puis elle défit sa queue-de-cheval, disciplina ses boucles d'une main et ouvrit la porte. Riley, les cheveux encore humides de sa douche, son T-shirt épousant ses épaules et ses biceps, lui sourit.

— Bonsoir !

— Bonsoir, répondit-elle, le cœur battant un peu plus vite.

Elle se sermonna rapidement. Elle l'avait invité à dîner par pure amitié, rien de plus.

— Je n'arrive pas trop tôt, j'espère ? s'enquit-il, visiblement gêné.

— Oh. Non. Pardon. Entre.

Elle s'écarta du passage et le précéda jusqu'à la cuisine. Sa présence imposante lui donna l'impression que la pièce était soudain devenue plus petite. Ce n'était pourtant pas la première fois qu'il venait chez elle, et cela n'aurait pas dû la mettre mal à l'aise. Malgré tout, elle l'était.

Elle avait besoin d'une diversion. Elle attrapa les gants sur le plan de travail, sortit le pain à l'ail du four et disposa les tranches odorantes sur une assiette.

— Miam ! Je peux t'aider ? lui demanda Riley.

— Non. C'est… c'est prêt.

Riley prit place à la table de cuisine et survola la pièce du regard. Visiblement, Meghan avait dépensé beaucoup de temps et d'énergie à rénover sa cuisine. Les murs et les vieux placards avaient été repeints de frais. L'évier ancien, en porcelaine, scintillait sous les rayons du soleil qui brillait à travers la fenêtre le surplombant. Cette pièce qui respirait la joie et ce repas seraient un souvenir qu'il emporterait en Afghanistan. La cuisine inondée de lumière était certes mille fois plus agréable que les endroits lugubres où il avalait ses rations à la vitesse de l'éclair, calé contre sa charge de combat, l'œil et l'oreille perpétuellement aux aguets. Il se rabroua. Que lui arrivait-il ? Son devoir envers ses hommes devrait être sa priorité.

Au cours du dîner, ils bavardèrent de choses et d'autres. Il était en train de savourer une bouchée de son poulet chasseur quand le téléphone de Meghan sonna. Elle regarda l'écran et déclara :

— Désolée, je dois prendre cet appel. Je ferai du café pour accompagner le dessert dans une minute.

Sans attendre de réponse, elle sortit sans quitter son portable des yeux. Avec un pincement au cœur, il se rappela l'époque où ces prunelles vertes le regardaient comme s'il était la personne la plus importante au monde.

Il refoula sa déception. Il était inutile de se voiler la face, il n'avait plus de place dans sa vie. Le dîner était ce qu'elle avait annoncé : partager un repas. Et c'était très bien ainsi. Il allait partir retrouver ses hommes, sa vie, les marines, là où était sa place. Elle n'était pas dans cette cuisine à déguster des bons petits plats faits maison.

Alors pourquoi souffrait-il autant de se sentir exclu ?

Il se leva d'un bond. Laver la vaisselle allait peut-être le distraire du rire de Meghan qui lui parvenait par intermittence de la pièce voisine. Il remplit l'évier et plongea les mains dans l'eau.

— Que fais-tu ? s'étonna-t-elle en revenant.

Il se tourna à moitié vers elle.

— Je me rends utile.

— En lavant la vaisselle ?

— Pourquoi pas ? répliqua-t-il en balayant la pièce d'un regard éloquent. La présence d'un lave-vaisselle m'aurait-elle échappé ?

— Non. C'est sur ma liste d'améliorations.

Elle prit un torchon, sortit une assiette de l'eau de rinçage et commença à l'essuyer d'un mouvement rapide et précis.

Un instant, il resta fasciné par ses mains. Meghan ne portait pas de bagues, n'avait même pas les ongles vernis. Une flèche de désir le transperça. Il aurait tant voulu sentir ces mains sur lui, le caressant, explorant son corps… Il se plaqua contre l'évier dans l'espoir de cacher l'évidence du désir naissant. Il n'était pas un adolescent !

Reprends-toi, soldat.

Cette pause d'un mois avait pour but de guérir, pas de renouer avec Meghan. Elle méritait plus que ce qu'il pouvait lui donner. Pour se changer les idées, il examina les lieux du regard.

— J'ai l'impression que tu fais du bon travail dans cette maison, fit-il remarquer.

— Merci.

Le visage de Meghan s'éclaira d'un sourire plein de fierté qui alluma des paillettes dans son regard.

— Tu as une liste des réparations en attente ? s'enquit-il.

Bon sang, mais qu'est-ce qu'il disait ?! Il ne devait pas s'impliquer dans la vie de Meghan.

— Pas question, répondit-elle. Tu as déjà fait ta part.

— Je vais jeter un coup d'œil quand même.

Il avait remarqué une marche branlante dans la véranda et un volet qui avait besoin d'être consolidé. Le toit aussi semblait nécessiter une inspection.

— Ce n'est pas nécessaire, Riley. Je suis capable d'entretenir ma maison toute seule.

— Je n'en doute pas. Je veux juste t'aider. J'ai un mois devant moi. Autant que je m'occupe utilement.

Pour quelqu'un qui ne voulait pas s'impliquer !

Il était un marine dans l'âme. La routine et le sentiment de faire partie d'un groupe lui assuraient la sécurité qui lui avait manqué enfant. Alors pourquoi n'arrivait-il pas à chasser l'image de Meghan et de sa fille avec lui dans cette cuisine ? Étant donné la guerre perpétuelle entre ses parents, il n'avait aucune raison de s'imaginer en père de famille. Il repoussa vivement cette pensée.

— Merci. Je vais y réfléchir, répondit Meghan. Et si nous prenions le dessert et le café dans la véranda ?

— Bonne idée !

Il s'essuya les mains à la serviette qu'elle lui tendit. Puis elle prit une boîte en fer.

— J'espère que tu aimes les sablés à la cannelle, dit-elle. Ce sont les biscuits préférés de Fiona.

— Je n'en ai pas mangé depuis des années, mais ceux de ma grand-mère étaient mes préférés, enfant. Fiona a bon goût.

Une fois dans la véranda, ils s'installèrent dans les fauteuils Adirondack et burent leur café en silence. Au bout de quelques minutes, Meghan posa son mug sur la petite table et demanda :

— Qu'est-ce qui t'a poussé à revenir à Loon Lake ?

— J'avais un mois et je voulais un endroit où je puisse me détendre, et…

Il s'interrompit. Il ne savait pas lui-même pourquoi il avait choisi Loon Lake.

— Et boire tes bouteilles de whisky ? s'enquit Meghan.

Il grimaça.

— Pour être honnête, je ne sais pas trop pourquoi je les ai achetées. Je n'en ai pas bu une goutte.

— Tu es majeur, Riley. Tu ne me dois aucune explication.

— Et toi, pourquoi as-tu choisi Loon Lake plutôt que de rester à Boston ?

— Parce que c'est ici que je veux élever Fiona. Et c'est un bon endroit pour nous deux. J'ai des projets, ajouta-t-elle en promenant un regard plein de fierté sur le jardin.

— Des projets ?

Il prit le dernier sablé et, le cassant en deux, lui en tendit la moitié.

— Je voudrais une balançoire pour Fiona, expliqua-t-elle. Peut-être un chien. Cela aurait été plus difficile en ville. Liam a acheté une maison à trois étages à Dorchester et voulait que j'emménage dans l'appartement du deuxième ou du troisième. Mais son jardin est grand comme un timbre-poste. Et la moitié est bétonnée. Il est sur une jolie rue, mais je ne me serais pas sentie tranquille d'y laisser Fiona jouer avec le chiot.

— Un chien ? Avec ton asthme ?

Son regard se voila d'une soudaine tristesse. Il s'en voulut. Pourquoi le lui avait-il rappelé ?

— Pardon, je n'aurais pas dû dire ça, marmonna-t-il.

Elle serra les poings.

— D'après le médecin, certaines races sont sûres pour

les asthmatiques. Je déteste l'idée de priver Fiona d'un chien à cause de mon asthme.

Il prit son poing serré dans les siennes et, un par un, déplia ses doigts. Puis, de son index, dessina les lignes de sa main.

— Je suppose que je ne suis toujours pas habitué au fait que tu sois une grande personne et une mère.

Il referma ses doigts sur les siens.

— Riley, je…

Elle fut interrompue par des cris d'oiseaux. Quelques minutes plus tard, un vol de canards fendit le ciel au-dessus d'eux. Ils le suivirent des yeux jusqu'à ce qu'il ait disparu.

— Descendons jusqu'au lac, suggéra-t-il en la tirant par la main. Je me souviens que tu adorais écouter le chant des plongeons huards au crépuscule.

Voyant qu'elle hésitait, il insista.

— Allez ! En souvenir du bon vieux temps.

— Je… Oui. Je vais chercher ma veste.

— Et je vais rentrer les tasses à café.

Qu'elle ait accepté sa proposition n'aurait pas dû autant le réjouir. C'était insignifiant et, pourtant, il jubilait comme un adolescent qui a rendez-vous avec la plus jolie fille de l'école !

Lâche.

Le mot traversa l'esprit de Meghan alors qu'elle marchait vers le lac avec Riley. Elle était sur le point de lui avouer que Fiona était sa fille quand les canards les avaient survolés. Elle n'aurait pas dû se laisser distraire. Pas plus que quand il avait suggéré une promenade jusqu'au lac. Aucun doute. Elle était lâche.

Quand ils atteignirent la rive, le crépuscule tombait.

Malgré le soleil qui disparaissait à l'horizon, il faisait encore assez clair pour distinguer les silhouettes des arbres se détachant sur le ciel. Enseveli sous la brume qui montait de l'eau, le lac était plongé dans une semi-obscurité. Plus ils s'en approchaient, plus Meghan sentait les battements de son cœur s'accélérer. Elle était bête d'avoir peur. Jamais elle n'avait la moindre appréhension en plein jour. C'était peut-être puéril, mais elle n'y pouvait rien. D'un autre côté, c'était la définition même d'une peur irrationnelle.

La main de Riley sur son épaule la fit sursauter. Il se pencha et lui murmura à l'oreille :

— Prends une profonde inspiration puis expire, lentement. Tu es en sécurité. Je te promets.

— Ça va aller.

Elle poussa un nouveau soupir et enfonça les mains dans les poches de son sweat.

— J'avais oublié ta peur de la proximité de l'eau, le soir, reprit Riley. Mais tu n'as rien à craindre. Tu ne vas pas tomber. Même si c'était le cas, cette fois, tu sais nager.

— Tout va bien. J'ai… j'ai dépassé ces angoisses.

— Je suis content de le savoir. De toute façon, si tu tombais, je sauterais après toi comme quand nous étions enfants, lui assura Riley, dont la voix rauque la fit frissonner.

Ses bras musclés se nouèrent autour d'elle et il l'attira plus près, plaquant son dos contre son torse. Malgré elle, elle se laissa aller contre lui. Elle aurait voulu se convaincre que seule sa peur de l'eau sombre la poussait à s'abandonner ainsi. Mais elle savait qu'elle se serait menti. La chaleur et la force de Riley l'attiraient irrésistiblement.

Un jour, désobéissant à ses parents, elle était partie faire un tour en barque avec Tina et elle était tombée à l'eau. Sans Riley qui les avait vues partir, elle aurait pu se noyer. Et la seconde fois qu'elle avait oublié d'être sage, elle avait passé la nuit dans ses bras. Hélas, cette fois, il n'avait pas été là pour la sauver des conséquences... Alors elle avait appris à se débrouiller seule. Non qu'elle n'ait pas eu parfois l'impression de se noyer. Cependant, elle avait réussi à surnager et à se construire une vie agréable à Loon Lake.

Une longue plainte sinistre résonna à la surface de l'eau. À laquelle, quelques secondes après, une autre fit écho. Les bruits d'éclaboussure et les cris des canards continuèrent à ponctuer le silence nocturne.

— Ils appellent leurs partenaires, chuchota Riley d'une voix rauque avant de la prendre dans ses bras.

Il s'empara de sa bouche, et elle sentit son corps se durcir d'un désir violent, prenant son âme au piège. Un gémissement sourd s'éleva. Elle aurait été bien incapable de dire s'il venait d'elle, de Riley ou des canards ! Ses lèvres avaient le goût du café et des biscuits à la cannelle.

Elle se plaqua plus près de lui. Il resserra son étreinte, et, les jambes en coton, elle agrippa son T-shirt soyeux, vacillant contre lui. Insidieuse, une petite voix la mettait en garde. *Rappelle-toi ce qui s'est passé, la dernière fois.* C'était vrai, mais elle méritait de pimenter un peu sa vie. Et elle avait désormais assez de bon sens pour s'arrêter avant que la situation échappe à tout contrôle.

Riley laissa échapper un grognement de plaisir. Elle se pressa plus étroitement contre lui et sentit un brasier s'allumer au creux de son ventre.

Elle qui s'était promis de savoir quand s'arrêter ! Il fallait qu'elle se souvienne que Riley ne resterait pas à Loon Lake. N'avait-elle pas retenu la leçon du passé ? Elle n'était pas l'un de ces canards, et Riley n'était pas son partenaire à vie, pas même son partenaire actuel. Dans un peu moins d'un mois, il serait parti.

Elle recula et le repoussa.

— Riley, je ne peux pas.

— Il y a quelqu'un d'autre ?

— Non. Personne.

— Alors pourquoi ?

— J'ai des responsabilités. Je ne peux pas me permettre de vivre une histoire temporaire.

— C'est tout ce que je peux t'offrir, avoua-t-il.

— Je le sais, murmura-t-elle dans un soupir.

— Meghan, je…

— Je comprends. Les marines sont ta vie, l'interrompit-elle, essayant de prendre un ton léger.

En vain.

Tournant les talons, elle reprit la direction de la maison d'un pas pesant, tandis que les plongeons huards continuaient à appeler leurs partenaires.

- 5 -

Meghan déposa le pied de pensées mauves dans le trou qu'elle venait de faire. Des plantations sans doute prématurées, mais elle avait besoin de se changer les idées pendant qu'elle s'entraînait à la façon d'annoncer à Riley qu'il était père d'une fillette de cinq ans. Elle aurait dû le lui dire la veille au soir, quand ils étaient descendus jusqu'au lac. Car même s'il ne resterait pas à Loon Lake, il était normal qu'il profite de son séjour pour connaître sa fille. Annoncer la nouvelle à ses parents avait été un jeu d'enfants, en comparaison !

— Tu as besoin d'aide ? lui demanda Riley, la ramenant à l'instant présent.

— Tu pourrais remplir l'arrosoir au robinet extérieur sur le côté de la maison ?

— Tes désirs sont des ordres, dit-il en prenant l'arrosoir. À propos, il te reste des cookies ?

Feignant l'exaspération, elle leva les yeux au ciel. Alléger l'atmosphère atténuerait peut-être cette sensation d'oppression dont, depuis leur baiser de la veille, elle ne parvenait à se défaire.

— Je crois que oui, répondit-elle. Pendant que tu arroses les fleurs, je vais aller me laver les mains et les chercher. Je suppose que tu voudras du café avec ?

— Tu lis dans mes pensées !

Après avoir préparé les deux cafés, elle disposa des cookies dans une assiette et sortit dans la véranda, chargée du plateau.

Riley la rejoignit, et ils s'installèrent dans les fauteuils.

Rassemblant son courage, elle se mit à boire des petites gorgées. Il était temps de dire la vérité à Riley.

Il se cala confortablement contre son dossier, et elle réprima un soupir. Il fallait absolument qu'elle profite de ce tête-à-tête pour lui parler.

— Riley, il y a quelque chose que…

Elle fut interrompue par des clairons hurlant les premières notes de l'hymne du corps des marines. D'un doigt levé, il lui fit signe d'attendre et sortit son téléphone de sa poche.

— Je dois répondre, dit-il en se levant.

Elle hocha la tête et s'enfonça dans son fauteuil. Ce n'était qu'un simple répit.

Riley décrocha et, au fur et à mesure qu'il écoutait son interlocuteur, son visage se vidait de ses couleurs. Quand il vit qu'elle le fixait, il lui tourna le dos et se dirigea vers l'autre extrémité de la véranda.

Elle se mordilla la lèvre, inquiète. Manifestement, il ne s'agissait pas de bonnes nouvelles. Quand il raccrocha, il était droit comme un I.

— Riley ?

Elle s'avança vers lui et lui toucha l'épaule. Mais il repoussa sa main.

— Quelque chose ne va pas ? s'enquit-elle d'une voix douce.

— Des mauvaises nouvelles, répondit-il sans se retourner.

— Tu veux en parler ?

— Un type avec qui je servais vient de se suicider.

Il fit demi-tour, regagna son fauteuil et posa son téléphone sur la table.

— Je ne pense pas qu'en parler changera quoi que ce soit, rétorqua-t-il.

— Non, mais quelquefois, ça aide, dit-elle en le rejoignant.

— Va dire ça à sa femme et à ses deux filles ! répliqua-t-il sèchement. Je suis désolé, Meghan. Je... Nous parlerons plus tard, d'accord ? ajouta-t-il en se levant.

Elle le regarda descendre les marches, et une vague de pitié l'envahit. Il devait avoir tellement de chagrin. Accablée, elle se pencha pour prendre le plateau et remarqua qu'il avait oublié son téléphone sur la table.

— Riley, attends !

— Pas maintenant, Meghan.

— Tu as oublié ton portable.

Elle s'élança pour le rattraper. Quand il se retourna, elle hésita. Le voir souffrir lui donnait envie de le consoler. Elle dut se faire violence pour ne pas nouer ses bras autour de son cou.

— Je suis désolé, marmonna-t-il.

Il s'avança et, refermant sa large main sur les siennes, l'attira vers lui. Son regard était empreint de gravité et de tristesse. S'inclinant vers elle, il l'embrassa avec fougue.

— Je ne vais pas être de bonne compagnie, dit-il en s'éloignant.

Elle resta un long moment dans le fauteuil, les genoux repliés contre sa poitrine. Riley pensait-il aussi au suicide ? À l'idée que quelque chose puisse lui arriver, avant même qu'il ait eu une chance de rencontrer Fiona, elle resta pétrifiée, la gorge nouée par l'émotion. Un père et une fille avaient le droit de se connaître, et elle ne se pardonnerait jamais de ne pas les avoir présentés l'un à l'autre.

Après une nuit blanche, Meghan se servit une seconde tasse de café. Elle s'obligeait à ne pas regarder par la fenêtre. Et elle y parvenait. La plupart du temps.

Avec un bâillement, elle se mit à contempler son café comme s'il pouvait lui apporter la solution à ses problèmes. Sa première mission était de dire la vérité à Riley. Dès qu'elle aurait trouvé le courage de le faire.

Ses pensées furent interrompues par un coup frappé à la porte. Elle se précipita pour ouvrir.

Un sourire hésitant aux lèvres, Riley avait un sac en papier à la main.

— Bonjour Meghan. J'espère que tu aimes toujours les croissants.

— Oui.

— C'est l'odeur du café que je sens ?

— Entre.

Une fois dans la cuisine, il posa les croissants sur la table.

— Assieds-toi, dit-il. Je vais me faire un café.

Elle hocha la tête et attendit qu'il vienne s'installer à table avec elle.

— Meghan, je suis ici pour essayer de m'expliquer.

Elle acquiesça sans répondre. Elle avait peur de ne pas prononcer les paroles justes. Il était difficile d'imaginer ce qu'il devait traverser, surtout après ce qu'il lui avait raconté le jour du déjeuner à l'église. Elle avait compris, jusqu'à un certain point. Et si elle avait parfois l'impression de tout juste surnager, dans son rôle de mère célibataire, elle n'avait pas la moindre idée de ce que pouvait être la guerre.

Il se frotta le visage d'une main.

— J'ai perdu des gars au combat, et c'est dur. Mais un suicide ! C'est pire, murmura-t-il. Ça paraît tellement… absurde. Je pleure mes compagnons morts, mais je ne peux pas me permettre de m'apitoyer, sinon je ne ferais que ça. La meilleure façon d'honorer leur mémoire est de passer à autre chose et de trouver un moyen d'aider ceux qui sont encore là. Je déteste voir que, pour certains, le suicide est la seule issue. Tu me comprends ? Ou ai-je l'air insensible ?

— Oh ! Riley. Tu es tout sauf insensible !

Même si elle retrouvait beaucoup du Riley qu'elle avait connu autrefois, elle devait admettre que ce nouveau Riley était tout aussi merveilleux. Mais il ne faisait que passer. Il ne fallait pas qu'elle l'oublie.

Il mangea son croissant en deux bouchées et essuya les miettes sur ses mains.

— Tu veux sortir avec moi un soir ? demanda-t-il soudain.

Elle s'étrangla sur sa gorgée de café. Était-il en train de lui proposer un rendez-vous ?

Il la dévisagea, inquiet.

— Meghan, ça va ?

— Oui, oui. Qu'entends-tu par « sortir avec toi » ?

— T'inviter à dîner.

— À dîner ?

Elle tressaillit. Allait-elle être capable de sortir un soir avec lui sans retomber amoureuse ?

Il regarda autour de lui.

— Y a-t-il un écho ici ? s'enquit-il, moqueur.

— Pardon. Je voulais m'assurer que nous nous étions bien compris.

Quel mal y aurait-il à accepter ce rendez-vous ? Elle

jeta un coup d'œil à une photo de Fiona et d'elle sur son réfrigérateur.

— C'est un oui ? demanda Riley, comme elle ne disait rien.

Elle était une adulte, aujourd'hui. Plus une adolescente aux hormones débridées. Elle pouvait sûrement gérer un rendez-vous.

— Oui, bien sûr, répondit-elle.

— Angelo, pour dîner et danser, ça t'irait ?

Il était sérieux ? Le restaurant italien était un endroit que privilégiaient les couples. Non qu'elle soit sortie avec quiconque depuis son arrivée à Loon Lake. Peut-être le moment était-il venu pour elle de se montrer un peu égoïste.

— Désolée Riley, mais je ne comprends pas bien la raison de cette invitation.

— Eh bien, je n'ai pas franchement été agréable, hier. Et puis je me sens responsable du fait que tu sois devenue la cible de commérages.

— Donc tu m'invites à dîner par pitié ?

— Mais pas du tout ! Un homme ne peut-il inviter une belle femme à dîner ?

Riley était en train de se préparer, se demandant pour la centième fois ce qui l'avait poussé à inviter Meghan à dîner de façon aussi formelle.

Cet après-midi, il avait dû aller s'acheter toute une garde-robe élégante : pantalon, chemise, cravate et même des chaussures ! Il n'était pas du genre à porter des costumes. Aux mariages et aux enterrements de ses compagnons d'armes, il portait son uniforme d'apparat. Et il y avait eu bien trop d'enterrements, récemment. Comme celui auquel il allait devoir assister bientôt. Aurait-il pu empêcher ce drame ? Cette question le hantait depuis le coup de téléphone.

S'impatientant sur son nœud de cravate, il repoussa cette pensée et le refit. Ce soir, la soirée était consacrée à Meghan et à leur dîner en tête à tête. Car c'était la toute première fois qu'ils avaient vraiment un rendez-vous.

Il ne voulait pas lui laisser le souvenir de l'homme qui avait fait d'elle la cible des commérages locaux. Et une soirée chez Angelo allait lui permettre de garder son estime et de prouver au reste de Loon Lake à quel point il la respectait. Si seulement il pouvait réussir son nœud de cravate !

Enfin satisfait, il prit son portefeuille sur la commode et le mit dans sa poche. Malgré sa nervosité, il se réjouissait de ce dîner. Peut-être n'était-il pas l'homme qu'il fallait à Meghan mais, pour une fois dans sa vie, il pourrait s'en approcher.

Et c'est d'un pas assuré qu'il se dirigea vers la maison voisine.

Quand Meghan lui ouvrit la porte, il resta sans voix. Vêtue d'une robe noire, courte, elle portait des talons aiguilles qui mettaient en valeur le joli galbe de ses mollets. Ses cheveux étaient remontés en une masse de boucles d'or roux sur le sommet de sa tête. Il essaya de calmer les battements frénétiques de son cœur. Le sourire timide qui flottait sur ses lèvres s'évanouit soudain.

— Riley, tout va bien ?

— Oui. Tu es très belle. Sublime.

Son visage s'éclaira de nouveau.

— Tu n'es pas mal non plus, répondit-elle.

— Ce sont des vêtements neufs.

Bon sang ! Pourquoi avait-il dit ça ? Il aurait mieux fait de se taire.

— Les miens aussi ! s'exclama-t-elle dans un éclat de rire.

Satisfait de voir qu'elle aussi avait fait un effort pour ce soir, il lui offrit son bras.

— Madame, si vous voulez bien.

— Mais avec joie, renchérit-elle en glissant son bras sous le sien.

Tout le long du trajet, il essaya de se concentrer sur la route. Ce qui n'était pas chose aisée avec une passagère si sexy. Le doute n'était plus permis : Meghan était désormais une femme adulte. Et sublime.

Tout ce temps en Afghanistan, quand il s'autorisait à penser à elle, il revoyait la jeune fille de dix-neuf ans. Or elle était devenue une femme très désirable. Et qui méritait un foyer et un homme qui serait présent à ses côtés, et non à l'autre bout du monde à se battre et à risquer sa vie à chaque instant. Il réprima ses regrets. S'il ne pouvait pas lui donner beaucoup, il pouvait au moins lui offrir une soirée au restaurant.

En se garant sur le parking de chez Angelo, il constata que l'endroit était désert.

— Tu n'as pas réservé tout le restaurant, j'espère ? demanda-t-elle, étonnée.

— Non. Juste une table.

— Donc ils sont ouverts.

— Je vais voir.

Il sauta du pick-up et s'approcha du bâtiment.

Meghan lissa sa robe sur ses cuisses et sourit. Ce soir elle avait réalisé son rêve de porter une petite robe noire et des talons vertigineux. Même si marcher avec de tels escarpins n'était pas facile. Sans parler de danser ! Mais rien que pour la lueur d'approbation dans les yeux de Riley, cela en valait la peine. Ce soir, elle avait l'impression d'être une princesse dans un dessin animé de Fiona. Demain, elle avouerait enfin à Riley qu'il était papa. Mais cette soirée lui appartenait. Et deviendrait un souvenir heureux à évoquer quand la vie se ferait dure. Ce soir, elle était Cendrillon.

Riley revint vers le pick-up, la mine sombre, et se remit au volant.

— Ils ont eu un feu dans la cuisine cet après-midi, expliqua-t-il. Ils sont fermés le temps de nettoyer les dégâts. Meghan, je suis vraiment désolé. Nous allons chercher un autre endroit.

— Tout va bien. Nous irons ailleurs.

Après avoir essayé plusieurs autres restaurants qui, bondés, ne prenaient plus de clients, il perdit patience.

— J'avais planifié cette soirée pour toi, marmonna-t-il en frappant sur le volant. Maintenant, nous n'avons même pas un endroit où dîner.

Elle lui pressa tendrement le bras.

— Riley, ce n'est pas ta faute. J'ai une idée ! Que dirais-tu d'acheter des hamburgers et des frites dans un drive-in et d'aller sur la plage du lac ? Il y a des tables de pique-nique. Nous pouvons dîner sous les étoiles.

— Je voulais t'offrir un vrai rendez-vous, un beau souvenir.

— Qui te dit que ce n'est pas un vrai rendez-vous ?

— Mais tu t'es faite toute belle.

— Je me suis faite belle pour toi et tu es ici.

Elle noua ses doigts aux siens. Ce soir, c'était sa soirée,

probablement la seule qu'elle passerait avec lui. Et elle était bien déterminée à en profiter. Qu'importait le lieu.

Ils prirent alors la direction de la plage. Il commença par s'arrêter au supermarché, mais refusa qu'elle l'y accompagne. Il en ressortit avec plusieurs sacs qu'il mit sur le siège arrière. Puis, sans cesser de marmonner, il passa prendre leur repas au drive-in.

Elle lui répéta qu'elle se réjouissait de cet imprévu. Tout ce qui comptait pour elle, c'était de faire une réserve de souvenirs pour après son départ.

Une fois garé sur le parking du lac, il se tourna vers elle.

— Tu m'attends une minute, ordonna-t-il.

— Assis ? Pas bouger ?

Elle haussa les sourcils d'un air faussement contrarié, mais esquissa un sourire espiègle.

En riant, il prit les sacs à l'arrière et se dirigea vers les tables de pique-nique. Quand il revint, il lui ouvrit la portière.

— Je vais t'aider à descendre, dit-il.

Elle lui tendit la main. L'ignorant, il la prit par la taille. Et, avant de la poser à terre, la serra contre lui. Puis, muni du sac de leur repas, il l'entraîna vers l'une des tables. Recouverte d'une nappe, éclairée de bougies, elle était décorée d'un bouquet dans un bocal. Les yeux soudain humides, elle sentit son cœur se gonfler de tendresse.

— Ce n'est pas Angelo mais…, murmura-t-elle.

Il haussa les épaules et toussota.

— C'est mieux, décréta-t-elle en lui pressant la main. Nous ne sommes que tous les deux.

Il prit place en face d'elle sur le banc, et elle s'en réjouit. S'il s'était assis à côté d'elle, ils auraient été très proches, et… Quand elle était trop près de lui, elle avait du mal à se convaincre qu'il n'était pas un homme pour elle.

Chassant ces pensées troublantes, elle entama son hamburger. Tout en mangeant, ils évoquèrent les étés passés au lac.

D'un geste empreint de tendresse, il lui essuya la joue.

— Moutarde.

— Merci.

L'espace de quelques interminables secondes, leurs regards s'enchaînèrent. Brisant le silence, il toussota et commença à ranger.

— Je vais aller jeter tout ça, dit-il.

— Laisse-moi t'aider.

— Non. Reste assise. Tu étais censée ne rien faire, ce soir.

— Riley, tu n'es pas responsable de ce contretemps. Et tu as très bien su compenser, avec les fleurs et les bougies.

— C'est la moindre des choses. Et maintenant, laisse-moi faire.

Après avoir jeté les restes dans la poubelle, il se dirigea vers le pick-up. Quelques instants plus tard, des notes de musique s'élevèrent dans le silence. Il revint vers la table.

— Je t'avais promis que nous danserions, dit-il, la main tendue.

Elle la prit mais resta assise.

— Je ne suis pas sûre de pouvoir, avec mes talons. Et si nous restions assis à écouter la musique en regardant le coucher du soleil et les étoiles qui scintillent ?

— Oh merci ! s'exclama-t-il avec son irrésistible sourire. Parce que je ne sais pas danser.

— Nous pouvons aller nous asseoir au bout du ponton, si tu veux.

Il jeta un coup d'œil à la jetée.

— Tu n'auras pas peur, si près de l'eau ? s'enquit-il.

— Tant que tu es à côté de moi, ça ira. Mais d'abord, je veux retirer ces escarpins.

Lorsqu'elle fut pieds nus, il lui reprit la main. Arrivés au bout du ponton, ils s'assirent côte à côte, jambes pendantes.

— Ça va ? demanda-t-il alors que le soleil s'enfonçait rapidement à l'horizon.

— Ça va.

Mais sa voix manquait de conviction.

Il l'entoura de ses bras et l'attira contre lui. Noyant son regard dans les profondeurs de ses prunelles grises, elle comprit qu'elle était en train de vivre ce moment de pur romantisme dont elle avait rêvé toute son adolescence. Loin de la frénésie de la nuit où ils avaient fait l'amour, tout n'était que tendresse, respect, douceur. Le cynisme de ces dernières années oubliées, elle se remit à croire aux contes de fées.

De ses lèvres, Riley effleura les siennes avec une délicatesse qui confinait à la torture. Il se retira et, de sa main, lui caressa la nuque. Ils s'écartèrent l'un de l'autre pour regarder les étoiles. Malgré tout, elle sentait sa chaleur se propager en elle.

Il lui pressa l'épaule et lui montra un trait lumineux dans le ciel.

— Une étoile filante ! Fais un vœu.

— C'est déjà fait.

Elle s'appuya contre son corps si solide, savourant leurs instants partagés. Cette soirée qui ne s'était pas déroulée comme prévu n'aurait pu être plus intime.

— Tu regrettes que nous ne soyons pas allés chez Angelo ? demanda Riley.

— Non. Pour moi, nous avons vécu un moment de perfection, répondit-elle avec la plus grande sincérité.

— Même si personne ne t'a vue dans ta jolie robe ?

— Toi tu m'as vue, et c'est tout ce qui compte, chuchota-t-elle.

Ils furent interrompus par des bruissements de feuilles suivis par des craquements. Le charme était rompu.

Riley jeta un coup d'œil vers la table de pique-nique.

— Des ratons laveurs, dit-il. C'est peut-être le signal du départ.

— Tu as raison.

Il se leva et l'aida à faire de même. Elle nicha sa paume dans la sienne. Qu'importait ce qui pourrait arriver entre eux à l'avenir, toute sa vie, elle chérirait le souvenir de cette soirée.

Le lendemain matin, au saut du lit, Meghan regarda la villa voisine. Le pick-up noir avait disparu. Riley avait dû aller faire des courses en ville. Elle était sûre qu'après la soirée de la veille, il ne serait pas parti sans le lui dire.

Mais, en milieu d'après-midi, quand elle vit qu'il n'était pas de retour, elle n'eut d'autre choix que d'affronter la vérité. Elle s'était laissée aller à bâtir des rêves et des espoirs sur du vent.

Riley ne lui avait fait aucune promesse. Et quand il l'avait déposée devant sa porte, la veille au soir, il s'était contenté de la saluer d'un baiser chaste.

Sois réaliste, Meghan, ce baiser, comme toute cette soirée d'ailleurs, signifiait bien plus pour toi que pour lui.

Pensait-elle vraiment qu'une robe sexy et des escarpins suffiraient à transformer Riley en père de famille qui rentrerait tous les soirs à la maison ? *« Marine. Les marines sont ma vie, maintenant* » Se traitant d'imbécile, elle prit son téléphone pour lui envoyer un texto.

Merci pour hier soir.

Un bip lui indiqua qu'elle avait un message.

Désolé pour l'imprévu.

Elle se mordilla la lèvre, cherchant une réponse.

J'ai passé un excellent moment.

Pas de bip. Elle allait insister. Elle s'inquiétait, elle ne le harcelait pas.

Où es-tu ?

Enterrement.

Sa main se crispa sur son téléphone. Bien sûr, le marine qui s'était suicidé.

Je suis désolée, j'aimerais pouvoir t'aider.

Les trois jours qui suivirent, le temps fut gris et pluvieux, en accord avec son humeur morose. Grâce à Riley, elle n'avait plus à s'inquiéter de sa cave. Il n'en allait pas de même des gouttières de son toit.

Voyant qu'il ne rentrait pas, elle supposa qu'il était resté avec les autres marines par solidarité. Et si elle ne pouvait lui en vouloir, plus son absence durerait, plus il deviendrait difficile de lui parler de Fiona. Et elle se sentait de plus en plus coupable.

Maugréant, elle vida la casserole qu'elle avait mise sous une gouttière au beau milieu de la nuit. Décidément, la chance ne lui souriait pas. Elle pensa soudain à la bâche bleue qu'elle avait remarquée, la dernière fois qu'elle était allée dans la remise.

Une fois qu'elle l'eut récupérée, elle installa sa grande échelle et monta sur le toit, bien décidée à régler le problème. Elle savait que si elle appelait son ami Brody Wilson, il viendrait l'aider. Mais c'était sa maison. C'était à elle de s'en occuper.

— Bon sang ! Mais qu'est-ce que tu fais sur ce toit ?

- 6 -

Surprise par l'exclamation furieuse de Riley, elle lâcha la bâche qu'elle était en train de tirer sur le toit. Elle se débattit pour la rattraper. En vain. Impuissante, elle la regarda glisser.

— Reste où tu es. Ne bouge pas ! lui ordonna Riley. Je monte.

Elle l'ignora et s'avança de quelques centimètres vers le bord.

— Il faut absolument que tu prennes un chien, rétorqua-t-elle. Je crois que ces « assis » et « pas bouger » fonctionnent mieux avec le genre canin.

— Très drôle ! Que fais-tu là-haut ?

Sa voix se faisait plus proche à mesure qu'il montait en marmonnant des jurons.

— J'admirais la vue ! répondit-elle, moqueuse.

Comme à chaque fois qu'il lui montrait qu'elle comptait pour lui, son cœur battait la chamade. Elle s'exhorta au calme. Elle vit sa large main apparaître en haut de l'échelle, agripper la bâche rebelle qu'il plaqua et immobilisa avant de se hisser sur le toit.

— Puis-je te donner un conseil utile, Meghan ?

— Non merci.

— Je ne suis pas d'humeur.

Elle le foudroya du regard.

— Moi non plus !

— À part te casser le cou, qu'espérais-tu accomplir en montant sur ce toit ? demanda-t-il, radouci.

— Le toit fuit, et j'essayais une solution temporaire. Merci, dit-elle en tendant la main pour récupérer la bâche. Je prends la relève.

— Pas question. Je vais m'en occuper. Descends, avant de te tuer.

— Tu sais, Riley, je commence à me lasser de tes ordres d'homme primitif.

Certes, rien ne lui ferait plus plaisir que de lui déléguer les tâches qu'elle peinait à accomplir, mais elle ne pouvait pas compter éternellement sur sa présence. On ne pouvait pas être déçu quand on n'attendait rien. Et elle avait eu sa dose de déception avec lui. Quand il était allé à l'enterrement de son ami sans lui en parler, elle avait fait de son mieux pour se montrer compréhensive. Mais sachant qu'elle s'inquiétait pour lui, il aurait pu lui envoyer un texto, juste pour lui dire qu'il serait absent trois jours.

— Eh bien tant pis ! rétorqua-t-il. Maintenant, je suis sur le toit et je vais mettre un terme à toutes tes bêtises. Où est-ce que ça fuit ?

Il n'était pas question qu'elle le laisse lui parler ainsi ! À cet instant précis, elle n'était pas d'humeur clémente.

— Depuis quand protéger son toit des fuites est-il une bêtise ? demanda-t-elle sèchement.

— La réponse sensée serait d'appeler un couvreur.

— Ah bon ? Eh bien dans ce cas, heureusement que tu es là pour m'apporter ce bon sens qui me fait défaut !

— Bon sang, Meghan ! Je ne plaisante pas.

— Moi non plus ! J'ai réussi à survivre vingt-cinq ans

sans ton aide, alors tu peux rentrer chez toi ou disparaître de nouveau pendant trois jours.

— C'est *ça* le problème ?

En fait… oui. Ce qu'elle ne lui avouerait jamais.

— Non. Il s'agit de mon toit qui fuit, rien de plus.

— Ils sont plutôt fragiles, fit-il remarquer en s'agenouillant pour retourner quelques bardeaux qui s'effritèrent.

Une image s'imposa soudain à son esprit. Cette même main qui touchait les tuiles tenant la sienne, alors qu'assis au bout du ponton, ils contemplaient les étoiles… Mais que lui arrivait-il ? Il fallait qu'elle se reprenne, qu'elle essaye de discipliner ses hormones.

— Ce n'est pas l'endroit pour ça, Meghan, lui fit-il remarquer en la dévisageant.

— Pour ça quoi ?

Il haussa les sourcils d'un air éloquent.

— Tu es obligée de demander ? Soit. Pour la façon dont tu me regardes.

Elle haussa les épaules et attrapa de nouveau la bâche. D'une voix qu'elle voulait détachée, elle répliqua :

— Je ne vois pas ce que tu veux dire.

— Je sais, tu persistes à te le répéter.

Elle sentit son visage s'empourprer et tira sur la bâche.

— Bon ! Riley, tu m'aides ou pas ?

— Le plus vite sera le mieux, marmonna-t-il, résigné. Je n'aime pas te voir sur ce toit.

Une fois sa mission accomplie, il jeta un regard à l'ensemble du toit.

— Je vais vérifier s'il y a d'autres endroits à risque, dit-il. Toi, tu descends. Tout de suite.

— Certaines parties surplombant la véranda sont…

— Meghan, tu descends. C'est un ordre.

— Je ne suis pas l'un de tes marines qui doivent t'obéir !

— En effet. Ils exécutent mes ordres, *eux* !

Il désigna le haut de l'échelle et la défia du regard.

De guerre lasse, elle redescendit en maugréant. Pourtant, elle n'était pas en colère. Même si elle ne l'avait jamais admis, elle trouvait l'attitude protectrice de Riley très séduisante. Et malgré ce qu'elle lui avait dit, le soir où ils s'étaient embrassés près du lac, elle était d'accord pour une relation temporaire.

Un discours bien audacieux pour quelqu'un qui avait laissé filer l'occasion, songea-t-elle avec regret.

Riley regarda Meghan descendre en retenant son souffle. Et ne respira de nouveau que lorsqu'elle fut arrivée en bas.

Il inspecta alors le toit qu'il trouva dans un sale état. Aurait-il le temps de le rénover avant son départ ? Imaginer Meghan réparant sa toiture pendant qu'il était de l'autre côté du monde le rendait malade.

Hélas, s'il essayait d'y transporter des piles de bardeaux, il risquait de se déchirer l'épaule. Ce qui l'empêcherait de rejoindre ses hommes. Et rien ne devait faire obstacle à ses retrouvailles avec son commando.

Pas même l'adorable Meghan ?

Il fit taire sa voix intérieure. Il voulait retrouver ses hommes aussi vite que possible. Même si Meghan avait occupé ses pensées ces trois derniers jours, le temps passé avec les autres marines venus à l'enterrement de leur compagnon avait renforcé sa conviction. Il respecterait son engagement dans les marines. Pour ses frères d'armes qui combattaient nuit et jour avec courage. Et pour ceux qui étaient morts.

Mais tu as déjà donné des années à l'armée. N'est-ce pas suffisant ?

Avec un grognement, il s'avança vers la partie qui surplombait la véranda. Et s'enfonça entre les solives. Quel imbécile il faisait ! Maintenant, il était jusqu'à la taille dans le toit de Meghan !

— Riley, ça va ?

Il se hissa à la force des poignets dans l'intention de remonter, mais les matériaux usés cédèrent.

Bon sang, il tombait ! Qu'y avait-il en dessous ? Il serra les dents pour affronter l'inévitable chute et atterrit sur l'un des fauteuils Adirondack, qui gémit sous l'impact avant de s'écraser sous son poids.

Allongé sur le dos, au milieu des planches pourries qui sentaient le moisi, il cracha, s'essuya le visage couvert d'éclats de bois et de poussière, et lâcha une bordée de jurons. L'adrénaline qui montait l'empêchait d'avoir mal, mais il savait qu'il n'allait pas tarder à souffrir le martyre.

— Oh non ! Riley, tu saignes ?

Meghan s'agenouilla à côté de lui et commença à l'examiner. Quand elle frôla son épaule, il étouffa une injure. Et un gémissement lui échappa sans qu'il puisse le retenir. Il se ressaisit rapidement.

— Ça va, lâcha-t-il avec peine. Ça m'a coupé le souffle, c'est tout.

— Ne bouge pas, tu pourrais t'être cassé quelque chose.

— C'est fait, marmonna-t-il. Ma fierté est en miettes.

Il passa une main sur son visage, puis dans ses cheveux, dégageant un nuage de poussière qui le fit tousser. Une douleur intolérable lui traversa les côtes, et il jura.

— Meghan, je…

Il serra les dents pour chasser la douleur.

Ne pleurniche pas, soldat. Garde ton sang-froid. Tu lui fais peur.

Quand il fit bouger ses jambes, il laissa échapper un soupir de soulagement. Elles lui obéissaient sans difficulté.

— Je vais peut-être avoir besoin d'aide pour me lever, dit-il.

Il se frotta le côté droit avec précaution. Appuya un peu. Peina à contenir la douleur.

— Je pense que je me suis fêlé des côtes, ajouta-t-il.

Les yeux écarquillés par l'inquiétude, elle sortit son téléphone.

— Qu'est-ce que tu fais ? demanda-t-il.

— J'appelle une ambulance.

Il lui arracha le téléphone des mains.

— Non. Je ne veux pas d'ambulance. Je ne suis pas tombé de si haut.

Bouche bée, elle le regarda, puis montra l'énorme trou dans le toit de la véranda et le fauteuil réduit en morceaux.

— Ce n'est pas la chute qui m'inquiète. C'est l'atterrissage. Et je me fiche de ce que tu dis, Riley. Puisque tu refuses l'ambulance, je t'emmène à l'hôpital. Je vais chercher mon sac.

Sur le seuil, elle se retourna et ordonna :

— Assis ! Pas bouger !

Il partit d'un éclat de rire qui se transforma en plainte de douleur.

— J'ai une récompense si j'obéis ? demanda-t-il.

— Je vais y réfléchir.

Il regretta sa blague potache. Bon sang, à quel jeu jouait-il ? Meghan ne voulait pas d'une liaison provisoire. Or, c'était tout ce qu'il pouvait lui offrir. Il était tenté, certes, mais… non. En outre, elle avait une fille. Et vu l'exemple que son père avait été pour lui, il se sentait bien incapable d'élever un enfant.

Ignorant la douleur dans son épaule, il plaqua une main sur le mur et se releva lentement. Au moins, il serait sur pied quand Meghan reviendrait. Comme s'il espérait encore l'impressionner après avoir fait l'imbécile et traversé son toit !

Meghan et Riley se retrouvèrent de nouveau dans la salle d'attente des urgences de l'hôpital. Presque immédiatement, la porte s'ouvrit, et Jan la franchit, poussant un fauteuil roulant. Se faisant visiblement violence pour accepter de s'y installer, Riley s'y assit de mauvaise grâce. Meghan les suivit jusqu'à la salle de soins. Après avoir aidé Riley à passer du fauteuil roulant au brancard, Jan sortit une blouse d'hôpital d'un placard.

— Vous ne pouvez visiblement pas vous passer de cet endroit, vous deux ! fit-elle remarquer avec ironie.

— On y est tellement bien accueillis que c'est un plaisir d'y revenir, répliqua Riley.

— Bien ! Trêve de plaisanterie. Riley, nous allons retirer ce T-shirt et examiner les dégâts, ajouta-t-elle en l'aidant à s'asseoir.

Elle fut interrompue par la sonnerie de son portable.

— Excusez-moi, dit-elle en raccrochant. Un impératif. Je reviens tout de suite. Meghan, penses-tu pouvoir l'aider à se changer ? Le médecin sera ici d'une minute à l'autre.

Meghan la regarda sortir, un peu désemparée. Puis, restée seule avec Riley, elle se dandina d'un pied sur l'autre et demanda :

— Tu veux que je t'aide ? Ou tu attends le retour de Jan ?

— Si tu veux bien m'aider.

Elle ne devait pas oublier qu'ils étaient dans un hôpital. Et qu'il était blessé. Peut-être plus gravement que ce qu'il pensait.

Elle soupira et posa son sac sur la chaise. Arborant son air le plus détaché, elle s'accroupit.

— Je vais commencer par tes bottes. Je serai aussi douce que possible, mais je pense que je vais devoir tirer pour te les retirer.

Docile, il se laissa faire avec un ou deux grognements mais sans commentaire.

— Maintenant, le jean, dit-elle en se relevant.

— Ça commence à devenir intéressant…, murmura-t-il, une lueur taquine dans le regard.

— Je croyais que tu étais blessé.

— Hé, je reste un homme !

Elle leva les yeux au ciel puis, gauchement, elle défit un à un les boutons du jean. Elle aurait nettement préféré une fermeture Éclair. Elle se sentait si troublée…

Honte à toi, cet homme est blessé.

Une fois qu'elle en eut terminé, elle déclara :

— Bien, retirons ce jean, maintenant.

Elle fit passer ses pouces dans les glissières de la ceinture et la tira sur ses hanches. Devant son boxer noir, elle sentit son cœur s'emballer. Franchement, comment pouvait-elle s'abaisser à reluquer un homme blessé ? Elle secoua la tête pour s'éclaircir les idées.

En commençant avec précaution à faire glisser son jean, elle s'aperçut que le haut de ses cuisses était couvert de bleus récents, conséquence de sa chute. Mais devant les dizaines de cicatrices anciennes et de boursouflures dues à des brûlures, elle resta sans voix. Son cœur se serra. Et sa main resta suspendue en l'air, avant de retomber.

— Meghan, ça va ? demanda Riley.

- 7 -

— Rallonge-toi, ce sera plus facile pour enlever ton jean, ordonna-t-elle d'un ton brusque en reprenant ses esprits.

Il obéit. Une fois le jean enlevé, elle le plia aussi soigneusement que possible, puis le posa sur la petite table. Elle s'apprêtait à interroger Riley sur ses cicatrices quand elle fut interrompue par l'arrivée d'un jeune médecin. Il se présenta, approcha un tabouret du brancard et s'assit.

— On me dit que vous avez pris un raccourci pour descendre du toit ?

Riley étouffa un rire qui se transforma en grimace de douleur.

— Si on veut.

— Êtes-vous allergique à un ou plusieurs médicaments ?

— Non.

— Je vais vous prescrire un antidouleur et des radios de vos côtes et de votre poignet. Ensuite, nous aviserons.

Après son départ, Meghan lissa nerveusement le T-shirt déchiré plié avec le jean. Riley lui effleura le bras, la faisant sursauter.

— Je vais bien, chuchota-t-il.

Elle sentit ses yeux se brouiller de larmes.

— Tout est de ma faute, je…

— Arrête, dit-il en lui pressant le bras. J'aurais dû…

Une infirmière entra, l'interrompant.

— Bien. Sergent Cooper, je vais vous faire une piqûre contre la douleur avant de vous emmener à la radiologie. Vous pouvez attendre ici si vous le souhaitez, ajouta-t-elle à l'intention de Meghan.

Une demi-heure plus tard, elle ramenait Riley en fauteuil roulant et le réinstalla sur le brancard.

— Quelqu'un va s'occuper de vous tout de suite, dit-elle avant de s'éclipser.

Meghan avait toutes les peines du monde à dissimuler son inquiétude. Riley dut s'en apercevoir, car il lui prit la main et l'attira près de lui.

— Qu'est-ce qui ne va pas ? demanda-t-il.

— Comment peux-tu me poser la question ? Je m'inquiète pour toi.

Il la prit dans ses bras, et elle pressa son front contre son torse.

— Je vais bien, Meghan.

Elle recula pour le regarder droit dans les yeux.

— C'est ce qu'ils t'ont dit ?

— Je n'ai besoin de personne pour me dire comment je me sens, répondit-il en lui frottant le dos de sa main valide.

Elle aurait voulu le frapper ! Comment pouvait-il se montrer aussi désinvolte ? Elle se retint de le serrer dans ses bras pour apaiser sa douleur, effacer ses blessures…

— J'aurais dû appeler un couvreur professionnel, comme tu me l'as fait remarquer, dit-elle avec un soupir désolé.

— Et moi j'aurais dû être plus prudent. Tu m'avais prévenu.

Il lui releva le menton et l'obligea à le regarder. Ses yeux plongés dans les siens, il déclara d'une voix sourde :

— Écoute-moi. Je m'y connais très bien en regrets

et je sais que regretter des décisions que l'on a prises ne change rien et ne sert qu'à se miner de l'intérieur.

Elle lui jeta un coup d'œil interrogateur. Il était évident qu'il ne parlait pas de sa chute du toit, là. Faisait-il référence à quelque chose qui s'était passé en Afghanistan ?

En tout cas, en matière de regrets, elle en avait assez pour une vie entière, elle !

Pourquoi avait-elle renoncé à essayer de le joindre en Afghanistan pour lui parler de Fiona ? Sa fierté ne lui aurait pas été d'un grand réconfort s'il lui était arrivé quelque chose ! S'il s'était fait tuer… Certes, ce n'était ni le moment ni l'endroit pour les aveux. Mais peut-être pouvait-elle commencer à préparer le terrain ?

Avant qu'elle ait pu dire quoi que ce soit, le médecin revint, et Riley la relâcha.

— Eh bien, bonne nouvelle, sergent Cooper. Vous n'avez rien de cassé. Vous avez plusieurs côtes fêlées et une foulure mineure au poignet. Une attelle et deux semaines de glace sur les contusions, et il n'y paraîtra plus. Sans oublier de bien respirer, pour vos côtes. Une infirmière va venir vous poser l'attelle et vous pourrez partir.

Lorsque Meghan se gara devant la sortie des urgences pour récupérer Riley, elle le trouva un peu abruti par la piqûre antidouleur. Même s'il ne cachait pas à l'infirmière ce qu'il pensait de l'humiliation, il attendait, assis dans son fauteuil roulant sans faire d'histoires. Il se laissa même installer sur le siège du passager.

Et avant même qu'elle soit sortie du parking, il s'était endormi. Dieu merci, la circulation de fin de journée était relativement fluide. Elle n'était pas encore habituée à conduire ce gros pick-up.

— Je vais m'arrêter à la pharmacie chercher tes antalgiques et je prendrai de quoi faire des poches de glace, déclara-t-elle.

— Des poches de glace ?

Il se redressa et ouvrit un œil.

— Oui, pour tes côtes et ton poignet. Cela devrait te soulager.

Quand elle ressortit de la pharmacie, elle lui donna un cachet qu'il avala en grommelant. Puis elle démarra et quitta le parking.

— Comment te sens-tu ?

— Très bien, marmonna-t-il d'une voix pâteuse.

Lorsqu'ils arrivèrent devant la villa, il dormait. Elle courut déverrouiller la porte d'entrée puis, revenue au pick-up, ouvrit la portière du passager.

— Riley ? dit-elle en le secouant.

— Quoi ? Qu'est-ce que… ?

Il ouvrit les yeux et la regarda.

— Meghan ? Que fais-tu ici ?

— J'habite ici.

Il jeta un coup d'œil à la ronde et fronça les sourcils.

— Le toit.

— Oui. Tu es tombé. Tu te souviens ?

Elle défit sa ceinture de sécurité.

— Mmm… ça sent les fraises, murmura-t-il, le nez plongé dans ses boucles. Je t'ai déjà dit à quel point j'aimais tes cheveux ?

— Tu te moquais de leur couleur, dans le temps. Appuie-toi sur moi, ordonna-t-elle.

— Où allons-nous ?

Il glissa hors du pick-up.

— Au lit, répondit-elle.

— Enfin ! Il était grand temps.

Il lui tendit les bras mais, chancelant, dut s'appuyer contre le pick-up.

— Je rêve de toi, Meghan. Et toi, tu rêves de moi ?

Tu ne sauras jamais à quel point !

— Oui, oui. Et maintenant, rentrons.

— Je t'ai manqué, Meghan ? Parce que toi tu m'as énormément manqué.

— Vraiment ?

Elle trébucha et s'étonna qu'ils ne finissent pas tous les deux la tête la première dans le gravier.

— J'ai tout gâché, marmonna-t-il en secouant la tête. Tant de fois. Adorable Meghan. Tant de fois.

Les battements de son cœur s'accélérant, elle demanda :

— Qu'as-tu gâché ?

Il fronça les sourcils.

— Je… ne sais… pas. Mais ce n'était pas glorieux.

Elle s'arrêta, et il buta contre elle. Faisait-il référence au fait qu'il lui avait renvoyé ses lettres ? Ou à la cause de ses cauchemars ?

— Meghan… J'ai… besoin de… m'allonger.

— Je sais. Mais il faut commencer par entrer dans la maison.

À pas lents, ils atteignirent la véranda.

— Meghan ?

— Oui ?

Elle ouvrit la porte en grand.

— Par… pardon d'avoir cassé ton joli fauteuil.

Elle regarda le tas de bois qui avait été son fauteuil.

— Ce n'est rien. Le principal c'est que tu ailles bien.

Une fois à l'intérieur, elle l'aida à gagner le canapé.

— Je vais aller te préparer l'ancienne chambre de

Liam, dit-elle. Je pense qu'il est préférable que tu restes ici jusqu'à ce que tu puisses de nouveau te servir de tes deux mains.

Avant d'aller se coucher, Meghan alla s'assurer que Riley était assoupi. Il ronflait doucement. Elle alla chercher la veilleuse dans la chambre de Fiona et posa une bouteille d'eau sur la table de chevet avec un flacon d'antalgiques. Puis, incapable de détacher son regard de son corps, elle lissa sa couette. Et ne put s'empêcher de lui effleurer la joue. Il avait dit avoir tout gâché, tout à l'heure. Parlait-il du fait qu'après son déploiement il ne lui avait plus donné signe de vie ? Elle voulait désespérément le croire. Mais elle avait peur. Peur de se bercer d'espoirs qui ne se concrétiseraient pas quand il découvrirait la vérité concernant Fiona. Jamais il ne lui pardonnerait. Il la détesterait pour son mensonge, et elle ne pourrait pas lui en tenir rigueur. Elle tourna les talons et sortit de l'ancienne chambre de son frère pour gagner la sienne.

Elle fit sa toilette, se brossa les dents et enfila sa chemise de nuit en flanelle. On avait beau être en mai, les soirées étaient encore fraîches. Puis elle se glissa sous sa couette. Sans Fiona, la maison était triste. Serrant un oreiller contre sa poitrine, elle finit par s'endormir.

Elle se réveilla en sursaut. Sans comprendre tout d'abord ce qui l'avait tirée de son sommeil, elle se rendit compte qu'elle avait entendu la chasse d'eau. Elle se leva d'un bond et se précipita dans le couloir.

Riley sortait de la salle de bains. En dépit de l'obscurité, à la lumière tamisée provenant de la pièce, elle réalisa qu'il était… nu. Seigneur !

En la voyant, il prit appui contre le chambranle de la porte.

— Oh. Pardon de t'avoir réveillée.

— Ça ne fait rien. Je… je…

Les mots ne voulaient pas sortir.

— Tu savais que tu… étais nu ? demanda-t-elle alors d'une voix un peu stridente.

— Rien ne t'échappe.

— Pourquoi ?

Elle parvint à retenir son hilarité. Une femme adulte ne se mettait pas à rire comme une hystérique devant un homme nu.

— Pourquoi quoi ? demanda-t-il.

Elle croisa fermement les bras pour s'empêcher de les lui tendre, ou de laisser voguer ses mains sur ce magnifique corps masculin.

Il se redressa, s'éloigna du cadre de la porte, et la lumière de la salle de bains, bloquée par son corps, inonda le couloir.

— Tu m'as demandé pourquoi, insista-t-il devant son silence.

— Vrai… vraiment ?

— Oui, répondit-il en s'avançant vers elle. Je vais supposer que tu me demandais pourquoi j'avais retiré mes sous-vêtements. J'en avais assez d'essayer de les enlever à l'aide d'une seule main.

Elle recula d'un pas et essaya de ne pas regarder trop bas. Mais elle eut beau faire son possible, ses yeux semblaient ne pas vouloir lui obéir.

— C'était ce que tu voulais savoir, Meghan ?

— Je… je…

Comment diable parvenait-elle à soutenir son regard, elle aurait été bien incapable de le dire.

— Tu as besoin de quelque chose ? s'enquit-elle.

— En fait, oui.

De moi ? Pourvu que ce soit de moi.

— De quoi as-tu besoin ?

— D'un verre d'eau pour prendre un autre cachet.

— Oh ! fit-elle, percevant la déception dans sa voix.

À quoi s'était-elle attendue ? À une déclaration d'amour éternel ? À ce stade, elle se contenterait de l'entendre lui dire à quel point il avait envie d'elle. Elle s'éclaircit la voix avant de dire :

— Je croyais que j'avais laissé une bouteille d'eau sur la table de nuit.

— En effet. Mais j'ai du mal à l'ouvrir, expliqua-t-il en montrant sa main immobilisée par l'attelle.

Elle fronça les sourcils. Il lui fallait faire un effort de volonté surhumain pour ne pas baisser les yeux, et cela affectait ses capacités mentales.

— Ah. Oui. Comment ai-je pu être aussi stupide ? marmonna-t-elle. Je vais aller te chercher un verre.

— Inutile. Ouvre-moi juste la bouteille.

Elle le suivit dans la chambre de Liam et, une fois la bouteille ouverte, bredouilla :

— Bien… Je ferais aussi bien de… Et…

Il se tenait maintenant tout près d'elle.

— Viens t'allonger avec moi, Meghan. Je veux te sentir près de moi. S'il te plaît.

Son souffle lui caressait la joue, faisant fondre ses défenses.

— Je ne veux pas risquer de cogner tes côtes ou ton poignet, murmura-t-elle.

— Aucun risque.

Il effleura sa tempe d'un baiser, poussa un soupir et, l'attirant plus près, ajouta d'un ton enjôleur :

— Je sais que tu le veux.

Oui, elle le voulait. Que le ciel lui vienne en aide, elle le voulait !

Il se glissa de nouveau sous sa couette et tapota la place vide à côté de lui pour l'inviter à le rejoindre. Effarée par sa propre stupidité, elle obéit. Il l'enlaça d'un bras, et elle se lova contre lui, savourant sa chaleur, sa force. Elle se sentait à sa place et se délecta de cette sensation de sécurité. Pourtant, elle devait rester prudente. Ne pas s'y habituer. Riley allait repartir en Afghanistan. Meghan McBride ne suffisait pas pour retenir un homme de la trempe de Riley Cooper dans un trou perdu comme Loon Lake.

Il posa sa joue contre ses cheveux, et elle se blottit plus près.

— Je n'aurais pas dû disparaître comme je l'ai fait, mais j'avais besoin de faire le vide dans ma tête avant l'enterrement, murmura-t-il.

— Tu aurais pu me le dire. J'aurais compris. Je peux respecter ton besoin de solitude.

— Tu pourras me pardonner ?

— C'est déjà fait.

Elle posa ses doigts en éventail sur son cœur et les fit courir sur le fin duvet qui ombrait son torse.

Il bâilla et elle fit un effort pour se redresser, mais il la serra plus fort.

— Je te laisse, tu as besoin de repos, dit-elle.

— Je me reposerai mieux si tu es à côté de moi.

Il lui caressa le cou, provoquant une myriade de délicieux frissons dans tout son corps.

— Les antalgiques t'aident ? s'enquit-elle.

— Ils ont calmé la douleur. Les égratignures ne sont rien comparées aux éclats de grenade.

— Les cicatrices sur tes jambes ?

— Oui. Et à d'autres endroits.

— Que s'est-il passé ?

Elle attendit mais, voyant qu'il gardait le silence, elle soupira. Sans doute ne voulait-il pas raconter. Elle devait respecter son choix. Elle posa sa main à côté de lui et reprit :

— Tu n'as pas besoin de m'en parler.

— Je le veux mais… ce n'est pas facile. J'ai beaucoup de souvenirs effacés. Et d'autres que je ne veux pas raviver.

Elle se tut, prête à entendre ce qu'il voudrait lui dire. Peut-être que savoir ce qui lui était arrivé, lorsqu'il combattait, l'aiderait à comprendre celui qu'il était aujourd'hui.

Il laissa échapper un soupir.

— J'ai appris que même les décisions les plus insignifiantes peuvent avoir des conséquences fatales, reprit-il.

— Je te connais, Riley. Je suis sûre que tu as toujours fait du mieux que tu pouvais.

Il émit un petit rire triste.

— Va dire ça aux parents du soldat Alex Trejo. Leur enfant unique est rentré chez lui dans un cercueil enveloppé d'un drapeau.

— Raconte-moi ce qui s'est passé, Riley. Ça peut aider, de se confier.

L'ironie de sa phrase ne lui échappa pas. Une femme qui gardait l'un des secrets les plus graves au monde n'avait pas le droit de prononcer ces paroles. Mais, à cet instant précis, il s'agissait de Riley, et si elle pouvait l'aider, elle allait l'écouter.

D'une voix étouffée, il commença :

— Nous avons reçu l'ordre de vider un village d'insurgés. Autrement dit, d'aller de maison en maison. Nous sommes entrés dans une école. Il y avait encore des enfants à l'intérieur.

Il prit une profonde inspiration avant de poursuivre :

— Nous avons pensé que nous les avions tous fait sortir quand l'un d'entre eux nous a dit qu'il y en avait encore trois au troisième étage. J'ai ordonné à Trejo de venir avec moi. Nous n'avons trouvé personne. Nous étions en train de redescendre. Les autres étaient déjà dehors. Je suis arrivé le premier en bas. Il faisait chaud, il y avait une odeur infecte. Je transpirais tellement que j'avais des gouttes de sueur dans les yeux. Je me suis arrêté pour les essuyer. Trejo a fait une blague.

Elle effleura son épaule de baisers légers et attendit qu'il continue.

— Je ne me souviens même plus de ce qu'il a dit, de ce que j'ai répondu. C'était juste des bêtises. Un mécanisme de survie. Bon sang pourquoi je ne suis pas fichu de me rappeler les dernières paroles que je lui ai dites ?

Avec un soupir accablé, il poursuivit :

— Et puis tout a été très vite. J'ai su après que quelqu'un avait lancé une grenade à fragmentation.

— Les cicatrices sur tes jambes ?

Il hocha la tête avant de reprendre :

— Trejo m'a poussé dehors et a claqué la porte. Je me souviens d'avoir été furieux… puis plus rien.

— Que s'est-il passé ?

— Il avait vu l'explosif et il avait plongé dessus.

Il se tut un instant et reprit dans un souffle :

— S'il n'avait pas eu le réflexe de me pousser et de claquer la porte, je serais mort aussi.

Elle ne trouva rien à répondre à cela. Rien de ce qu'elle aurait pu lui dire n'aurait pu lui apporter le plus petit réconfort.

— Trejo, un gamin qui avait toute la vie devant lui, s'est sacrifié pour me sauver, reprit-il. Il avait une famille qui l'attendait. Une famille qui lui manquait. Une vraie famille qui l'aimait.

D'une voix tremblante, il poursuivit :

— J'étais le chef. C'était à moi de protéger mon compagnon. C'est ce que fait un meneur.

Le cœur lacéré par ses paroles sur la famille, elle refoula sa peine. *Moi aussi, je t'aime. Je t'ai toujours aimé !* hurla-t-elle intérieurement. Mais à l'expression de son visage, elle comprit qu'il n'était pas en condition de l'entendre. Et elle ne voulait pas l'interrompre. Il avait besoin de raconter son histoire pour pouvoir avancer.

Pourtant, elle avait réellement envie de le réconforter. Alors elle fit la seule chose qu'elle pouvait faire à cet instant. Elle l'écouta.

— Tu sais, Meghan, je l'entends encore crier…

Il laissa échapper un sanglot étranglé.

— Ils m'ont dit qu'il était mort sur le coup, mais je l'entends hurler dans ma tête. Tu comprends ?

Elle garda le silence mais le serra plus fort, tout en déposant une pluie de baisers sur son torse et son épaule.

— C'est moi qui aurais dû le sauver, reprit-il dans un nouveau sanglot.

— Pourquoi ?

N'obtenant pas de réponse, elle poursuivit :

— Ce marine a agi en héros. Ne minimise pas son acte en te sentant responsable. Ou en refusant de croire que tu mérites de vivre autant qu'un autre.

— Tu parles comme le psy qu'ils m'ont envoyé voir.

— Eh oui, je suis Dr Meghan, répondit-elle, essayant de plaisanter.

Mais elle n'avait pas le cœur à rire.

Elle déposa un baiser sur la joue de Riley. Il referma ses bras autour d'elle et il l'écrasa contre lui. Il plongea son visage dans ses cheveux, murmurant son nom, encore et encore, puis il reprit ses lèvres en un baiser fougueux, comme s'il cherchait le salut.

Elle répondit à son baiser avec la même fougue.

Seul comptait ce soir. Cette nuit. Cet homme. Elle venait de se rendre compte avec horreur que Fiona et elle avaient failli le perdre pour toujours. Elle savait pourtant qu'une fois qu'elle lui apprendrait qu'il avait une fille, elle pourrait aussi le perdre. Il ne lui pardonnerait peut-être jamais. Mais ce soir, elle avait besoin de lui, besoin d'une nuit de plus, une seule nuit qui resterait à jamais gravée dans sa mémoire. Elle savait maintenant que jamais elle n'aimerait un autre homme comme elle aimait Riley. Sa mère avait toujours affirmé que les femmes de la famille n'aimaient qu'une seule fois et que ni le temps ni la distance n'y changeaient rien.

Riley fit courir ses doigts sur ses cuisses et remonta vers ses hanches.

— Tu as de très jolies formes maintenant. Tu es tellement sexy. Tellement belle.

Il picora son oreille, la caressa de sa langue. Parcourue de délicieux frissons, elle pencha la tête en arrière et, noyée dans un océan de sensations, poussa un gémissement de plaisir.

— Jamais je n'ai désiré une autre femme comme je t'ai désirée, dit-il, sa voix de plus en plus rauque. Et toi, tu me veux, Meghan ?

— Oui. Toi. Seulement toi.

Avec un grognement, il lui entrouvrit les cuisses de son genou. Sa langue caressa ses lèvres, s'entrelaça à la sienne dans une danse passionnée, et elle sentit une onde électrique exploser dans tout son corps.

Quand il commença à lui caresser le clitoris du bout du pouce tout en enfonçant deux doigts entre ses plis humides à souhait, la sensation fut tellement exquise qu'elle s'embrasa littéralement. S'agrippant à ses épaules, elle s'offrit tout entière à son exploration, d'abord douce puis de plus en plus appuyée.

Et alors qu'elle pensait avoir atteint le point culminant, elle bascula dans une extase d'une intensité prodigieuse.

- 8 -

Meghan était allongée contre Riley, sentant les battements précipités de son cœur. Quand elle se redressa, il fit passer sa main derrière sa tête, attira son visage vers le sien et l'embrassa de nouveau.

— Adorable, délicieuse Meghan, chuchota-t-il contre ses lèvres. Ça fait si longtemps.

— Trop longtemps. S'il te plaît, je… je…

— Dis-moi ce que tu veux.

— Toi, je te veux toi.

— Tu vas devoir t'installer sur moi, mon cœur.

— Je ne veux pas te faire mal aux côtes.

— Non, tu ne me feras pas mal. Bon sang ! Meghan, j'ai besoin de toi.

Il mordilla son cou et le caressa de sa langue. Elle se positionna sur lui, et il guida ses genoux vers sa taille. Elle sentait son érection pressée contre son ventre. Quand elle s'empara de son sexe dressé et le caressa avec volupté, il se cambra avec un soupir de plaisir. Puis il remonta sa chemise de nuit. Elle leva les bras, et il fit passer le vêtement par sa tête. Elle se pencha alors sur lui, et il déposa une pluie de baisers de sa gorge à ses seins, la traînée humide de sa langue faisant frémir la sienne de sensations inouïes.

Quand sa bouche happa un mamelon, elle se pencha en arrière, paupières closes. Soudain, elle le sentit caresser une pointe durcie et frissonna d'impatience. La jouissance était tapie au fond de son ventre, prête à l'embraser tout entière.

La bouche de Riley abandonna son mamelon, sa langue magique traça un sillon humide entre ses seins, avant d'aller prodiguer la même exquise caresse à l'autre sein. Elle cria son plaisir. Riley lui faisait l'amour. Elle avait tellement attendu ce moment… tellement attendu cet homme…

Tellement rêvé de retrouver ce désir qui avait embrasé chaque parcelle de sa peau, la vigueur de ses bras qui l'enlaçaient, sa bouche divine, ses mains si habiles qui voguaient sur son corps.

Il glissa sa main sous sa culotte, prit ses fesses en coupe et, de son pouce, lui caressa le clitoris, introduisit un doigt en elle. Elle haleta, et il accéléra le rythme, la poussant vers le plaisir, choisissant un tempo auquel elle se plia avec délice. Sous les assauts divins auxquels se conjuguait la sensation de sa langue sur son sein, elle se sentait chavirer dans l'extase. Il l'embrassa de nouveau avec ferveur, et elle lui rendit son baiser avec la même frénésie. Ivre de volupté, elle se laissa emporter par cette vague d'une force inouïe et étouffa ses cris en plaquant la bouche sur son épaule.

Mais elle n'était en rien rassasiée ! Quand il se retira, elle poussa un cri de frustration.

— Riley, je t'en prie, dit-elle dans un sanglot, en se cambrant contre lui.

Il tira sur sa culotte mauve.

— J'en rêvais quand j'étais là-bas…, murmura-t-il. Nuit après nuit.

Elle l'aida à faire glisser sa culotte le long de ses jambes et la lança de côté. Il l'attira alors plus haut sur son torse et, lui écartant les jambes, chuchota :

— Je veux te déguster.

Quand elle le sentit lécher la peau si sensible de l'intérieur de ses cuisses, avide de laisser éclater la tempête de feu qui faisait rage dans son ventre, elle hurla sa frustration. Puis, agrippant sa tête de ses mains, elle l'attira vers le brasier de son intimité. Riley effleurait de sa langue la chair frémissante, brûlante, qui l'attendait. Tressaillant sous l'intimité de sa caresse, elle s'abandonna à sa jouissance et, ivre de volupté, renversa la tête en arrière, se soumettant avec un abandon total. Quand il se posa enfin sur le point sensible où se concentrait toute l'acuité de son désir, elle laissa échapper un râle de plaisir et enfouit ses doigts dans ses cheveux.

— Riley, je t'en prie…

Mais, contrôlant le rythme, il la conduisait au point de non-retour. Quand la jouissance déferla en elle, la laissant pantelante, il ralentit. Et quand il se retira, elle gémit.

— Riley ?

— J'ai besoin de mon portefeuille. Pour des préservatifs. À moins que tu prennes la pilule.

Elle secoua la tête.

— C'est inutile. Il n'y a eu personne depuis… depuis Fiona. J'ai vu ton portefeuille sur la commode.

Elle alla chercher un préservatif et le déroula sur son sexe d'une longueur impressionnante.

— Je te veux en moi, ordonna-t-elle. Maintenant.

Il étouffa un rire.

— C'est le plan.

Elle remonta sur le lit. L'attirant à lui, tout en l'embrassant, il la souleva dans ses bras, la positionna sur son sexe et s'enfonça en elle.

Étouffant un gémissement de plaisir, elle sentit son pénis lourd ouvrir les lèvres de sa féminité et elle poussa un long gémissement alors qu'il la remplissait avec une pression inexorable, exquise. Ses cuisses se resserrèrent sous ses fesses, ses mains glissant sur les courbes de sa taille.

Ses hanches ondulant à sa rencontre, il laissa échapper un grognement. Ils s'accordaient à la perfection. Elle oscilla en un lent va-et-vient, terrassée par les délicieuses sensations qui la submergeaient, adoptant un tempo qui les conduirait inéluctablement aux confins du paradis.

Riley poussait des grognements alors qu'elle l'accueillait encore et encore, ses mouvements s'accélérant. Chaque assaut explosait en elle en de longues sensations qui la secouaient de la tête aux pieds.

Tous ses sens embrasés, elle se contracta autour de lui. Le sang battant à ses tempes, elle dévora sa bouche, s'agrippant à ses épaules, et se livra à la douce torture qu'il lui infligeait en retenant son orgasme qui menaçait d'exploser. Il la tenait d'un bras, son autre main plaquée sur ses fesses.

En l'espace de quelques secondes, pour la seconde fois ce soir, son monde vola en éclats, la secouant de tremblements. Des étoiles dansant derrière ses paupières closes, elle se raidit, chevauchant les vagues de volupté qui déferlaient et, avec un cri, se laissa submerger par une jouissance inouïe.

Elle se rendit soudain compte qu'elle n'y avait pas

entraîné Riley. Alors elle se remit à onduler sur lui. Cette nuit devait être aussi inoubliable pour lui que pour elle.

Ses hanches se soulevant, il vint à sa rencontre, et le long frisson qui l'électrisa lorsqu'il s'abandonna à sa propre délivrance rejaillit sur elle par vagues en une myriade d'étincelles crépitant dans une explosion de plaisir.

Enfin, il ralentit et la serra étroitement.

Comblée, elle resta allongée quelques instants sur lui. Quand elle fit mine de s'asseoir, il attira son visage vers le sien et l'embrassa.

— Adorable Meghan, chuchota-t-il contre ses lèvres. Il faut que je m'occupe du préservatif.

— Bien sûr.

Elle s'apprêtait à quitter le lit, mais il la retint.

— Reste, grommela-t-il.

— Ouaf ! Ouaf ! répliqua-t-elle en riant.

Il fit mine de lui montrer les dents, et elle éclata de rire. Elle riait encore quand il revint de la salle de bains. Il se glissa sous la couette, à côté d'elle, la prit dans ses bras, et elle se blottit contre lui.

— C'était…

Un bâillement l'interrompit, mais elle devina son sourire.

Elle s'assoupit un moment puis se réveilla en le sentant s'agiter, cherchant sans doute une position plus confortable.

Se hissant sur un coude, elle demanda :

— Tu as besoin d'autres antalgiques ?

— Non, tout va bien.

— Tu es sûr ? Inutile de faire le dur, avec moi. Je te promets que tu ne baisseras pas dans mon estime. Je sais déjà que tu es un marine irréductible.

Il se mit à rire, et son souffle lui chatouilla les oreilles.

— C'est ce que tu penses ? s'enquit-il.

— C'est ce que je sais. Pourquoi est-ce que cela compte tant pour toi ?

Un long moment, il garda le silence. Sans doute n'allait-il pas répondre. Résignée, elle fit mine de s'écarter, mais il resserra son étreinte.

— Fais attention. Ne te fais pas mal, lui recommanda-t-elle.

— Je t'en prie, Meghan, reste près de moi.

Sans répondre, elle se réinstalla contre lui.

— J'aime le côté structuré, la stabilité, reprit-il.

— Je ne suis pas sûre de comprendre.

— Tu sais que mes parents ont divorcé.

— Oui.

— Je pensais qu'une fois qu'ils seraient séparés, les choses s'arrangeraient. Qu'ils iraient chacun leur chemin et que cela mettrait un terme à leurs disputes incessantes.

— Et ce n'est pas ce qui s'est passé ?

— Non. Si leur mariage était conflictuel, leur divorce a été pire encore. Et j'étais coincé au milieu, à jouer le rôle du mouchard. Soit ils se servaient de moi pour se faire chanter, soit ils m'ignoraient.

Les yeux soudain brûlants, la gorge nouée, elle parvint néanmoins à murmurer :

— Je suis désolée, je n'avais pas la moindre idée de ce que tu vivais.

— Tu étais jeune. Quand je passais du temps dans ta famille, pour m'éloigner de ce que je vivais chez moi, je ne venais pas avec mes problèmes.

Sans un mot, elle commença à embrasser chacune de ses cicatrices. Comme elle aurait aimé pouvoir faire de même avec celles qui étaient invisibles !

Jamais elle ne regretterait les moments que Riley et

elle venaient de partager. Même s'il partait demain, elle garderait ces fragments de paradis soigneusement enfouis au fond de son cœur.

Riley se réveilla et essaya de bouger. Était-il passé sous un tank ? Comment expliquer sinon les douleurs et la raideur de son corps ? Puisqu'il était nu, il ne pouvait pas être à l'hôpital. Et il sentait une forme nichée contre lui. Meghan ! Nue, elle aussi.

Elle s'étira et ouvrit les yeux.

— Bonjour, ma belle.

— Bonjour à toi, répondit-elle en bâillant. Comment te sens-tu ce matin ?

— À part que je peux plus bouger un millimètre sans que mon corps proteste, très bien.

— Je ferais bien de me lever, je…

Il l'enlaça pour la retenir.

— Pas si vite, ma belle. J'ai encore quelques réserves. Et si je n'étais pas si ankylosé, je te le prouverais.

— Je n'en doute pas, répondit-elle en couvrant son torse de baisers. Je peux peut-être t'aider…

Il lui aurait vraiment été facile de prendre l'habitude de se réveiller à côté de Meghan. Il ne s'était jamais considéré comme un candidat au mariage, ne s'était jamais vu avec une famille. Pourtant, tout ce temps passé avec Meghan lui faisait reconsidérer ses projets à long terme. Il aimait faire partie de sa vie. Même cette chute du toit avait ses avantages !

Ses pensées soudain floues, flottant dans une brume de plaisir, il sentit les lèvres et la langue de Meghan voguer sur son corps, plus bas, toujours plus bas…

S'endormir et se réveiller avec elle lovée contre lui serait un bonheur dont il pourrait vite prendre l'habitude. Comme ils pourraient s'amuser, une fois ses blessures guéries !

Quand elle leva la tête, il poussa un grognement de protestation. Son corps n'était pas rassasié de ses baisers brûlants qui l'enflammaient.

— Meghan, je…

— Chut ! Tu as entendu ?

— Quoi ?

Il se hissa sur un coude et tendit l'oreille. Le bruit distinct d'un moteur Diesel montait de l'allée.

— On dirait un camion, dit-il.

— Ce bruit…

Elle se leva, se dirigea vers la fenêtre et entrouvrit les persiennes. Tandis qu'il admirait son dos, elle jeta un coup d'œil à l'extérieur.

— Oh mon Dieu ! s'exclama-t-elle.

— Que se passe-t-il ?

Elle se tourna vers lui, livide.

— C'est mon père, Doris et Fiona ! Ils ne devaient pas rentrer avant le week-end.

Toujours nue, elle s'élança vers la porte en marmonnant :

— Ça ne va pas. Ça ne va pas du tout.

— Hé ! Attends !

— Quoi ? Je n'ai pas le temps pour…

— Tu ne vas pas les accueillir toute nue, j'imagine.

Elle étouffa un juron.

— Il faut que je m'habille ! Toi aussi. Dépêche-toi !

Il montra son attelle.

— Je ne vais pas pouvoir faire vite, mon chou.

— Bon sang ! Laisse-moi t'enfiler ça ! lança-t-elle en prenant son jean sur une chaise.

Docile, il se laissa faire. Mais il pestait intérieurement :

sans cette arrivée inopinée, il aurait été un homme comblé. Certes, il était content de revoir Mac. Mais il aurait souhaité que ce soit dans des circonstances différentes.

Quand il sentit les doigts de Meghan boutonner son pantalon, il refoula un gémissement.

— Tu vas me tuer…, marmonna-t-il.

Elle retira sa main et, les joues cramoisies, recula vivement.

— Je t'ai fait mal ?

— Disons plutôt que c'est une douleur… très agréable.

Une portière claqua.

— Et puis, te voir nue devant moi n'aide pas ! ajouta-t-il. Dépêche-toi de t'habiller et file. Je vais me débrouiller.

Une fois dans sa propre chambre, Meghan attrapa le sweat et le jean de la veille sur une chaise et essaya de les passer. Mais ses mains qui tremblaient la ralentissaient. Et s'ils étaient rentrés plus tôt parce que Fiona avait un problème ? Un frisson d'angoisse la parcourut. Et, pour couronner le tout, elle recommençait à se comporter comme une adolescente idiote, aux hormones en folie. Elle aurait dû écouter sa raison.

En repassant devant la chambre où était Riley, elle vit qu'il peinait à enfiler son T-shirt. Elle alla l'aider et ressortit en courant.

Quand elle ouvrit la porte d'entrée, elle trouva son père dans la véranda, inspectant les dégâts.

— Ça va, ma chérie ? demanda-t-il en lui montrant les débris du fauteuil.

— Tout va bien.

Il la prit dans ses bras, et elle l'embrassa sur les deux joues.

— Bienvenue, papa.

— Que s'est-il passé ?

— C'est une longue histoire.

— Tu es sûre que tout va bien ? insista-t-il, l'air sceptique.

Il la dévisagea des pieds à la tête, comme s'il s'attendait à la voir couverte de bleus.

Avec un rire forcé, elle écarta les bras pour lui montrer qu'elle était indemne.

— Oui. Tout va bien. Je ne suis pas blessée.

— Je savais que l'entretien de cette villa serait trop lourd pour toi. Et hors de prix à chauffer. Sans parler du…

— Où sont Fiona et Doris ?

Il pointa un doigt vers le mobile home.

— Elles s'habillent. Elles dormaient encore quand nous sommes arrivés. Nous avons conduit toute la nuit.

Son cœur se mettant à battre à coups redoublés, elle s'agrippa à son bras.

— Pourquoi ? Il y a un problème ?

— Non. Aucun. Nous sommes partis plus tôt que prévu pour ne pas rester coincés par les barrages routiers dus aux feux de forêt dans l'Utah.

Elle laissa échapper un soupir de soulagement.

— Je m'étonne que tu ne te sois pas porté volontaire pour aider à les éteindre, fit-elle remarquer d'un ton moqueur.

Son père esquissa un sourire penaud.

— Doris m'a menacé de châtiments corporels, si je le faisais.

— Je vois qu'elle te connaît bien ! s'exclama-t-elle en riant.

— Tu peux le dire ! Vas-tu me raconter ce qui s'est passé ici ?

Elle retint un soupir. Elle n'y échapperait pas. Elle

allait devoir lui avouer qu'elle avait voulu réparer seule ses gouttières. Et elle imaginait déjà sa réaction. Sans parler d'un nouveau sermon sur toutes les raisons pour lesquelles s'installer à Loon Lake était une mauvaise idée.

— Je vais t'expliquer, papa. Mais d'abord, je veux voir Fiona. J'ai l'impression de ne pas avoir embrassé mon bébé depuis des jours. Elle a sans doute grandi pendant son absence.

— Va la retrouver. Ce trou ne va pas s'envoler, de toute façon.

Elle s'élança vers le mobile home, sachant qu'elle ne faisait que repousser l'inévitable explication.

Peut-être allait-elle trouver une raison plausible pour avoir voulu essayer de réparer seule son toit. Même si elle allait sûrement passer pour stupide. Elle s'en remettrait. Pour le moment, seules comptaient ses retrouvailles avec sa fille.

— Bonjour ! lança-t-elle en ouvrant la porte du mobile home.

Riley sortit de la maison juste à temps pour voir Meghan disparaître dans l'énorme mobile home garé dans l'allée. Mais il avait entendu la fin de sa conversation avec son père. Évitait-elle de dire la vérité parce qu'elle ne voulait pas que Mac sache qu'il l'avait aidée ? Ou parce qu'elle ne voulait pas reconnaître qu'elle était dans le pétrin ? Une fois qu'il serait sur pied, il pourrait sans doute effectuer quelques réparations. Cette idée le laissa perplexe. Comment avait-elle même pu lui traverser l'esprit ?

En contemplation devant le trou, Mac McBride se grattait la tête.

— Comment diable ?

— C'est ma faute, monsieur, déclara-t-il en le rejoignant. Entièrement de ma faute.

— Riley Cooper ! Quelle surprise !

Riley se détendit et fit un pas vers lui, la main tendue. Mac semblait content de le revoir.

— Je ne savais pas tu étais ici, mon gars. Ça fait un temps fou. Comment vas-tu ?

— J'ai eu de meilleurs moments, répondit-il en montrant son attelle.

— Que s'est-il passé ?

— J'ai voulu aider Meghan et m'occuper des bardeaux usés avant qu'elle fasse venir un couvreur. Elle m'avait pourtant mis en garde. Je savais que le toit était vétuste par endroits. Et je suis tombé.

Se rembrunissant, Mac secoua la tête.

— Je m'inquiétais qu'elle ne puisse assurer seule l'entretien de cette maison, marmonna-t-il. D'autant que je n'en ai pas pris soin comme je l'aurais dû. Je suis responsable.

— Détrompez-vous. Elle assure superbement les rénovations et les réparations.

— Vraiment ?

— Vous n'imaginez pas à quel point elle aime cette maison, affirma-t-il avec ferveur.

Il était fier d'elle. Son ventre se noua soudain. Comme il regrettait de ne pouvoir être l'homme de la vie de Meghan… À la regarder préparer le dîner, assis dans sa cuisine si lumineuse. Mais son avenir était avec ses hommes dans un bivouac en plein désert, ou au volant d'un véhicule blindé.

Jamais il n'aurait dû la désirer, la caresser, lui faire l'amour. Ni autrefois ni aujourd'hui. Quel idiot il avait été de croire qu'il pouvait lui refaire l'amour sans passer le reste de sa vie à rêver d'elle et de ce qu'elle représentait !

La porte du mobile home s'ouvrit, et une fillette descendit les marches, ses nattes dansant comme celles d'une marionnette. Avec ses boucles rousses, c'était une version miniature de Meghan. Ses yeux écarquillés derrière des lunettes à montures roses, ses baskets crissant sur le gravier de l'allée, elle courut vers la maison. En proie à une émotion incontrôlable, il sentit son cœur s'emballer. Il ne s'était jamais vu en père. Pourtant, l'idée n'était pas pour lui déplaire… Il se secoua. D'où diable lui venait une pensée aussi insensée ?

Ignorant la douleur dans ses côtes et ses cuisses, il s'agenouilla pour se retrouver à la hauteur de la fillette.

— Bonjour. Je suis Riley. Et toi ?

- 9 -

— Je suis Fiona. Comme la princesse.

Elle planta les mains sur ses hanches et avança un pied.

— Mamie Doris m'a acheté des nouvelles baskets parce que les vieilles me faisaient mal. Elle m'a même laissée les choisir. Et elle a grondé grand-père quand il nous a demandé de nous dépêcher. « Mac, tais-toi », elle a dit, et elle m'a dit de prendre tout le temps que je voulais.

Elle se mit à rire et conclut :

— Alors grand-père a attendu.

Riley se creusa la cervelle pour chercher quelque chose à répondre à cette petite dynamo. Il n'avait jamais porté grand intérêt aux enfants mais, fasciné par cette fillette, il sentait une étrange tendresse lui gonfler la poitrine. Sans doute en raison de sa ressemblance frappante avec Meghan.

— Je vois, dit-il.

Elle secoua le pied, et une lumière s'alluma dans les semelles de sa chaussure.

— Elles sont roses. Et tu vois les lumières ? Grand-père dit que je n'en ai pas besoin parce que tout le monde m'entend approcher.

— Je le crois, répondit-il en retenant un sourire.

Cette petite fille n'avait pas une once de timidité. Et s'il restait ? S'il décidait de faire partie de sa vie et de celle de Meghan ? À cette idée, il fut comme pris de vertige.

Elle fronça les sourcils et montra son bras du doigt.

— Comment tu t'es fait mal, monsieur Riley ?

— Tu vois ce trou ? Je suis tombé à travers.

Il refoula un soupir, mais il avait la poitrine douloureuse. S'il était resté avec Meghan au lieu de s'enrôler dans les marines, tout cela aurait pu être sa vie : la cuisine ensoleillée, le petit moulin à paroles et… Meghan.

— Oh ! là là ! Monsieur Riley, il ne faut pas que tu recommences !

— Tu peux me croire, c'est la dernière fois, assura-t-il.

Fiona jeta un coup d'œil en direction du mobile home.

— Maman t'a grondé d'avoir fait un trou ?

— Non. Elle a été très gentille et elle m'a emmené à l'hôpital, répondit-il avec un clin d'œil.

La fillette hocha la tête.

— Je sais, elle est très gentille.

Meghan sortit du mobile home, suivie par une femme brune au regard pétillant, qui paraissait frôler la soixantaine. Il comprenait que Mac soit sous le charme.

Fiona s'élança vers sa mère en courant, et il se releva. Le cœur battant, il regarda Meghan soulever sa fille dans ses bras et frotter son cou de son nez. La fillette se mit à rire. Exactement comme autrefois, il enviait ce que les McBride partageaient. En dépit de son amitié avec Liam et de l'accueil que tous lui avaient réservé à chaque fois, il s'était toujours senti en marge, aspirant à leur bonheur familial. Depuis, il avait trouvé sa place dans le monde, avec ses hommes pour famille. Un monde où les rires d'enfants étaient remplacés par les tirs, l'odeur des repas cuisinés maison par celle de la mort. Et avec, la nuit, son fusil pour seule compagnie. Au lieu de Meghan.

La femme brune s'avança vers lui, souriante.

— Bonjour, vous devez être Riley.

— En effet, madame.

— Pas « madame », Doris.

Elle rejoignit Mac qui lui enlaça la taille d'un bras et déposa un baiser sur sa tempe.

Il regarda Meghan avec un pincement au cœur. Pourquoi n'avait-il pas le droit de lui prouver ainsi sa tendresse ? Mais en dépit de la passion qu'ils avaient partagée la veille, elle n'était pas à lui. Et l'épisode de ce matin ne faisait que le confirmer.

— Si tu ne l'avais pas encore deviné, Doris est ma femme, déclara alors Mac.

Le regard de cette dernière alla du trou à son bras.

— Vous avez pris un raccourci, Riley ? demanda-t-elle avec un clin d'œil.

— Plus au moins.

Elle pressa le bras de son mari.

— Mac, pourrais-tu faire quelque chose ?

— Je suis sûr de pouvoir trouver un couvreur parmi mes anciens collègues pompiers. Je vais passer quelques coups de fil.

— Papa, ce n'est pas nécessaire, protesta Meghan.

Mais Mac avait déjà sorti son téléphone portable.

— Bien. Dans ce cas. Je m'apprêtais à faire des pancakes, annonça Meghan en posant sa fille sur le sol.

Doris prit Fiona par la main.

— Viens, nous allons aider maman.

Meghan s'affairait dans la cuisine, tout en essayant de contrôler le tremblement de ses mains. Les joues brûlantes, le cœur battant, elle frissonnait d'angoisse. Et si son père et Doris les avaient surpris, Riley et elle ? Elle ne voulait pas répéter les erreurs du passé. Liam avait deviné d'emblée que Fiona était la fille de Riley mais, pour autant qu'elle sache, son père, lui, n'en avait pas la moindre idée.

Fiona la tira par la manche, la ramenant sur terre.

— Maman, je peux aller dans ma chambre voir mes animaux ? Ils m'ont manqué quand j'étais en vacances.

— Bien sûr, mon ange. Je t'assure qu'ils sont toujours ici et j'imagine que tu leur as manqué, toi aussi.

— Et après, je peux aller aider grand-père et M. Riley à regarder le trou ?

— D'accord. Mais ne les gêne pas.

Une fois sa fille sortie, Meghan se tourna vers Doris.

— Combien te dois-je pour ses baskets ?

— Rien du tout. C'était amusant de faire des courses avec elle. Vu que je n'ai pas de petits-enfants. Depuis combien de temps Riley est-il ici ? demanda Doris d'un ton dégagé.

— Quelques jours. Il loue la villa voisine.

— Oh ! je ne juge pas. Tu es une adulte.

— Oui, mais une mère célibataire dans une petite ville où les ragots vont bon train…

— Je suis sûre que ce n'est pas si terrible. Tout le monde sait que tu es une mère formidable. Et tu ne peux pas t'attendre à ce que quelqu'un comme ton Riley passe inaperçu.

— Ce n'est pas *mon* Riley ! rétorqua-t-elle, sur la

défensive. De toute façon, dès la fin de sa permission, il partira.

— Et Fiona ? Il veut sûrement faire partie de sa vie.

Abasourdie, Meghan la dévisagea.

— Tu… tu sais ? Mais comment ?

Doris lui pressa gentiment le bras.

— N'importe qui les voyant ensemble s'en douterait, Meghan.

— C'est si évident que ça ?

— Je le crains.

Un peu perplexe, Meghan déposa des cuillérées de pâte sur la plaque chauffante et poursuivit :

— En tout cas, il n'a rien remarqué. Mais je suis sûre qu'il voudra s'impliquer, quand il le saura.

— Seigneur ! Tu veux dire qu'il n'est pas au courant ? s'exclama Doris. Ça ne me regarde pas, mais c'est le genre de choses qui finit par faire surface, tôt ou tard. Et puis il est difficile de l'ignorer, mon chou. La ressemblance est frappante.

Meghan refoula un soupir résigné. Elle avait toujours considéré la ressemblance entre Fiona et Riley flagrante, mais persistait à se répéter que, peut-être, son imagination lui jouait des tours. Les paroles de Doris lui confirmaient qu'elle ne l'avait pas rêvée, cette ressemblance.

— Je réfléchis à la meilleure façon de lui annoncer. Liam le sait, mais je lui ai fait jurer de garder le secret. Tu crois que mon père a des soupçons ?

Doris jeta un coup d'œil à l'extérieur.

— Vu qu'il n'a pas encore cassé la figure à Riley, j'en conclus qu'il n'a pas fait le rapprochement. En fait, jusqu'à ce que je les voie ensemble, j'ai toujours trouvé que ta fille te ressemblait. Si tu veux, je peux suggérer à Mac une promenade au bord du lac avec Fiona avant notre départ. Tu pourras peut-être parler à Riley avant qu'il le découvre lui-même.

— Merci, murmura-t-elle en finissant la première tournée de pancakes. C'est une bonne idée. Comme je n'ai pas la moindre idée de la réaction de Riley, je préférerais que Fiona ne soit pas dans les parages.

Elle fit glisser les pancakes dans une assiette et ajouta :

— Même si je déteste l'idée de décevoir encore papa quand il le découvrira.

Doris pencha la tête de côté d'un air surpris.

— Décevoir ton père ? Que veux-tu dire ? Je peux t'assurer que tu ne l'as jamais déçu. Il ne cesse de me répéter combien il est fier de toi, à quel point tu as travaillé dur pour finir tes études et quelle mère formidable tu es.

Meghan cligna des yeux pour refouler les larmes qui lui brûlaient les paupières.

— Vraiment ? Mais…

— Au contraire, il m'a dit plus d'une fois qu'il ne s'était pas senti à la hauteur à la mort de ta mère. Je sais qu'il s'est effondré et que tu as pris le relais pour Liam et lui. Il admire ta force.

— Mais pourquoi ne me l'a-t-il jamais dit ?

— Simple pudeur masculine.

— Merci, Doris, murmura-t-elle d'une voix étranglée.

Elle posa l'assiette de pancakes sur la table, et la tension qui lui nouait l'estomac s'atténua.

— Il est temps d'aller les prévenir que le petit déjeuner est prêt, dit-elle.

Quand Fiona insista pour s'asseoir à côté de Riley, elle sentit l'émotion lui étreindre de nouveau la poitrine. Et l'inquiétude la saisir quand, soudain muet, son père se mit à observer le père et la fille avec attention.

Il lança un regard éloquent à Doris puis, sourcils froncés, le visage sombre, ramena les yeux sur Riley.

Meghan fut prise de vertige. Son père ne dirait sûrement rien devant sa petite-fille. Heureusement, tout à son excitation d'être rentrée, Fiona ne remarquait rien de la tension soudaine.

Perplexe, Riley jeta un coup d'œil à la ronde. À quoi était dû ce malaise soudain ? Il voyait bien que Meghan fuyait son regard. Et même si cela aurait pu être l'explication la plus plausible, il savait que cela n'avait rien à voir avec leur nuit d'amour.

— Monsieur Riley ?

Il se tourna vers la fillette et, pour la première fois, remarqua qu'elle avait les yeux exactement du même gris que les siens. Pétrifié, il tressaillit. C'était impossible. Jamais Meghan ne lui aurait fait un coup pareil. Il sentit son cœur battre sourdement, la sueur couler dans son dos. Précisément comme quand il avait un mauvais pressentiment avant de lancer une attaque avec ses hommes.

Le chaos dans son esprit était tel qu'il avait l'impression qu'une grenade fragmentée avait explosé dans son crâne. Il se frotta la tempe pour essayer d'atténuer la douleur.

La petite voix interrompit le cours de ses pensées.

— Monsieur Riley, tu peux me verser du sirop d'érable sur mes pancakes, s'il te plaît ?

Machinalement il s'exécuta. Et, devant le sourire réjoui de Fiona, comprit qu'il se battrait jusqu'à son dernier souffle pour protéger cette enfant.

Bon sang ! Cette adorable fillette pouvait-elle être la

sienne ? La sienne et celle de Meghan ? Il lança un coup d'œil interrogateur à cette dernière. Mais elle baissa la tête.

Cela expliquerait pourquoi Mac le fusillait du regard à chaque fois qu'il tournait la tête dans sa direction. Pourtant, à son arrivée, il l'avait plutôt bien accueilli. Mais voir sa petite-fille assise à côté de lui avait dû agir comme un déclic.

Il ne pouvait pas lui en vouloir d'être furieux. Savoir que Mac devait penser qu'il avait abandonné la mère de son enfant, même sans en avoir l'intention, le remplissait de honte.

Il regarda de nouveau sa petite voisine de table. Et, cette fois, remarqua ses fossettes.

— Alors, à propos du toit, je…, commença Meghan.

— Tout est réglé, l'interrompit Mac avec froideur.

Riley se servit un autre pancake et renchérit :

— Je vais acheter des bardeaux, et des amis pompiers de ton père vont les poser.

— Mais, Riley, tu n'as pas à payer pour mon toit, dit-elle.

— Il est peut-être temps qu'il s'implique, marmonna Mac.

Riley haussa les sourcils. L'heure de la vérité avait enfin sonné ! Il savait pourtant que rien ne serait dévoilé devant Fiona. Et en dépit de son besoin de plus en plus impérieux d'exiger des réponses, il se ferait violence et attendrait.

Les mots de la fillette lui revinrent à l'esprit : *« Je suis Fiona. Comme la princesse »*, et prenaient soudain pour lui une toute nouvelle signification. Au lieu de la vérité, Meghan avait-elle bercé leur fille de contes de fées pour lui expliquer l'absence de son père dans sa vie ?

Doris se pencha vers Fiona.

— Et si nous allions faire une promenade au bord

du lac avec grand-père, ma puce ? Nous allons laisser maman et Riley faire la vaisselle.

Il se félicita de cette initiative. Oh oui, Meghan et lui allaient faire la vaisselle ! Et ils allaient en profiter pour avoir une conversation à cœur ouvert !

- 10 -

Meghan empila les assiettes et les porta dans l'évier. Puis elle ouvrit l'eau chaude et la laissa couler sur ses mains, dans l'espoir de réchauffer ses doigts glacés. Son cœur battait si violemment que sa poitrine était douloureuse. Les pensées tournoyaient à une telle vitesse dans son esprit qu'elle était incapable d'en faire le tri. Elle avait vraiment besoin de plus de temps. Elle haussa les épaules, accablée. Comme si remettre l'explication à plus tard changerait quoi que ce soit.

D'un geste brusque, Riley ferma le robinet.

— Ainsi, le monde entier est au courant sauf moi ?

Comment osait-il ? Avec un mélange de colère et de frustration, elle serra les dents et croisa les bras sur sa poitrine pour se retenir de l'étrangler.

Le regard implacable, il la toisa.

— Bon sang, Meghan, comment as-tu pu ?

— Comment ai-je pu ?

— Tu m'as bien entendu. Je ne m'attendais pas à ça, venant de toi.

— Tu t'attendais à quoi ? Qu'aurais-tu préféré ? Que je ne la garde pas ?

Elle s'étrangla sur le dernier mot.

— Bien sûr que non ! Je…

— Ou peut-être aurais-je dû la faire adopter, poursuivit-elle. Qu'est-ce qui aurait le mieux convenu à *ta* vie et à *tes* projets ?

La simple pensée d'une vie sans Fiona lui déchirait le cœur. Elle refoula un sanglot.

— Mes parents avaient promis de me soutenir quelle que soit ma décision, reprit-elle. Et…

— Tu vois ? Voilà la preuve ! Tu as mis tes parents dans la confidence et tu m'as laissé à l'écart !

— Contrairement à toi, ils étaient présents, eux ! Alors je me passerais de ta vertu et de ta supériorité morale, Riley Cooper ! rétorqua-t-elle, ivre de rage. J'ai fait tout ce qui était en mon pouvoir pour te contacter. Et pour quel résultat ? Un silence total. Alors ne me fais pas porter le chapeau, s'il te plaît. Que diable étais-je censée faire ?

Elle décroisa les bras et enfonça un doigt dans le torse de Riley.

— J'ai fait tout ce que j'ai pu pour attirer ton attention, poursuivit-elle. Ton manque de réaction était une réponse en soi. Et ma priorité, c'était Fiona, pas un homme qui ne voulait pas être dérangé.

— Tu savais où j'étais, dit-il en reculant d'un pas. Et la Croix-Rouge ? Ils auraient pu…

— Pardonne-moi, mais j'étais un peu occupée à avoir un bébé. *Ton* bébé, Riley.

D'un revers de main, elle essuya ses joues mouillées de larmes. Elle ne supportait pas de pleurer devant lui, mais la blessure s'était rouverte et elle saignait.

— Et toutes ces lettres que je t'ai envoyées ? reprit-elle.

— J'ai passé beaucoup de temps dans des endroits inaccessibles et je…

— Et moi je m'occupais d'un nouveau-né et d'une mère mourante !

Même si elle détestait voir couler ses larmes, elle avait renoncé à les essuyer.

— Et après la mort de maman, j'ai dû soutenir mon père et mon frère, comme si j'avais toutes les réponses. Alors que j'étais tout aussi perdue qu'eux. Alors j'ai renoncé à essayer de te joindre. J'ai pensé que tu te fichais totalement de le savoir.

— À quel point as-tu essayé ?

Elle le foudroya du regard. Il était sérieux ?

— Tu n'as peut-être lu aucune de mes lettres, Riley, mais tu as bien vu combien je t'en ai envoyées. Et plus d'une fois, j'ai fait référence à ma grossesse. La dernière disait que tu avais une fille et que j'avais l'intention de faire au mieux pour elle. Peux-tu m'expliquer pourquoi tu as choisi de me les retourner, au lieu de les lire ?

Elle le vit se décomposer.

— Après mon départ de Loon Lake, je me suis rendu compte que tu étais encore très jeune, expliqua-t-il d'une voix tendue. Tu devais entrer à l'université, préparer ton avenir. Et moi, je ne savais même pas si j'allais revenir entier. Je ne voulais pas que tu sois enchaînée à un engagement qui pourrait bouleverser ta vie avant que tu…

— Que j'essaye d'avoir un enfant ? Je considère que c'est le point culminant dans les engagements à vie.

Le regard aussi dur que glacial, il répondit :

— Fiona n'est pas un trophée qui te revient simplement parce que tu désapprouves mon comportement.

Il avait raison. Mais ses paroles embrasèrent sa colère.

— As-tu au moins pris la peine de lire quelques-unes de mes lettres ? s'enquit-elle.

L'air soudain gêné, il se frotta le visage d'une main.

— La première, répondit-il. C'était suffisant pour que je sache que je ne pouvais pas t'imposer l'enfer que ma vie était devenue. Quand je l'ai reçue, j'avais déjà vécu suffisamment d'expériences traumatisantes pour changer irrémédiablement.

— Moi aussi. Et je n'ai même pas eu à partir de chez moi.

Il tressaillit. Elle espérait que sa pique avait fait mouche et le ferait tomber de son piédestal de martyr ! Mais qu'est-ce qui lui prenait ? Elle n'avait aucune envie de se venger. Ils devaient coopérer, pour le bien de Fiona. Qu'arriverait-il à sa fille adorée s'ils ne parvenaient pas à s'entendre ?

Elle prit une profonde inspiration avant de reprendre :

— Le plus important, désormais, c'est Fiona. Elle n'a pas demandé à naître de parents perturbés.

— Inutile de me faire la leçon concernant la loterie aux parents ! rétorqua-t-il, exaspéré.

Elle essuya son visage mouillé de larmes.

— Ce qui va arriver entre nous désormais est important, Riley, reprit-elle d'une voix plus douce. Fiona en sera la première affectée.

— J'ai peut-être tout gâché, mais c'est sans aucune comparaison avec ce que tu as fait, Meghan.

— Je le sais.

— J'avais tous les droits de savoir. As-tu la moindre idée de ce que je ressens quand je pense à tout ce que j'ai raté ? Tu aurais dû faire tout ce qui était en ton pouvoir pour me prévenir.

— J'ai essayé. Mais visiblement tu ne tenais pas assez à moi pour ouvrir mes lettres.

Ses paroles le firent sursauter, et elle en regretta aussitôt la sévérité. Même s'il le méritait. Elle essaya de ravaler la boule qui lui nouait la gorge. En vain.

— Tu peux faire connaissance avec elle, maintenant, proposa-t-elle.

— Ça, tu peux y compter !

Elle joignit ses mains tremblantes. Il ne pouvait pas lui prendre son bébé. À moins que… ? Non, son père et Liam ne le permettraient pas. *Elle* ne le permettrait pas.

— A-t-elle…

Sa voix s'étranglant d'émotion, il reprit :

— A-t-elle demandé qui j'étais ?

— Pas concrètement. Mais je m'attends à un changement quand elle commencera à aller à l'école.

— Est-ce que tu lui as raconté une histoire de roi qui se battait contre des dragons pour une princesse ?

— Oui, comme on en lit à tous les enfants. Riley, je sais que ça ne compense en rien mes choix déplorables, mais je me suis assurée qu'elle avait des modèles masculins dans sa vie.

— Ton père et Liam ?

Elle hocha la tête et s'essuya le visage de sa manche.

Des voix provenant de la véranda mirent fin à leur discussion.

Meghan s'empressa d'arborer son sourire le plus radieux quand Fiona déboula dans la cuisine, Doris sur ses talons.

— Maman ! J'ai vu une grenouille !

— Vraiment ? dit-elle en lui caressant les cheveux.

Elle n'osait pas regarder Riley. Mais elle sentait chaque millimètre de sa présence.

— Oui, vraiment ! Mais mamie Doris n'a pas voulu que je l'embrasse pour voir si c'était un prince.

— Merci à mamie Doris, intervint Riley en riant. Nous n'avions pas besoin de nous encombrer d'un prince.

Meghan lui lança un regard de gratitude puis se tourna vers Doris.

— Où est papa ?

— Il est allé vérifier que le mobile home était prêt pour le départ.

— Je vais voir s'il a besoin d'aide, proposa Riley.

— Je veux venir, décréta Fiona en lui emboîtant le pas.

Doris l'arrêta.

— Tu m'as promis de me faire goûter les cookies que fait ta maman, ma puce.

— Bonne idée ! renchérit Meghan. Des cookies et un bon verre de lait. D'accord mon ange ?

Fiona hocha la tête avec enthousiasme.

S'exhortant à refouler son appréhension, Meghan essaya de chasser l'entrevue entre son père et Riley de ses pensées. En vain. Sans entendre un mot de la conversation de sa fille avec Doris, elle posa les cookies et le lait sur la table.

Quand son père entra dans la cuisine, elle se leva d'un bond. Il était seul, mais son visage n'était pas aussi sombre qu'il l'avait été tout à l'heure à table.

— Où est Riley ? demanda-t-elle.

— Ne panique pas. Je ne l'ai pas assassiné. Il est rentré chez lui. Il te fait dire qu'il ne va pas tarder à revenir.

Remerciant silencieusement Doris d'occuper Fiona, elle chuchota :

— Alors, maintenant, tu connais la vérité.

Elle suivit son père dans la véranda et referma la porte derrière eux. Il jeta un coup d'œil en direction de la villa voisine.

— Riley a eu le courage de m'affronter, dit-il. J'avoue qu'il a gagné des points. Il a dit qu'il voulait réparer.

— Et s'il repart en Afghanistan ?

Elle savait bien que Fiona et elle ne suffiraient pas à le retenir. Riley allait retourner à sa vie, comme si rien n'avait changé.

Avec un haussement d'épaules désabusé, son père répliqua :

— C'est un marine. C'est ce qu'il est, ce qu'il fait.

Elle resta un instant songeuse. S'accrocher à sa douleur et à sa colère ne l'avancerait à rien.

— Et je dois faire ce qu'il y a de mieux pour Fiona, murmura-t-elle.

— Avoir un père serait bon pour elle.

— Même un père absent ?

Cette question concernait-elle vraiment Fiona ? Ou était-ce elle qu'elle cherchait à protéger ? À ce stade, elle ne savait plus très bien.

Son père l'enlaça gauchement.

— Je suis sûr que tu prendras la meilleure décision, ma chérie. C'est toujours le cas. C'est pourquoi je suis si fier de toi.

Avec une infinie gratitude, elle lui rendit son accolade.

— Merci papa. Tu n'imagines pas comme ça compte pour moi.

Une cannette de soda à la main, Riley faisait les cent pas dans sa cuisine. Il était tellement oppressé par le tourbillon d'émotions contradictoires qui se bousculaient en lui qu'il pouvait à peine respirer. L'ironie de la situation ne lui échappait pas. Il était venu à Loon Lake dans l'espoir de guérir, pas de voir une bombe exploser dans sa vie.

Meghan obsédait ses pensées. Malgré sa fureur, il ne pouvait s'empêcher d'admirer tout ce qu'elle avait accompli en tant que mère célibataire. Grâce à elle, Fiona vivait la même enfance stable et heureuse qu'elle-même avait vécue.

Comment pouvait-il lui en vouloir de si bien s'occuper de sa fille ? N'en avait-elle pas fait une enfant épanouie et équilibrée ?

Il avait promis à Mac de faire en sorte que Meghan et Fiona ne manquent de rien. Même si, pour le moment, il n'avait pas la moindre idée de comment il allait pouvoir s'organiser, depuis l'Afghanistan. La villa nécessitait de nombreuses réparations. Et Fiona ? Comment allait-il pouvoir compenser ses cinq années d'absence ? Il ne lui restait plus beaucoup de jours de permission. Être responsable d'un enfant ne se limitait pas à payer une pension alimentaire. Comment était-il censé nouer des liens avec sa fille, s'il était à l'autre bout du monde ?

Et que diable connaissait-il au rôle de père ? Avec ses parents pour exemple, pas grand-chose, franchement. S'il n'avait pas connu les McBride, jamais il n'aurait connu l'harmonie d'une famille aimante. Et comment les avait-il remerciés ? En abandonnant Meghan enceinte. Il pouvait être fier de lui ! Il avait de la chance que Mac ne l'ait pas étranglé, tout à l'heure.

Quant à Meghan, il savait qu'elle était amoureuse de lui depuis toujours. Et il n'avait rien trouvé de mieux que de s'engager dans l'armée après avoir couché avec elle. Après son déploiement, il aurait dû s'occuper d'elle, s'assurer qu'elle allait bien. Les marines faisaient le serment de ne jamais abandonner personne au combat. Pourtant, il avait abandonné Meghan… Se convaincre qu'il avait fait le bon choix avait été une piètre excuse.

Il étouffa un juron. Il avait pressé la cannette si violemment que son contenu avait débordé. Il la posa brutalement sur le comptoir.

Un enfant ! Il avait une fille. Une petite personne haute comme trois pommes, avec des désirs et des besoins comme les siens, dont il ignorait tout. À côté de quoi était-il passé ? Il essaya d'imaginer tout ce qu'impliquait le fait d'avoir un enfant. Comme ses premiers mots, ses premiers pas. Toutes ces premières fois. D'un geste rageur, il jeta la cannette dans le panier à recycler.

S'il avait su que Meghan était enceinte, aurait-il quitté l'armée pour rester avec elle et Fiona ? Même aujourd'hui, il avait l'intention d'y retourner tant il avait besoin de la sécurité que les marines lui avaient apportée. Que savait-il d'une relation amoureuse normale ?

Lorsqu'il vit que le mobile home de Mac n'était plus là, il sortit de chez lui pour aller rejoindre Meghan et sa fille. Les paumes moites, il frappa à la porte.

Quand Meghan lui eut ouvert et conduit dans la salle de séjour, il balaya la pièce du regard.

— Où est Fiona ? s'enquit-il. Tu ne l'as pas expédiée avec ton père ?

— Non. Elle est dans sa chambre.

Il poussa un soupir. Il s'en voulait d'avoir pris un ton accusateur. Mais il avait encore du mal à accepter qu'il avait une fille qu'il connaissait à peine. Même s'il savait qu'il était autant à blâmer que Meghan, la logique n'atténuait ni la douleur ni la colère. Il avait l'impression qu'en gardant ce secret elle l'avait trahi.

— Assieds-toi, Riley.

Il s'assit sur le canapé et étouffa un grognement de douleur.

— Tu as mal ? s'enquit vivement Meghan. Je crois que tes antalgiques sont dans la chambre de Liam. Je vais…

— J'ai pris quelque chose chez moi. Je préfère avoir les idées claires.

Seigneur, la voir s'inquiéter pour lui lui donnait le sentiment d'être une ordure ! Il l'avait quand même accusée d'être égoïste. Mais en fait, c'était lui, l'égoïste.

Elle lui lança un regard implorant.

— Peut-être pouvons-nous attendre pour mettre tout à plat, suggéra-t-elle. Vous pourriez peut-être commencer par apprendre à vous connaître et…

— Et perdre encore plus de temps ?

Là, il avait vraiment parlé en salaud.

— Pardon, je ne voulais pas le dire comme ça, marmonna-t-il.

— Je dois aller sortir mes vêtements du sèche-linge. Je n'en ai pas pour longtemps. Ensuite, nous pourrons parler à Fiona, dit-elle en quittant la pièce.

Il essuya son front moite de transpiration.

Qu'est-ce qui ne tournait pas rond chez lui ? Il pouvait précéder ses hommes dans un combat en zone urbaine, mais il était tétanisé à la perspective d'affronter une fillette de cinq ans.

Fiona entra dans la pièce, serrant contre elle un animal en peluche en lambeaux. Quand elle le vit, elle s'exclama, rayonnante :

— Tu es revenu !

— Oui. Qu'est-ce que tu as dans les bras ?

— C'est Mangy, répondit-elle en le brandissant. C'est un dalmatien. Ils vont sur les camions de pompiers. Tu sais, grand-père est pompier. Mais il est à la retraite. Toi aussi, tu es à la retraite, comme grand-père ?

— Non, je suis un marine.

Savait-elle seulement ce qu'était un marine ? Il avait le cœur serré en percevant l'admiration avec laquelle elle évoquait Mac. Visiblement, il était son héros. D'un autre côté, il se réjouissait de voir qu'elle avait un modèle masculin de cette trempe.

— J'ai l'impression que tu as Mangy depuis longtemps, fit-il remarquer.

Elle hocha la tête avec enthousiasme.

— Je l'ai eu toute ma vie !

— Tu dois beaucoup l'aimer.

Il entendit à quel point sa voix était rauque. Ce fichu chien en peluche était dans la vie de sa fille depuis bien plus longtemps que lui. Il cligna des yeux et parvint à sourire. À se montrer trop émotif, il pourrait lui faire peur. Et ce n'était pas une bonne idée.

— Oui. Mangy m'aide quand j'ai peur et quand j'ai des bobos, expliqua-t-elle.

Riley se pencha en avant, les coudes sur ses cuisses. La pensée que cette fillette puisse avoir peur lui tordait les tripes. Son enfance à lui avait été remplie de moments d'anxiété, et il ne voulait pas qu'elle vive la même chose. Mais comment pourrait-il la protéger depuis l'Afghanistan ? Or, il devait absolument y retourner. Il devait honorer le sacrifice de Trejo.

— Et quelles choses te font peur, princesse ?

— Le tonnerre.

Il se sentit rasséréné. La plupart des enfants ne craignaient-ils pas le tonnerre ? Il résista à l'envie de la serrer contre son cœur, de lui dire qu'il ne laisserait jamais rien ni personne lui faire du mal, y compris lui-même.

Elle l'observa avec attention.

— Même si je sais que ça ne peut pas faire mal, quelquefois la peur vient quand même. Ça t'arrive, monsieur Riley ?

Avant qu'il puisse s'en protéger, les souvenirs d'Afghanistan refluèrent à sa mémoire. Le cliquetis des munitions dans les chargeurs, les ordres contradictoires, sa bouche et ses yeux remplis de sable, l'odeur de la mort… Il dut se forcer à chasser ces souvenirs avant de pouvoir répondre d'une voix grave :

— Oui, quelquefois, la peur arrive comme ça.

Fiona lui sourit, et ce sourire plein de douceur lui rappela tellement Meghan que c'en était douloureux. Pourtant, il se rendait compte que la fillette avait sa personnalité propre. Une personnalité qu'il ne connaissait pas. Puisque sa mère en avait décidé ainsi… Il aurait voulu détester Meghan mais il était tout autant à blâmer. Le moment qu'il était en train de vivre était la conséquence de leurs deux choix conjugués.

Fiona posa sa petite main sur son genou.

— Monsieur Riley ? Si tu as un jour besoin de Mangy, je peux te le prêter.

— Tu es très généreuse, murmura-t-il d'une voix étranglée par l'émotion.

Il avait l'impression que son cœur avait éclaté. La première fois qu'il avait plongé son regard dans les yeux gris de Fiona, son monde avait basculé. Maintenant, il était comme emporté par un tourbillon.

Meghan revint et posa un panier de linge sur une chaise, près du canapé. Son regard croisa le sien et, à son signe d'assentiment, elle vint s'asseoir près de Fiona.

— Mon ange, Riley et moi devons te dire une chose à la fois très importante et très exceptionnelle.

— Une surprise ? s'exclama Fiona, les yeux écarquillés en se dandinant sur la pointe des pieds. Je vais avoir mon portique avec une balançoire et un toboggan, et tout ?

Meghan tira sur l'une de ses nattes.

— Mieux que ça, répondit-elle.

— Un chien à moi ?

Riley ne put s'empêcher de rire. Visiblement, sa fille lui préférait une balançoire ou un chien. La tension qui lui oppressait la poitrine s'allégea.

— Pas encore, poursuivit Meghan. Mais je crois que tu vas aussi aimer cette surprise. Riley est…

— Un ami de ta maman, l'interrompit-il. Et elle veut que nous devenions amis aussi. Ça te plairait ?

— Un ami grande personne ? demanda Fiona, la tête penchée sur le côté pour l'observer.

Il soutint le regard de sa fille. Mais il sentait la confusion de Meghan. Il allait devoir lui fournir quelques explications. Mais sa stratégie lui semblait appropriée.

— Un ami grande personne, oui. Nous pouvons faire des choses ensemble, pendant que je suis ici, et devenir amis, suggéra-t-il.

— Maman peut venir aussi ?

— Maman est toujours la bienvenue, répondit-il avec sincérité.

Il aurait pu passer le reste de sa vie à blâmer Meghan. Mais il ne le ferait pas. Il refusait de se comporter comme l'avait fait son père.

[illegible]

il [illegible]

une chose [illegible]

- 11 -

Quand Fiona fut partie en courant dans sa chambre, Riley laissa échapper un profond soupir, le premier depuis qu'il avait appris la vérité.

— Je ne comprends pas. Pourquoi as-tu fait ça ? demanda Meghan en pliant une serviette avant de la poser sur le canapé. Je pensais que tu voulais le lui dire.

Il se cala contre l'un des coussins.

— Devant cette confiance pleine de candeur, je n'ai pas pu. Je veux qu'elle sache mais je veux que ce soit au bon moment.

— Tu as sans doute raison. Apprendre à vous connaître est une première étape. Après tout, tu vas être son père pour le reste de sa vie.

— Ce qui m'amène à une question qui me perturbe.

Elle prit une chemise de nuit de Fiona et la secoua.

— Oui ?

— Comment est-ce arrivé ?

— Pardon ?

— Nous nous sommes protégés.

— C'est vrai.

— Mais ?

Elle rougit et détourna les yeux.

— Au début, nous nous sommes laissés… un peu emporter, murmura-t-elle.

— Nous… Oh.

Elle avait raison. Il se rappelait la violence de leur désir, la fougue avec laquelle ils s'étaient arraché mutuellement leurs vêtements.

— Je te jure, Meghan, si j'avais même soupçonné… J'aurais… Je n'ai pas assuré.

Il se frotta le visage de sa main valide.

Elle lui adressa un petit sourire triste.

— J'ai aussi ma part de responsabilités, Riley. J'aurais pu faire bien plus pour te retrouver et te le dire, mais je n'ai écouté que ma fierté et ma colère.

— Et maintenant ?

— Les années ont passé.

Ils restèrent silencieux un instant puis Meghan reprit :

— Pendant que tu es ici, tu vas faire connaissance avec elle. Et ensuite, où iras-tu ?

— En Afghanistan.

— Alors tu repars ? murmura-t-elle, ses mains se crispant sur son linge.

— Bien sûr. Et pourquoi pas ? À cause de Fiona ?

Il se garda bien de lui avouer qu'il était animé des mêmes doutes. Soudain, repartir ne lui semblait plus être sa priorité principale. Mais il était un marine. C'était sa vie.

— Je ne serai pas le seul en déploiement avec un enfant aux États-Unis, ajouta-t-il.

— C'est ta décision. Je suppose que cela signifie qu'il va falloir que tu profites de ta fille maintenant.

— J'en ai bien l'intention.

Il allait consacrer le peu de temps qui lui restait à tisser des liens avec Fiona.

Meghan posa la dernière serviette pliée sur la pile et se tourna vers lui.

— Tu as l'air épuisé. Tu veux que j'aille te chercher un antalgique ?

— Je veux bien de l'ibuprofène.

Il essaya de se lever. Mais se rassit avec une grimace de douleur. Depuis qu'il avait découvert qu'il avait une fille, il tenait sur l'adrénaline. Mais elle commençait à s'épuiser, et il sentait chacune des contusions de son corps meurtri.

— Je vais chercher les cachets. Reste ici, lui ordonna-t-elle.

— Attends, dit-il en posant une main sur son bras.

Il tressaillit devant l'expression incertaine qui se peignit sur son beau visage. D'un geste empreint de tendresse, il effleura sa joue d'une caresse.

— Merci pour notre ravissante fille, Meghan.

Quelques jours avaient passé. Assise dans la véranda, Meghan regardait sa fille sur la balançoire neuve, cadeau de Riley. Il avait dit vouloir se rattraper pour tous les anniversaires qu'il avait manqués. Si elle l'avait laissé faire, elle était convaincue que le jardin serait envahi de jouets ! Mais elle ne voulait pas que Fiona le considère comme le Père Noël.

Elle entendit la porte de la villa voisine claquer. Riley traversait le jardin.

Fiona abandonna sa balançoire et, s'élançant vers lui, le prit par la main.

— Monsieur Riley, tu viens me pousser ?

En les voyant ensemble, Meghan sentit les larmes lui brûler les paupières. Elle savait qu'elle avait pris la bonne décision en avouant la vérité à Riley. Pourvu qu'elle ne le regrette pas après son départ…

— Je vais t'aider à démarrer. Ensuite, je dois parler avec ta maman.

Après l'avoir poussée à plusieurs reprises, il monta les marches de la véranda.

— J'ai rencontré Jan au supermarché, dit-il.

Meghan leva les yeux au ciel. Ce fichu magasin était une véritable centrale de commérages !

Il s'installa dans le nouveau fauteuil qu'il avait tenu à acheter et allongea les jambes devant lui.

— Elle m'a parlé d'un week-end entre filles, poursuivit-il. Et m'a dit qu'il était dommage que tu ne puisses y prendre part.

— Ce n'est pas une affaire.

La tête penchée de côté, il l'observa un instant avant de reprendre :

— Si c'est pour des raisons financières, tu sais que, dorénavant, je vais payer ma pension alimentaire.

— Cet argent est pour Fiona, pas pour moi. Mes raisons ne sont pas financières, précisa-t-elle en posant le menton sur ses genoux remontés sur sa poitrine.

Ils furent interrompus par Fiona qui arrivait dans la véranda en sautillant.

— Monsieur Riley, quand est-ce que je peux venir dormir chez toi ?

— Nous devons demander à ta maman.

— Maman ?

— Tu vois Riley tous les jours, mon ange.

Elle n'était pas encore prête à la partager.

— Et ce week-end entre filles avec tes amies ? suggéra-t-il.

Sans répondre, elle se tourna vers sa fille.

— Mon chou, et si tu allais jouer encore un peu avant la nuit ?

Une fois qu'ils furent seuls, il insista :

— Je pense que tu devrais y aller. Je peux rester avec Fiona.

— Je ne sais pas, murmura-t-elle, indécise.

— Tu ne m'en penses pas capable ?

— Ce n'est pas ça. Je te fais confiance. Mais toi, te fais-tu confiance ?

Riley ferma les yeux, se pencha en avant et agrippa ses genoux. *Respire, bon sang ! 1… 2… 3…* L'acidité dans son estomac lui remontait dans la gorge, et il dut avaler plusieurs fois avant de se redresser et d'appeler :

— Fiona ! Je ne suis pas fâché. S'il te plaît, sors !

« Mais toi, te fais-tu confiance ? »

Les paroles de Meghan, quelques jours auparavant, lui traversèrent l'esprit. Il s'était montré bien présomptueux en affirmant qu'il pouvait gérer. C'était lui qui avait insisté pour que Meghan parte en week-end avec ses amies. Il avait pensé que s'occuper de Fiona tout seul allait les aider à nouer des liens.

Oui, crétin, tu te débrouilles comme un chef !

Pour la dixième fois, il gagna la porte d'entrée. Elle était toujours fermée à clé. Puis il bondit vers la porte arrière. Qu'il trouva fermée aussi. Fiona n'avait donc pas pu sortir.

Il jura. Cela faisait deux heures qu'ils avaient commencé cette fichue partie de cache-cache !

Les mains tremblantes, il prit son téléphone. Inutile d'attendre plus longtemps. Même s'il ne lui était pas facile d'admettre qu'il avait raté son premier test en tant que père. Mais il devait affronter l'évidence. Et le spa où

Meghan passait le week-end n'était qu'à vingt minutes de voiture. Elle pourrait donc aller retrouver ses amies une fois le problème réglé.

Les yeux fermés, il retint son souffle en attendant la connexion.

— Riley ?

— Meghan, je…

Il toussota pour essayer de dissimuler le tremblement dans sa voix.

— Riley, que se passe-t-il ? Il y a un souci avec Fiona ?

— Meghan, je crois qu'il faut que tu rentres tout de suite.

Dès que Tina ralentit, Meghan défit sa ceinture et se rua hors de la voiture. La lumière jaillissait de la porte d'entrée de la villa, inondant la véranda, et une voiture de police était garée dans l'allée.

Seigneur !

Elle monta les marches du perron et se précipita à l'intérieur. Elle trouva Riley en grande conversation avec un policier.

— Que s'est-il passé ? Où est Fiona ? s'écria-t-elle en jetant des coups d'œil à la ronde. Où est mon bébé ?

Les yeux cernés de rouge, Riley fit un pas hésitant dans sa direction.

— Nous… nous…

Il poussa un soupir tremblant, avant de poursuivre :

— Elle voulait jouer à cache-cache. Et je ne sais pas où elle est passée.

D'une main tremblante, il s'essuya le visage. Il avait une tête à faire peur.

Meghan soupira et, le prenant par la main, l'entraîna

jusqu'au fond du couloir et souleva le couvercle d'une grande malle en osier.

— Je ne suis pas idiot, marmonna-t-il. J'ai déjà regardé là-dedans. Il n'y a que des vêtements.

Elle se pencha et les jeta par terre pour découvrir Fiona, recroquevillée au fond. Le pouce dans la bouche, elle dormait à poings fermés, Mangy plaquée contre sa poitrine.

— Comment diable… ? demanda Riley, bouche bée.

Elle se baissa et prit Fiona dans ses bras. La fillette cligna des yeux et sourit.

— Maman ? Tu es rentrée à la maison ?

— Pourquoi as-tu fait aussi peur à Riley, mon ange ? s'enquit-elle en la serrant contre son cœur.

— C'est lui qui m'a fait peur, répondit Fiona en frottant son visage sur l'épaule de sa mère.

— Pourquoi as-tu eu peur ?

— Il a dit un gros mot pendant que j'étais cachée, répondit-elle en le dévisageant, les yeux plissés. Tu ne devrais pas dire ça. Maman dit que c'est mal.

— Je parie qu'il avait peur aussi, expliqua Meghan en l'embrassant. Quelquefois, les gens ont si peur qu'ils oublient que c'est un vilain mot.

— Pourquoi il avait peur ? demanda la fillette, surprise.

— Parce que j'ai cru que je t'avais perdue, répondit Riley d'une voix altérée par l'émotion. Je suis désolé pour le gros mot, mais je n'ai pas l'habitude de jouer avec des enfants.

— Pourquoi ?

— Parce que je passe le plus clair de mon temps avec des grandes personnes.

Fiona le regarda avec attention puis hocha la tête.

— Ah bon. Alors c'est pas grave, si c'était ta première fois, dit-elle.

Elle lui tendit les bras et, les yeux humides, il serra sa fille contre son cœur.

— Nous sommes toujours amis ? lui demanda alors la fillette en lui effleurant le menton.

— Oui, bien sûr. Mais la prochaine fois, réponds-moi quand je t'appelle.

Elle lui lança un regard exaspéré.

— Ben non ! On jouait à cache-cache !

Tout le monde éclata de rire.

— J'ai l'impression que la situation est sous contrôle, fit remarquer le policier qui les avait suivis.

Meghan le raccompagna et alla remercier Tina qui attendait dans le salon.

Un peu plus tard dans la soirée, Meghan alla coucher Fiona.

— Maman, est-ce que M. Riley peut me lire une histoire ? Tu avais promis.

Il attendait sur le seuil. Devant son air penaud, elle sentit son cœur se serrer. Elle était désolée pour lui. Son premier tête-à-tête avec sa fille avait été plutôt mouvementé.

— Je suis sûre qu'il sera ravi, ma puce.

Elle déposa un baiser sur le front de sa fille et quitta la chambre.

— J'ai l'impression qu'un café te ferait du bien, dit-elle en tapotant le bras de Riley au passage. Je vais aller en faire. Quand tu auras fini l'histoire, nous parlerons.

Lorsqu'il la rejoignit dans la salle de séjour, son mug l'attendait sur la table basse. Il prit place à côté d'elle sur le canapé et en but une gorgée.

— J'ai dérapé, ce soir, dit-il. Je suis navré d'avoir gâché ton week-end. J'avais tout planifié dans ma tête, comme pour notre rendez-vous. Et la situation m'a totalement échappé. Ah ça, je fais un sacré père !

— Si tu veux être le meilleur père du monde pour elle, tu n'as qu'une seule et unique mission.

— Laquelle ?

— L'aimer. C'est aussi simple que ça. Le pourras-tu ?

— Bon sang, je l'aime déjà ! Je vais prendre des dispositions pour m'occuper d'elle financièrement. Mais je veux m'occuper de toi aussi, Meghan.

Elle tressaillit et lui jeta un regard plein de défi. Ne la pensait-il pas capable de subvenir aux besoins de sa fille ?

— Je sais qu'en tant que mère célibataire, j'ai été obligée de donner la priorité à certaines choses, mais je pense avoir assuré. Je suis propriétaire de ma maison, j'ai un travail, et Fiona va aller dans une bonne école.

Il lui frôla le bras et lui sourit d'un air gêné.

— Ce n'est pas ce que j'ai voulu dire, Meghan. Je me suis mal exprimé.

— Développe ton argument, dans ce cas.

— Je veux que nous formions une famille.

Elle lui lança un regard soupçonneux. Qu'entendait-il exactement par là ?

— Je suis sa mère, et tu es son père, je pense donc que nous formons déjà une famille.

— Je veux que ce soit officiel.

Il prit ses mains dans les siennes et poursuivit :

— Épouse-moi. Nous pouvons nous marier avant mon prochain départ pour l'Afghanistan.

— Je ne suis pas d'humeur à plaisanter, Riley, répliqua-t-elle en retirant ses mains des siennes.

Pendant des années, elle avait attendu qu'il s'engage pour la vie avec elle. Mais chaque fois qu'elle avait rêvé de ce jour, il lui parlait d'amour, pas de s'occuper d'elle financièrement !

Si c'était tout ce qu'il avait à lui offrir, elle avait de quoi être en colère !

L'air vexé, il se renfrogna.

— Ce n'est pas une plaisanterie, marmonna-t-il.

— Pour moi, ça y ressemble. Tu passes d'une partie de cache-cache ratée à une demande en mariage. Quelle est la logique ?

Elle essaya de rire. En vain. Dans le fond de son cœur, elle voulait devenir sa femme. Mais pas une fois il n'avait parlé de sentiments. Pourrait-elle l'aimer assez pour deux ? Pourrait-elle renoncer à tout ce qu'elle avait construit à Loon Lake pour suivre un homme qui ne lui disait pas qu'il l'aimait ? La perspective d'être femme de militaire ne la dérangeait pas. Celle de ne pas être aimée, beaucoup plus.

— Notre fille m'a fait la peur de ma vie. D'où mon besoin de former une famille. Nous pourrions être bien ensemble, Meghan.

Était-ce ce qu'elle voulait ? « Être bien » avec lui ? Elle aurait dû s'éloigner pour y réfléchir. Sa proximité lui embrouillait l'esprit.

Il se pencha vers elle.

— Je suis conscient de tout ce que tu sacrifierais pour moi, mais je serai le meilleur soutien possible, ajouta-t-il.

Elle ne répondait toujours rien. Elle ne voulait pas d'un soutien. Elle pouvait s'assumer seule. Elle voulait un partenaire, un amant, un homme qui ne pouvait supporter de vivre sans elle. Était-ce trop demander ?

Elle pouvait supporter de déménager tous les deux ans si elle savait que Riley l'aimait. Elle était fière de lui, de son engagement pour son pays, et s'il voulait rester dans l'armée jusqu'à la retraite, elle serait toujours là pour lui. Fière de tenir son foyer et de l'y accueillir pendant ses permissions.

Mais il lui donnait l'impression de vouloir l'épouser par obligation. Elle ravala le nœud dans sa gorge et déclara :

— Je suis navrée, mais je pense que nous ferions une erreur.

Il fronça les sourcils, l'air perplexe.

— Tu penses que ce serait une erreur de donner une famille à Fiona ?

Oui, si l'un des partenaires est malheureux.

Les yeux brûlants de larmes contenues, elle répondit d'une voix étranglée :

— Se marier juste pour des raisons financières n'a aucun sens pour moi.

Elle attendit, les poings serrés, espérant qu'il protesterait. Qu'il lui dirait qu'il l'aimait et que c'était la raison pour laquelle il l'avait demandée en mariage.

— Mais c'est mon devoir de prendre soin de Fiona et de toi, et j'honore mes obligations, déclara-t-il.

En entendant le mot « devoir », elle sentit son espoir fondre, son cœur voler en éclats.

— Ton seul devoir envers Fiona, c'est de l'aimer, répliqua-t-elle, glaciale. Tu n'as aucune obligation envers moi, quelle qu'elle soit.

Riley, debout devant la fenêtre, regardait de l'autre côté du jardin ce qu'il ne pouvait pas avoir, ne méritait pas. Il avait toujours su que Meghan était trop bien pour lui, mais il avait commencé à espérer qu'elle lui avait pardonné. Il était vrai qu'il n'avait rien su de sa grossesse, mais il en était le seul fautif. Et elle ne voulait même pas le laisser réparer. Il avait tout gâché et, maintenant, il devrait payer pour le reste de sa vie. À moins de trouver un moyen de la faire changer d'avis. Cela faisait trois jours qu'il lui avait proposé de l'épouser et qu'elle avait refusé. Son espoir commençait à s'amenuiser. Pourtant, malgré leurs différends, elle faisait son possible pour l'aider à développer sa relation avec Fiona. Ce qui le consolait. Sa permission ne serait plus très longue. Si, au début, les trente jours lui avaient paru interminables, maintenant, ils semblaient filer trop vite.

Son téléphone vibra. L'écran de son portable affichait la photo d'un chiot. Il se précipita chez Meghan et frappa.

— Bonjour, Riley. Fiona est au parc avec Tina.

Il lui montra la photo.

— C'est un croisé berger australien et caniche.

— Il est adorable, dit-elle, souriante. Mais pourquoi me le montres-tu ?

— Parce que je veux l'offrir à Fiona. Les amis qui sont prêts à me le donner pour elle m'ont promis qu'il était hypoallergique. Tu n'auras donc pas à t'inquiéter pour ton asthme. Je m'occuperai du vétérinaire et des frais de nourriture. Je dois aller le chercher cet après-midi. Je peux emmener Fiona ?

Une lueur passa dans le regard de Meghan.

— Comment puis-je refuser ?

Riley aurait été bien incapable de dire qui, de Fiona ou du chiot, était le plus excité. Fiona serrait son nouvel ami dans ses bras et babilla tout le chemin du retour. Au moins, il avait fait une chose bien. Son seul regret étant que Meghan ne les ait pas accompagnés.

Il se gara et fronça les sourcils en voyant un pick-up devant chez elle. Pas étonnant qu'elle n'ait pas voulu venir. Elle devait attendre quelqu'un.

— Nous sommes arrivés, dit-il à Fiona.

Elle noua ses bras maigres autour du chiot et déclara, très sérieuse :

— Voilà ta maison, Mangy.

— Tu es sûre de ne pas vouloir lui donner un autre nom ?

— Non, répondit-elle en secouant vigoureusement la tête. Tu as dit que je pouvais garder celui-là.

— D'accord, d'accord, marmonna-t-il en coupant le contact.

Il remarqua la plaque d'immatriculation du Massachusetts. Meghan avait-elle un amoureux à Boston ?

— C'est oncle Liam ! s'exclama soudain Fiona en sautant dans son siège. Je vais lui montrer mon nouveau chiot !

Liam ? Que faisait-il ici ? Il sentit son estomac se nouer. Ils n'étaient plus vraiment les meilleurs amis du monde, tous les deux.

À peine descendue de voiture, Fiona se rua vers la maison, suivie par Mangy qui jappait. Il les rattrapa alors qu'ils franchissaient la porte.

— Maman ! On est revenus !

Meghan sortit de la cuisine et s'accroupit pour admirer le chiot.

— Je ne pensais pas que ce soit possible, mais il est encore plus mignon qu'en photo, fit-elle remarquer en souriant.

Quand Liam apparut à son tour, Fiona se jeta à son cou. Il la souleva dans ses bras.

— Tu as vu mon chiot, oncle Liam ?

— Oui, mon chou. Il a les poils de la couleur de tes cheveux.

Elle se mit à rire. Quand Liam reposa sa nièce à terre, elle courut vers Riley et le prit par la main.

— Devine ce que j'ai d'autre, oncle Liam ? Un nouvel ami !

Riley leva les yeux au ciel. Il passait après le chien. Il jeta un regard à Meghan qui haussa les épaules avec désinvolture.

Liam se redressa de toute sa hauteur et le regarda dans les yeux.

— Riley, dit-il en le saluant d'un hochement de tête.

— Liam. J'espère que tout va bien.

— Oui, j'ai commencé ma tournée de vacances et j'ai décidé de venir voir ma sœur et ma nièce. Je pense d'ailleurs qu'elles vont aller faire visiter le jardin à Mangy.

— Liam, ce n'est pas tes affaires, rétorqua Meghan en le foudroyant du regard.

Indifférente à la tension, Fiona s'exclama soudain :

— Regarde, maman ! Mangy lève la patte.

Elle se précipita, ouvrit la porte, et poussa sa fille et le chiot dans le jardin.

Liam referma derrière elles et se tourna vers Riley.

— Que fais-tu ici ? s'enquit-il sèchement.

— De quoi parles-tu ?

Il comprenait son inquiétude fraternelle. Mais n'avait-il pas demandé Meghan en mariage ? Qu'y pouvait-il si elle avait refusé.

Liam fit un pas vers lui.

— Ma sœur a besoin d'avancer dans la vie. Comment le peut-elle si tu es ici ?

Riley ne recula pas et défia Liam du regard. Il n'était pas question qu'il renonce à passer du temps avec sa fille.

— Je suis le père de Fiona et j'ai le droit d'être ici.

— Tu as le droit d'être dans la vie de Fiona, mais tu n'as pas besoin d'habiter la maison voisine.

— Peut-être est-ce que je veux, rétorqua-t-il, conscient du manque de maturité de sa réponse.

— Pourquoi ? Pour briser leurs deux cœurs quand tu partiras ?

- 12 -

Riley ferma sa porte et s'y adossa. Il avait besoin de reprendre son sang-froid. Sinon, il allait frapper un mur de son poing. Au moins, cette douleur le distrairait de la souffrance qui lui prenait le cœur en étau. Même respirer lui faisait mal. Il était un marine, pas un idiot de romantique transi d'amour.

« Ma sœur a besoin d'avancer dans la vie. »

Était-ce le souhait de Meghan ? Avancer dans la vie sans lui ?

Comment avait-il pu autant se fourvoyer sur ses sentiments ? Comme un imbécile arrogant, il avait été convaincu qu'elle sauterait sur sa proposition de mariage et qu'il pourrait les installer dans un logement de l'armée, Fiona et elle, avec la certitude qu'elles l'attendraient à chacune de ses permissions.

Bon sang, quel abruti il faisait ! Il avait voulu emmener Meghan loin de la vie qu'elle s'était construite, de la maison qu'elle aimait, pour qu'elle puisse le suivre et qu'elle soit toujours là pour lui. Il n'était pas le mari qu'elle méritait. Il n'était qu'un égoïste.

Il se laissa glisser le long de la porte et s'assit, la tête entre les mains. La douleur était encore plus vive que quand il s'était réveillé à l'hôpital après l'explosion qui avait tué Trejo. Au moins, à ce moment-là, il savait que ses blessures allaient cicatriser. Mais pour cette blessure-là, il faudrait plus que du temps et du repos. Plus que quelques bouteilles de Jack Daniel's.

Il allait être obligé de renoncer à Meghan.

Une semaine plus tard, il se garait devant un bungalow d'une banlieue de Los Angeles. Il avait profondément regretté de devoir mettre un terme à son séjour dans le Vermont. Mais s'il voulait avancer, il avait besoin de faire la paix avec son passé.

À chaque fois qu'il revoyait Meghan et Fiona agitant la main pour lui dire au revoir, quand il était parti, son cœur se mettait à battre la chamade. Même Mangy avait l'air malheureux.

Il lui restait deux jours de permission. Puis cinq avant son rendez-vous avec son conseiller de carrière. S'il signait ces papiers, il renouvellerait son engagement dans les marines pour quatre ans. Un mois auparavant, il n'aurait pas hésité une seconde. Mais, depuis, sa vie avait basculé. Il n'était plus aussi sûr. Pourtant, ses hommes l'attendaient.

Quoi qu'il advienne et même si sa décision l'accablait, sa démarche d'aujourd'hui était néanmoins pour lui le seul moyen de fermer la porte sur le passé.

Il descendit de voiture et survola du regard le quartier ouvrier.

Le ventre noué, il s'avança vers la maison. Une fois devant la porte d'entrée, sa casquette sous le bras, il sonna et recula d'un pas. La porte vitrée lui renvoyait le reflet de son uniforme qu'il portait par respect.

Une femme d'une quarantaine d'années vint lui ouvrir. Une lueur d'inquiétude dans le regard, elle demanda :

— Que puis-je faire pour vous, sergent ?

— Madame, je suis désolée de faire ainsi intrusion chez vous, mais je voulais m'entretenir avec vous et votre mari.

— Est-ce que cela a un rapport avec mon fils ?

— Oui, madame. J'ai servi avec lui en Afghanistan.

— Sergent Cooper ?

Sa gorge se serra.

— Oui, madame. J'aurais dû venir plus tôt. Je vous prie de m'excuser de ne pas l'avoir fait.

— En fait, je ne vous attendais pas. Ne vous excusez pas. Entrez. Mon mari est ici.

La bienveillance de son sourire le bouleversa. Mais il n'était pas venu que pour lui. S'il était ici, c'était aussi pour son futur avec Meghan et Fiona.

Un homme s'avança dans le couloir, la main tendue. Riley la serra.

— Je suis Ronald, le père d'Alex. Je vous en prie, venez vous asseoir. C'est un honneur de vous rencontrer. Alex nous a beaucoup parlé de vous. Il vous considérait comme son mentor.

La cuisine était aussi lumineuse que celle de Meghan. Il prit place à la table, en compagnie des parents de Trejo. Les yeux baissés sur sa casquette, il s'éclaircit la gorge avant de parler.

— Je ne suis pas sûr de savoir par où commencer ni même pourquoi je suis ici mais je… je voulais que vous sachiez que ce jour-là, le courage de votre fils m'a sauvé la vie. Je sais que ce n'est pas d'un grand réconfort, mais je ne sais pas quoi ajouter.

La mère d'Alex posa une main sur son bras.

— Merci, sergent Cooper. Cela représente beaucoup pour nous. Nous avons toujours été très fiers d'Alex.

— Et vous le pouvez. Puis-je faire quoi que ce soit pour vous ?

— Vous avez des enfants, sergent Cooper ? demanda-t-elle.

La question le laissa perplexe. Mais il ne put s'empêcher de sourire à la pensée de Fiona.

— Oui, j'ai une fille. Elle s'appelle Fiona.

— Vous auriez une photo ?

— Oui.

Il sortit de son portefeuille la photo de Meghan et de Fiona qu'il avait prise sur leur réfrigérateur avant son départ.

La mère de Trejo la contempla, souriante.

— Elle est adorable. Elle ressemble à sa mère mais elle vous ressemble aussi beaucoup. Puis-je la garder ?

— Bien sûr.

Malgré sa stupéfaction, il ne pouvait refuser.

— Merci. Quand je penserai à Alex, je regarderai cette photo et je saurai que, grâce à mon fils, cette petite fille va grandir avec son père.

La gorge nouée, Riley sentit ses yeux s'embuer de larmes.

— Je ne sais pas quoi répondre, madame, murmura-t-il.

— Votre expression quand vous parlez de votre fille en dit assez long, déclara Ronald Trejo en lui tapotant le bras. Chérissez votre famille. Ça nous suffit.

Grâce à son uniforme, il avait pu attraper un vol pour Boston plus tôt. Après ses douze heures de route pour regagner le Camp Lejeune, épuisé, il aurait dû ressentir du soulagement en franchissant les barrières de la base militaire. Mais il n'eut pas l'impression de rentrer chez lui comme il l'avait eue par le passé.

Les paroles de Ronald Trejo tournaient en boucle dans sa tête. « *Chérissez votre famille.* » Pourquoi avait-il tant lutté pour fuir la vérité ? Bien sûr qu'il aimait Meghan ! Il l'aimait depuis longtemps, mais il s'était obstiné à ne pas vouloir l'admettre. Ou, plus exactement, il avait eu trop peur de ses sentiments.

Il se rappelait ses paroles quand il lui avait demandé de l'épouser. Il avait parlé d'obligation, de devoir, de la soutenir financièrement. Pas étonnant qu'elle ait refusé ! Il fallait être folle pour accepter une telle demande en mariage. Elle voulait de l'amour, bien évidemment. Elle voulait faire un mariage d'amour, comme ses parents. Pas se voir épouser par devoir.

Il étouffa un juron, jeta son sac sur son lit et fit glisser la fermeture Éclair. Et sursauta. Mangy, le dalmatien adoré, était couché sur ses vêtements civils.

Comment était-il arrivé là ? Sachant à quel point Fiona était gaga de sa peluche, il pouvait imaginer la panique à la villa. Pauvre Meghan. Elle essayait sans doute de consoler sa fille tout en cherchant Mangy. Il n'arrivait toujours pas à comprendre comment il avait atterri dans son sac.

Il trouva une enveloppe portant son nom de l'écriture de Meghan. Les mains tremblantes, il l'ouvrit. C'était le certificat de naissance de Fiona. Son regard alla droit à « Père ». Et il lut : « Riley James Cooper ».

Il regarda fixement son nom jusqu'à ce que les lettres se brouillent devant ses yeux. Enfin, il déplia la feuille.

Je sais que cela ne compense pas les années que tu as manquées. Mais tu as toujours été le père de Fiona. Rien ne pourra changer cela. Et je t'aime. Je t'ai toujours aimé et je t'aimerai toujours. Rien ne changera cela non plus.

Il posa le papier et, songeur, prit Mangy.

— Salut Cooper ! Tu as un nouveau copain ? lança un marine depuis le seuil de la porte.

— C'est à ma fille, idiot ! rétorqua Riley.

— Je ne savais pas que tu avais des enfants.

— Eh bien, maintenant tu le sais !

— Quel âge a-t-elle ?

— Cinq ans. Elle s'appelle Fiona, précisa-t-il avec émotion.

Le marine secoua la tête.

— Alors que fais-tu ici ? Pourquoi ne remercies-tu pas ta bonne étoile d'être revenu entier pour t'occuper de ta fille ?

— Mes hommes ont besoin de moi, répondit-il machinalement.

Mais ses paroles n'avaient plus la même conviction.

— Pas autant qu'ils ont besoin de savoir qu'un marine peut rentrer pour élever son enfant, répliqua le marine avant de s'éloigner.

Ses paroles le firent réfléchir. Bien sûr, il avait une obligation envers ses hommes. Mais n'en avait-il pas une aussi envers Fiona et sa mère ? Il avait déjà abandonné Meghan il y a six ans, même s'il ne savait pas qu'elle était enceinte. Aujourd'hui, il recommençait, tout en sachant qu'ils avaient une fille ensemble. Et si elle trouvait un autre homme pour partager sa vie ? À cette idée il serra les poings. Mais il serait le seul à blâmer. Même s'il partait pour une cause aussi noble que de se battre pour son pays, il abandonnait sa famille…

N'avait-il pas déjà donné presque dix ans de sa vie aux marines ?

Il sortit son téléphone et appela Meghan.

— Riley ?

Sa voix douce, un peu rauque, lui noua la gorge. Il dut déglutir à deux reprises avant de pouvoir parler.

— Bonjour. Je… je voulais te dire que j'ai trouvé Mangy dans mon sac.

— Mon Dieu !

— Oui, j'ai pensé que cela pouvait être un problème.

— Fiona n'en a pas parlé. Sans doute parce qu'elle a maintenant un Mangy vivant. Elle est dans sa chambre. Je vais la chercher.

Quelques instants plus tard, il entendit la voix essoufflée de sa fille.

— Monsieur Riley, tu m'as appelée !

— Je te l'avais promis, murmura-t-il, la gorge nouée par l'émotion.

— Maman ne me croyait pas. Je ne dois pas rendre mon Mangy vivant, j'espère ?

— Non, il est toujours à toi. Mais tu dois aider maman à s'occuper de lui.

— D'accord. C'est pour ça que tu appelles ?

— Non, je téléphone parce que j'ai trouvé le vieux Mangy dans mon sac. Il est à la base avec moi.

— Ça lui plaît ? Je lui ai demandé de s'occuper de toi quand tu auras peur.

— Tu l'as mis dans mon sac exprès ?

— Oui. J'étais inquiète pour toi. Et je ne voulais pas que tu m'oublies, ni maman.

— Je… je ne pourrais jamais vous oublier. Je dois y aller maintenant, princesse.

— D'accord. Nous t'aimons.

— Moi aussi, je vous aime.

Ses larmes lui brouillant la vue, il peina à mettre un terme à l'appel.

— Pourquoi as-tu mis Mangy dans le sac de Riley ? demanda Meghan à sa fille, alors qu'elles dînaient.

— J'ai voulu lui donner un souvenir de moi parce que je savais qu'il était très triste. Et comme il m'avait donné un vrai Mangy.

— C'était juste pour être gentille, répondit-elle.

— Tu crois qu'il ne m'aime pas ?

Elle repensa à la phrase de Liam. « *Ce n'est pas parce qu'il est gentil qu'il t'aime.* » Mais quelle mère serait-elle si elle les répétait à sa fille ? Elle refoula un sanglot.

— Maman ?

Fiona descendit de sa chaise et elle la prit sur ses genoux.

— Oh mon ange, Riley t'aime plus que tout au monde. Je sais qu'il serait avec nous s'il le pouvait. Et il était très triste de partir.

La fillette noua ses bras autour de son cou et nicha sa tête au creux de son épaule.

— Il me manque, murmura-t-elle.

— À moi aussi, répondit-elle en la berçant doucement.

— Il va revenir bientôt ?

— Eh bien, je…

Elle hésitait. Devait-elle laisser ses rêves à sa fille ou lui annoncer que Riley ne reviendrait peut-être… jamais ? Mais elle s'empressa de repousser cette pensée.

— Je suppose que nous allons devoir attendre un peu avant de le revoir.

Elle s'accrochait à cet espoir comme à une bouée, pour ne pas se noyer dans un océan de désespoir. Elle savait que Riley avait emporté une photo d'elle avec Fiona. Cela devait signifier quelque chose. Car même s'il n'avait pas prononcé les paroles qu'elle voulait entendre, il avait souvent montré à quel point il tenait à elle.

- 13 -

Le chiot poursuivait un papillon sur la pelouse. Incapable de résister à son entrain, Meghan sourit devant ses ébats. Mais son cœur était toujours aussi lourd. Chaque soir, elle pleurait jusqu'à s'endormir. Devant sa fille, elle faisait de son mieux pour faire bonne figure. Mais elle savait qu'il lui faudrait longtemps pour oublier Riley. Qu'une vie ne lui suffirait peut-être pas. Elle regrettait de ne pas partager la conviction inébranlable de sa fille, sûre qu'il allait revenir bientôt. Les dix jours qui s'étaient écoulés depuis son départ lui paraissaient une éternité. Comment avait-elle pu s'accoutumer ainsi à sa présence en aussi peu de temps ?

Même avec ce chiot si exubérant pour la distraire, elle était obsédée par la pensée de Riley. Était-il en route pour l'Afghanistan ? Il avait appelé tous les soirs pour parler à Fiona. Chaque fois qu'elle essayait d'en savoir plus sur ses projets, il changeait de sujet. Elle n'insistait pas, sa fierté l'empêchant de mendier des informations.

Cela faisait trois jours qu'elles n'avaient pas de nouvelles. La prochaine fois qu'il téléphonerait, est-ce que ce serait d'une base de marines ou d'un autre pays déchiré par la guerre ?

Le chiot leva la tête et gémit. Une voiture s'arrêtait dans

l'allée. Elle se leva et, ébahie, aperçut sa vieille guimbarde. Riley l'avait conduite au garage d'Ogle et avait insisté pour qu'elle garde son pick-up. Elle avait protesté. Mais il avait gagné la partie en déclarant qu'il voulait que Fiona soit en sécurité plutôt que de se retrouver en rade sur un quelconque bas-côté. Mangy bondit, et elle l'attrapa par le collier, refoulant l'espoir qu'elle sentait naître en elle.

La voiture vint se garer derrière le pick-up.

Riley en descendit, retira ses lunettes de soleil et les glissa dans le col de son T-shirt. Son regard alla du chien à elle.

— Tu ne vas pas lâcher ton chien sur moi, j'espère ? s'enquit-il.

— Ça dépend de la raison de ta visite.

— Où est Fiona ?

— Au centre de loisirs.

La gorge sèche, elle caressa le poil soyeux de Mangy.

— Alors, que fais-tu ici ? demanda-t-elle.

— Je suis venu te dire que j'étais un imbécile. Mais ça, tu le savais déjà.

— Laisse-moi rentrer le chien. Nous pourrons parler.

Les mains tremblantes, elle ouvrit la porte et poussa Mangy dans l'entrée avant de refermer. Puis elle se retourna, les bras croisés.

— Tes appels ont manqué à Fiona, ces derniers soirs, fit-elle remarquer.

— Uniquement à Fiona ? répliqua-t-il en haussant les sourcils.

Malgré le tourbillon des émotions qui se bousculaient en elle, elle haussa les épaules avec une nonchalance feinte.

— Pourquoi n'as-tu pas téléphoné ? s'enquit-elle.

— Pour plusieurs raisons.

Il s'avança vers elle.

— Tout d'abord, j'ai rendu visite aux parents d'Alex Trejo.

— Le marine qui t'a sauvé la vie ? Que s'est-il passé ?

Il secoua la tête, encore sous le coup de leur conversation.

— Ils veulent vous rencontrer, Fiona et toi.

— Vraiment ? Pourquoi ? Comment sont-ils au courant de notre existence ?

— Je leur ai parlé de vous.

Malgré son ton détaché, son regard disait clairement que pour lui, c'était loin d'être anodin.

— Je me suis toujours senti responsable de la mort de Trejo, reprit-il d'une voix sourde. Mais sa mère m'a fait comprendre que laisser ma culpabilité gâcher ma deuxième chance dans la vie serait manquer de respect à l'acte de bravoure de son fils.

— C'est manifestement une femme intelligente.

— Il faut que je te montre quelque chose.

Il prit son portefeuille et en sortit un papier plié. Il le déplia et le lissa contre sa poitrine avant de le lui tendre.

— Regarde.

Bouche bée, elle balbutia :

— C'est… c'est la première lettre que je t'ai écrite ? Tu l'as gardée ? Je ne sais pas quoi dire…

Il s'approcha encore un peu et prit une profonde inspiration.

— Je l'ai gardée, oui, Meghan. Je l'ai lue et relue.

Elle sentit ses joues se colorer de rose.

— Mais je ne comprends pas. Ton attitude était pourtant…

— Meghan, pardonne-moi. Grâce à cette lettre, tu m'as constamment tenu compagnie. Certaines nuits, quand ça se passait mal, je la lisais plusieurs fois. Je l'avais aussi à l'hôpital avec moi.

Une main plaquée sur sa bouche, elle la relut.

— C'était puéril. Mon Dieu ! s'exclama-t-elle. Je n'arrive pas à croire que je t'ai écrit ce genre de choses.

Il lui prit la main et, la portant à ses lèvres, lui embrassa les doigts.

— Cela te paraît peut-être puéril, mais je jure qu'elle m'a été précieuse. Comme tu peux le voir, je l'avais tout le temps sur moi. C'était mon porte-bonheur. Ce qui me faisait tenir pour traverser les épreuves.

— Mais pourquoi as-tu renvoyé les autres sans même les ouvrir ? Je ne comprends toujours pas.

— Je sais et j'en suis désolé, dit-il en pressant ses mains entre les siennes. Tu n'imagines pas ce que je ressentais. Au lieu de me détester pour t'avoir séduite et…

— Tu ne m'as pas séduite. Je t'ai séduit et je recommencerais, même sachant ce que je sais maintenant.

— Nous en reparlerons plus tard. Mais pour le moment, je veux m'expliquer. Notre camion a subi une attaque au mortier. L'un des gars est mort. C'était censé être sa dernière mission avant son retour chez lui. Et quand nous sommes rentrés à la base, la nouvelle était arrivée qu'il venait d'être papa d'un garçon.

Il s'interrompit, puis reprit d'une voix tremblante :

— Je vais finir avant de me dégonfler. J'ai… j'ai besoin que tu comprennes tout. Ces mots que tu as écrits… tes sentiments pour moi… eh bien, pour être honnête, ils m'ont fait peur. J'avais peur d'espérer. J'étais sûr que tu allais grandir, que tu reviendrais à la raison, et que tu te rendrais compte que tu pouvais trouver beaucoup mieux que moi. Alors je t'ai repoussée. Si durement, si cruellement, que je savais que tu ne me donnerais pas de deuxième chance… Même si c'était, si c'est… mon souhait le plus cher.

Au bord des larmes, elle murmura :

— Peut-être que si tu me redemandais en mariage, j'accepterais. Bien sûr, je me plais à Loon Lake. Mais tu comptes plus que tout, Riley. Tout ce que je veux, c'est être avec toi. Où que ce soit.

Il l'enveloppa d'un regard brûlant.

— Je sais que je n'ai jamais été doué pour te le montrer, mais je t'aime, Meghan. Je t'ai toujours aimée. Même quand tu étais une petite chipie avec un appareil dentaire.

Prenant son visage en coupe dans ses mains, il poursuivit :

— Puis je suis tombé fou amoureux de la femme que tu es devenue. Sans toi, je ne savais pas qui j'étais vraiment. Avec toi, toutes les pièces du puzzle se sont emboîtées.

Il écrasa une larme de son pouce.

— Je t'en prie, ne pleure pas, ma chérie. Je ne veux plus jamais te faire pleurer. Je t'aime. J'ai mes papiers de démobilisation et je suis prêt à tourner la page sur les marines.

— Démobilisation ? répéta-t-elle, abasourdie. Mais tu aimes les marines. Jamais je ne voudrais t'en priver.

— Tu passes avant tout. Je ne peux pas supporter la pensée de vivre sans toi.

Il s'empara de sa bouche pour un baiser qui la laissa pantelante.

— J'ai discuté avec un policier de Loon Lake qui, comme moi, a été en Afghanistan, reprit-il. Ils recrutent dans la police locale. Je me suis donc enrôlé à l'académie de formation de la police pour la prochaine session.

Son regard gris s'assombrissant, il ajouta, un peu hésitant :

— Si tu es d'accord.

— Quelles que soient tes décisions, je t'aimerai toujours. Tu n'as pas besoin de quitter les marines pour moi. Je sais à quel point tu tiens à servir ton pays.

Avant qu'il puisse répondre, une voiture s'arrêta dans l'allée.

— C'est Tina qui ramène Fiona, dit-elle en reculant d'un pas.

Il lui pressa la main.

— Elle tombe à pic.

Elle partit à leur rencontre. À peine sa portière ouverte, la fillette se précipita en criant :

— Regarde maman ! M. Riley est revenu !

— Je sais, répondit-elle, avant de remercier Tina.

Ayant aperçu Riley, son amie lui adressa un clin d'œil entendu, puis redémarra.

Poussant des cris de joie, Fiona se jeta au cou de Riley qui s'était agenouillé, les bras ouverts. Il l'attrapa et la fit tournoyer.

— Quel accueil ! s'exclama-t-il en la reposant.

— Tu vas rester encore un peu avec nous ? demanda-t-elle en sautillant de joie.

En fait, j'allais justement aborder ce sujet, répondit il en tirant sur l'une de ses nattes. Si vous voulez bien aller vous asseoir dans la véranda.

Meghan obéit et s'installa dans l'un des fauteuils, prenant sa fille sur les genoux. Une fois qu'elles furent assises, Riley mit un genou à terre.

— Qu'est-ce que tu fais, monsieur Riley ?

— Je demande ta maman en mariage.

— Dis oui, maman ! s'écria Fiona en lui tapotant la joue. S'il te plaît, dis oui !

Meghan, la gorge nouée, fixait Riley, n'osant croire à son bonheur.

Il plongea une main dans la poche de son pantalon et tendit sa paume ouverte vers elle. Devant l'anneau de diamants, elle étouffa un cri.

— Veux-tu m'épouser, Meghan ?

— Oh oui ! Mille fois oui, chuchota-t-elle alors qu'il lui glissait la bague à l'annulaire gauche.

— Et moi aussi, j'ai une bague ? demanda Fiona.

— Fiona ! s'exclama Meghan en retenant un sourire.

Devant l'expression paniquée de Riley, elle s'empressa de le rassurer.

— Ne t'inquiète pas.

Stupéfaite, elle le vit soudain sortir un cigare de la poche avant de son treillis. Elle sourit. S'il allait faire un très bon père, elle allait devoir accepter qu'il le soit à sa façon.

— Tends ta main, princesse. Je promets d'être ton papa pour le reste de ta vie et de t'aimer pour toujours.

Il lui passa la bague de papier au doigt.

Les yeux écarquillés de stupeur, Fiona s'exclama :

— Mon papa ? Tu vas être mon papa à moi ?

— Je n'ai peut-être pas toujours été présent pour ta maman et pour toi, mais tu es ma fille depuis le jour où tu es née et tu le seras toujours, quoi qu'il arrive.

La voix un peu altérée, il poursuivit :

— Maintenant, j'espère que tu me laisseras habiter ici avec ta maman et toi pour toujours.

— Tu vas vivre avec nous pour toujours ? demanda Fiona. Tu ne partiras plus te battre avec des dragons ?

— Pour toujours, ma puce. Je te le promets.

Meghan, les yeux brouillés de larmes, serra très fort la main de Riley.

— Je suis ici pour rester, précisa-t-il en plongeant son regard dans le sien. J'ai tué tous mes dragons.

Vous avez aimé *La fille de Riley Cooper* ?
Découvrez d'autres romans de Carrie Nichols
sur Harlequin.fr !

1. *La fille de Riley Cooper*
2. *Une famille providentielle*
3. *Des jumeaux pour Ellie*
4. *Miracle à Noël*

Retrouvez prochainement,
dans votre collection

PASSIONS

Envoûtée par son rival, de Zuri Day - N°1073

Maeve Eddington assure la défense de l'entreprise familiale dans un retentissant procès qui pourrait faire basculer sa carrière. Si l'enjeu est de taille, l'avocat de la partie adverse lui donne du fil à retordre. Victor Cortez, son camarade à Harvard à la voix grave et profonde, la trouble depuis toujours. Mais pas question pour Maeve de laisser le désir obscurcir son jugement : quoi qu'il lui en coûte, elle restera professionnelle…

Fantasmes défendus, de LaQuette

Influenceuse mode et beauté, Lyric compte bien garder son indépendance professionnelle et sentimentale. Alors quand Josiah, séduisant producteur de télévision, lui propose d'animer une émission, elle hésite à accepter. Est-ce vraiment une bonne idée de travailler avec celui qui lui inspire des fantasmes si enivrants ?

Amoureux de sa meilleure amie, de Naima Simone - N°1074

Série : Séduisants héritiers 3/4

Héritier d'un froid milliardaire de Boston, Kenan doit plus que quiconque faire ses preuves en intégrant Farrell International, l'entreprise familiale. Afin de mettre toutes les chances de son côté, il conclut un pacte avec Eve, sa meilleure amie si talentueuse. Elle l'aidera à redynamiser la firme, en échange de quoi Kenan lui présentera son play-boy de frère. Seulement voilà, Kenan n'a aucune envie de remplir sa part du marché, compte tenu des sentiments qu'il éprouve pour Eve en secret…

Une proposition indécente, de Naima Simone

Série : Séduisants héritiers 4/4

Athena est ivre de colère. Nico, son ancien amant qu'elle n'a pas revu depuis trois ans, est entré dans sa boulangerie pour lui faire une proposition indécente. Il épongera ses dettes si elle joue le rôle de sa fiancée auprès de la haute société qu'il veut infiltrer. Désespérée, Athena finit par accepter cette offre si dangereuse pour son cœur…

Un ennemi si charmant, de Maisey Yates - N°1075

SÉRIE : IRRÉSISTIBLES RANCHERS 1/3

Jade voue une haine féroce à Chance Carson, dont la famille a usurpé les terres de la sienne. Il est arrogant, insupportable… et trop charmant. Aussi, quand elle le découvre blessé et amnésique après une chute de cheval, décide-t-elle, après l'avoir sauvé, de se venger de lui en lui faisant croire qu'il est son employé. Dans ce jeu de rôles, Jade découvre alors un homme si attentionné qu'elle sent naître pour lui un désir irrésistible. Un désir auquel elle s'abandonne, tout en redoutant le moment où le rancher découvrira la vérité…

Nouveau départ pour Taryn, de Rochelle Alers

Déçue par l'amour, Taryn a besoin d'un nouveau départ. Son déménagement à Wickham Falls et ce nouveau poste de préceptrice auprès de deux adorables fillettes sont la chance qu'elle attendait. À un détail près : le père des enfants, Aiden Gibson, lui fait perdre la raison avec ses beaux yeux turquoise. Pourtant, Taryn ne doit pas se bercer d'illusions : cet homme envoûtant et sa famille resteront à jamais pour elle un rêve inaccessible…

Une vengeance si douce, de Maureen Child - N°1076

L'océan turquoise, une plage de sable fin et une végétation luxuriante. C'est sur l'île de Tesoro que Rico King a bâti son palace. Alors, quand il apprend que Teresa Coretti et sa famille de voleurs de bijoux ont osé refaire surface chez lui, Rico est fou de rage. Il brisera celle qu'il a passionnément aimée, et qui, en plus d'un trésor inestimable, lui a ravi son cœur en prenant la fuite le lendemain de leurs noces…

Un Ballantyne pour père, de Joss Wood

Un véritable cauchemar. Afin d'obtenir de Linc Ballantyne qu'il l'aide à retrouver la mère de la petite Ellie dont elle a hérité la garde, Tate doit accepter de s'installer chez lui pour jouer la nourrice de son fils. Elle qui rêvait de se débarrasser du rôle de mère de substitution qui lui va si mal, va se retrouver avec deux enfants sur les bras ! Bien loin de la vie trépidante qu'elle aime tant, et qu'elle craint de ne pas retrouver de sitôt…

Retour à Sunset Ranch, de Charlene Sands - N°1077

Série : Secrets et rivalités 1/4

De retour à Sunset Ranch, après douze ans, Sophia est aussi émue qu'inquiète. C'est là que Logan Slade lui a offert son premier baiser – un instant de rêve qui s'est vite transformé en cauchemar quand il l'a rejetée aussitôt après... Hélas, revoir Logan est un nouveau choc pour Sophia. Non seulement sa beauté la trouble toujours autant, mais cet homme, furieux qu'elle ait hérité des terres de sa famille, semble résolu à lui mener la vie dure...

Une nuit à Sunset Ranch, de Charlene Sands

Série : Secrets et rivalités 2/4

C'est le cœur battant qu'Audrey parcourt la route qui doit la conduire à Sunset Ranch. Enfin, elle va pouvoir s'expliquer avec Luke. Lui dire combien elle regrette d'avoir quitté son lit après la nuit d'extase qu'ils ont partagée un mois plus tôt. Luke comprendra qu'elle ait paniqué. Hélas, lorsque Audrey retrouve Luke, la réaction de ce dernier la plonge dans une profonde détresse. L'homme qu'elle aime en secret depuis l'adolescence a tout oublié de leurs ébats...